글쓰는 엄마의
이탈리아 여행법

글쓰는 엄마의
이탈리아 여행법

초판 1쇄 발행 2019년 1월 31일
지은이 김춘희
발행인 송현옥
편집인 옥기종
펴낸곳 도서출판 더블:엔
출판등록 2011년 3월 16일 제2011-000014호
주소 서울시 강서구 마곡서1로 132, 301-901
전화 070_4306_9802 **팩스** 0505_137_7474
이메일 double_en@naver.com

ISBN 978-89-98294-55-7 (03810) 종이책
ISBN 978-89-98294-56-4 (05810) 전자책

글 쓰는 엄마의 이탈리아 여행법

김춘희 글·사진

더블:엔

걱정 말고 다녀와

원고를 절반쯤 썼을 때 큰아이가 수능시험을 치렀다. 시험을 앞두고 한 달, 시험이 끝나고 또 한 달, 원고지 한 장 채우지 못했다. 내가 시험을 보는 것도 아닌데 마음이 좀처럼 가라앉지 않았다. 나는 그때 반성 중이었다. '텐 투텐'이라 부르는, 오전 10시에 시작해 밤 10시까지 공부하는 여름방학 프로그램에 보냈어야 했어. 아이가 싫다고 해도 설득해서 가게 했어야 해. 국 어 성적이 떨어진 3월, 학원에 갈까 하는 아이를 혼자 해보게 했는데 그러지 말 걸 그랬나? 아니야, 중3 겨울방학때 한 달 여행을 하지 말았어야 해. 그때 국영수를 좀 더 다졌어야 해. 그깟 여행이 뭐라고, 그 귀한 시간을 내주고 말 았을까. 끝없는 자책은 결국 '나는 어리석은 엄마다'로 마무리되었다.

시험결과가 발표되었다. 애쓴 만큼 좋은 결과가 나왔다.

"수고했다, 수고했어."

등을 토닥여주었다. 진심이었다. 그런데 마음 한구석에서 들리는 작은 소 리는 그것과 또 달랐다. '여행 대신에 공부를 더 하게 했으면 더 좋은 결과가 나오지 않았을까?' 여전히 나는 어리석고 모자란 엄마였다.

이 책은 그 여행의 이야기다. 고등학교 입학을 앞둔 중3 아이와 다녀온 30일 유럽여행. 아홉 살 꼬마는 보너스. 여행을 다녀온 지 3년이 지나서야 책으로 엮이게 되었다. 그건 이 여행에 대한 확신이 부족했기 때문이다. 여행이 아이 안에서, 우리 안에서 숙성되길 기다렸다. 선하게 발효되었음을 알고 나서야 비로소 여행을 이야기할 수 있었다. 어린 아이와의 여행이 어려운 이유가 '두려움' 때문이라면 청소년 아이와의 여행이 힘든 건 '공백' 때문이다. 학습의 공백. 그러니 이 여행을 떠나야 한다고 강요하지 않을 것이다. 그 걱정과 훗날 마음속에 떠돌 후회를, 대신해줄 수 없기 때문에. 다만 수능시험을 막 끝낸 아이의 한마디를 들려주고 싶다.

"중학교 3학년의 한 달보다 더 중요한 건 고3의 일주일이야. 내가 느끼는 시간의 질이 달라."

어리석은 엄마라는 자책을 덜어낼 수 있었다.

슈베르트와 엘리자베트 황후, 마리아 테레지아의 도시 오스트리아 빈에서 여행을 시작했다. 자주 눈발이 날렸다. 그때마다 카페에 들어가 커피를 마시고 핫초코를 홀짝이며 몸을 녹였다. 인적 뜸한 교외에선 어김없이 길을 잃었다. 우리 셋이 무사히 여행을 마칠 수 있었던 건 순전히 정 많은 동네 주민들의 덕이다. 오스트리아 일주일 여행을 마치고 우리는 밤기차를 탔다. 덜컹거리며 밤새 달린 기차는 이탈리아 베네치아에서 멈추었다. 눈 돌리는 곳마다 바닷물이 찰랑거리는, 운하의 도시 베네치아에서 시작한 이탈리아 여행은 찬란한 르네상스의 도시 피렌체를 거쳐 햇살이 눈부신 남부도시로 이어졌다. 작은 렌터카에서, 한없이 넓은 겨울바다에서, 리소토가 짜디짠 레스토랑에서 같이 노래하고 함께 감탄하고 입을 모아 투덜거렸다.

아이들과 함께여서 여행이 가끔 고단하고 심심했지만 아이들과 함께여서 여행은 흥미진진하고 솔직했다. 스물네 시간씩, 31일을 함께 보내며 우리는 아주 찐득해졌다. 중학교 3학년 방학에 이어 고3 겨울방학에 한 번 더 긴 여행을 계획했지만 다녀오지 못했다. 입시 일정이 마무리된 짬을 이용해 짧은 여행을 다녀왔을 뿐이다. 그 여행에서, 아이는 더 이상 보호자가 필요하지 않았다. 오히려 작은 아이의 보호자 노릇을 도맡아 했다. 그리고 우리의 여행, 잔소리꾼 엄마와 쇼핑쟁이 여동생과의 여행을 그다지 즐기지 못했다. 아이는 자신만의 여행 취향이 분명해졌다. 아이가 아이인 채로, 엄마가 보호자인 채로 떠나는 여행은 열여섯, 그때가 마지막이었다.

이 여행, 놓치고 싶은가.

2019년 1월, 김춘희

★ 당부의 말씀 ★

"아이들이 어쩌면 이렇게 완벽해?" 원고 몇 편을 읽은 지인이 어머머, 감탄사를 보태 소감을 전했다. 글을 다시 읽었다. 아이코! 심각한 오해를 할 수 있겠다. 이 책 속의 아이들은 불평하지 않고 엄마의 기분을 헤아려주며 적절한 때에 현명한 판단을 내리는 이상적인 자녀들이로구나, 하고. 에피소드 '우아한 엄마이고 싶었어' 편을 읽어주길 바란다. 그 모습이 진실이다. 차마, 이 아까운 지면을 아이들의 투덜거림과 나의 구시렁거림으로 채울 수 없어서 걸러냈을 뿐이다. 글에는 평소에 보지 못했던, 그래서 더욱 인상적이고 감동적인 아이들의 모습이 주로 등장하겠지만 본질은 에피소드 속 아이들임을 기억해주시라. 남의 집 애들도 우리 애들이랑 비슷하다!

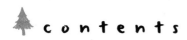

contents

온전히, 여행만

좋은 계절 다 보내고 겨울에 떠날 수밖에 없다. 결석일수는 내신 점수에 반영되고, 그 점수로 고등학교 진학이 결정되는 비평준화 지역에 살고 있으니 학교를 빠질 수가 없다. 단순히 결석으로 인해 점수가 깎인다는 점 말고도 학기 중에 한 달씩이나 수업을 빠진다는 건 학습 리듬에도 좋은 선택이 아니다. 우리는 모든 학기를 성실히 마치고 고등학교 입학이 결정되고 난 뒤, 겨울방학에 떠나 졸업식이 열리기 전에 돌아오기로 했다. 1월 한겨울이다. 이왕 겨울여행을 하게 되었으니 까짓 거 펑펑 함박눈이 쏟아지는 눈 나라로 떠나보자.

눈 나라라면 앞뒤 잴 것도 없이 핀란드다. 좋다, 너무 좋다. 핀란드

북쪽 로바니에미 산타마을에서 산타할아버지를 만나고 북극권으로 올라가 오로라를 감상하자. 두터운 털외투를 입고 핫초코를 호호 불어가며 현지인들이 '불의 여우'라고 부르는 그 푸른 초록빛 너울을 바라본다니 생각만으로도 황홀하다. 낮에는 눈 덮인 숲 속에서 썰매를 타고 크로스컨트리를 해볼까. 그런 밤엔 핀란드식 사우나로 몸을 데워야겠다. 푸린양이 좋아하는 무민 공원에도 가고 중딩군이 좋아하는 오로라를 보고 내가 좋아하는 카모메 식당에도 들러봐야겠다. 핀란드는 그야말로 여행 천국이로구나.

하지만 추운 곳에서 한 달을 줄곧 보내는 건 무리다. 핀란드에선 스톱 오버 여행을 즐기고 본 여행은 따뜻한 스페인으로 떠나는 게 좋겠다. 가우디보다는 벨라스케스가 더 궁금하니, 바르셀로나 대신 마드리드로 가자. 아침에 벨라스케스, 오후엔 고야와 함께 프라도 미술관에서 시간을 보낼 수 있겠다. 미술관에서 우아한 런치 타임을 가져볼까? 자동차를 렌트해서 스페인 남부 해안마을에 머무는 것도 좋겠다. 날씨가 좋다면 지브롤터 해협을 건너 아프리카 대륙 모로코로 짧은 여행을 다녀오자. 이왕 나선 길, 푸린양이 열광하는 에그타르트를 먹으러 포르투갈에도 들러야겠다. 주사위를 굴려 전 세계 도시를 사고 파는 부루마블 게임에서 너무나 친숙한 리스본이니 두려울 것도 없지 않은가.

우리는 그렇게 여행일정을 정했다. 인천에서 비행기를 타고 헬싱키에서 일주일 스톱 오버 여행을 한 다음, 다시 마드리드행 비행기를

오프닝

탄다. 스페인과 포르투갈을 거친 여행을 마치고 리스본에서 비행기를 타 한국으로 돌아온다. 추운 북유럽과 따뜻한 남유럽과 신비한 아프리카까지 여행하는 일정이다. 아이들도 엄마도 아주 흡족한 여정이다. 이제 예약하는 일만 남았다.

1월의 핀란드는 오후 2시면 이미 햇빛이 시들기 시작한단다. 3시에 어둑해지는 일이 허다하다고. 북국의 눈은 낭만이 아니고 현실이니 눈밭을 뛰어다닌다거나 눈송이를 맞으며 산책한다는 따위의 철없는 생각은 집어치우라고 여행선배들이 입을 모은다. 그곳의 눈송이는 눈덩이이며 눈을 제대로 뜰 수 없을 지경이라고. 겨울 외투의 크고 두툼한 모자가 우리에겐 패션이지만 그들에겐 생존이라고, 섣불리 겨울에 나서지 말라고 뜯어말린다. 외곽 소도시들은 버스 운행마저 예측할 수 없다며 체감온도 영하 20도의 벌판에서 과연 몇 분을 버틸 수 있겠느냐 신랄하게 물었다. 푸린양이 간절히 원했던 무민공원도 여름 한철에만 문을 열고, 중딩군이 원했던 오로라 투어 역시 금액이 비싸기도 할 뿐더러 오로라를 볼 수 있을지 여부는 오로지 그날의 운이라고, 그리고 정말정말 살벌한 추위를 견뎌야 한다고. 마지막으로 카모메 식당의 음식 맛이 기대보다 못하다는 정보도 얻게 되었다.

겨울여행지로 엄마와 아이들이 떠나기에 핀란드는 변수가 많은 곳이라는 결론에 도달했다. 북유럽은 여름에 떠나는 쪽으로 마음을 고쳐먹었다. 그렇게 첫 번째 여행지가 틀어졌다. 경유지를 바꿔야 하는 상황이 되었을 때 번번이 여행에 빠지게 되는 아이들 아빠가 여행에 합류하는 방법이 문득 떠올랐다.

우리의 여정을 새로 정했다. 중국 항공사를 이용해 오스트리아 빈으로 떠난다. 오스트리아에서 일주일 여행을 즐기고 따뜻한 이탈리아에서 3주간의 시간을 보낸다. 로마에서 베이징으로 가서 아빠와 합류한 후 2박 3일간 스톱 오버 여행을 즐기고 온 가족이 함께 한국으로 돌아온다. 핀란드와 스페인에서 누릴 수 있는 많은 즐거움을 포기한 아쉬움은 금세 새로운 여행지에 대한 기대감으로 채워졌다. 마드리드 프라도 미술관에서 감상하려 했던 벨라스케스의 작품을 빈 미술사 박물관에서 감상하고 핀란드 사우나 대신 합스부르크 황실의 온천여행지에서 소금온천을 즐기기로 했다. 오로라 대신 이탈리아 오르비에토의 겨울밤 감상을 하기로 했으며 스페인 남부 해안도시 만큼이나 아름답고 특색 있는 이탈리아 남부 해안도시에 머물기로 했다. 아프리카 모로코에서 느낄 수 있는 그 신비로운 여행은 아빠와 즐기는 베이징의 편한 여행으로 대신하기로 했다.

오스트리아의 겨울은 핀란드의 겨울에는 대지 못할 만큼 순하다는 후기에 마음이 놓였다. 이탈리아의 풍경은 스페인의 그것과 견주어 결코 뒤지지 않는다는 소개에 마음이 들떴다. 무엇보다 긴 여행의 마지막을, 마음 편한 아시아에서 아빠와 함께할 수 있다니 기대되었다.

중3 겨울에는 부족한 공부를 메우고 해야 할 공부를 채워야 한다.

오프닝

그것만 하기에도 시간은 부족하다. 모두들 그렇게 치열하게 시간을 보낼 것이다. 고입 연합고사가 끝난 겨울방학 내내 따끈한 아랫목에 엎드려 세계문학전집을 읽어치우던 나의 중3과 다르다는 것을 안다. 도스토옙스키의 《죄와 벌》을 읽으며 등장인물들의 이름이 너무나 길어서, 브론테 자매의 《제인 에어》와 《폭풍의 언덕》을 읽으며 19세기 영국여성의 삶이라는 것이 우리네 여성과 다르지 않아서, 펄 벅의 《대지》를 읽으며 척박한 대지를 일구듯 억척스레 삶을 일구는 빈농의 생이 가혹해서, 도무지 책을 놓을 수 없었던 열여섯의 겨울방학. 아무것도 하지 않고 줄곧 책만 읽었던 그때, 손바닥이 노래지도록 귤을 까먹으며 이야기에 흠뻑 빠져들었던 그때. 그저 뒹굴뒹굴 놀고먹는 '휴식'이었던 그 시간은 곧 '저장'의 시간이었다. 감성도, 지식도, 옆구리 살도 차곡차곡 저장되었다.

열여섯 방학 이후, 30년이 지나도록 그 시간은 다시 오지 않았다. 아무것도 하지 않고 아무 걱정도 하지 않고, 내가 정한 그것에만 온전히 집중할 수 있는 시간은. 인생에서 가장 평화롭고 풍요로웠던 그 시간은. 그러니 그저 책만 읽어도 충분한, 영화만 보아도 괜찮은 시기가, 누구에게나 한 번은 필요하다. 감성을 채우고 지식을 보태는 그 시기가 말이다. 머리가 말랑한 청소년기라면 더욱 좋지 않겠는가.

떠나기로 했다. 나에게 중3 겨울방학이, 오로지 책만 읽어도 좋은 때였다면 아이에게 중3 겨울방학은 오로지 여행만 해도 좋은 때로 정했다. 보충도 해야 하고 선행도 필요하다는 걸 잘 알지만 질끈 눈

감고 여행을 떠나보려 한다. 길고 긴, 그리고 아이의 인생에서 가장 고단한 시간이 될 고등학교 3년을 위해, 겨울방학 한 달을 제단에 올릴 희생양으로 삼으려 한다. 효과 좋은 영양제가 될 것임을, 100퍼센트 가득 에너지를 채울 충전여행이 될 것임을 나는 믿는다.

그러므로 우리는 떠남이 두렵지 않다.

#펑펑_눈나라는_다음기회에

#누구에게나_한번은_필요한_온전한_휴식

오프닝

쉬운 여행은 없어

"엄마, 이가 너무 아파."

중딩군이 뺨을 감싸 쥔 채 울상이다.

비행기가 인천을 떠난 지 고작 30분, 한참을 더 날아야 우리 여행의 경유지인 북경에 도착한다. 멀쩡했던 아이가 갑작스레 고통스러워하니 아이보다 더 당황스럽다. 일회용 밴드만 남기고 약 꾸러미는 몽땅 수화물로 보내버렸다. 빼곡한 기내를 분주하게 움직이는 승무원과는 눈 맞추기조차 어렵다. 설사 그들과 마주친다 해도, '치통'과 '진통제'라는 의사표현이 원만히 이루어질지, 음료도 아닌 약을 주는 대로 먹어도 되는지 걱정이 한두 가지가 아니다.

"한 시간 더 가야 하는데 견뎌볼 수 있겠어?"

"조금 나아졌어."

아이는 억지로 잠을 청한다.

오후 8시, 북경공항은 휑하다. 늦은 비행기를 기다리는 승객 몇 무리가 어슬렁거리고, 상점 직원들은 마무리하느라 분주하다. 폐점을 앞둔 쇼핑몰같다. 최종 목적지인 오스트리아 빈으로 가는 비행기는 일곱 시간 후에 있는데 장시간 대기 고객을 위해 항공사에서 라운지 이용권을 제공해주었다. 간단히 요기도 하며 편하게 시간을 보낼 수 있겠다.

기내에 가지고 탄 배낭을 공항카트에 싣고 라운지에 들어섰다. 하! 기대감이 바스러졌다. 항공사의 라운지라는 곳이 꽤 고급스럽고 아늑하다는 소문을 들었는데…. 안쪽은 그럴 것이다. 조용하다. 돌돌돌 굴러가는 카트의 바퀴소리만 들릴 뿐 소파에 몸을 파묻은 승객들은 우리의 등장에 아랑곳없이 휴대폰을 보거나 책을 읽고 있다. 라운지 한쪽엔 음료수가 가득 찬 냉장고와 간식이 마련된 테이블이 놓여 있다. 내내 찌푸리고 있던 중딩군의 표정이 점점 일그러진다. 간식 점검은 나중으로 미루자.

약을 어디에서 구할 수 있을까? 공항 인포메이션 센터를 찾아 나섰다. 대부분 텅 비어 있다. 밤은 깊어가고 중딩군은 더욱 괴로워한다. 이러다 지금 상태로 빈 행 비행기를 타게 되는 거 아닌가?

예민해진 엄마와 고통스러워하는 오빠 사이에서, 푸린양은 불안하다. 어서 빨리, 약국을 찾아내야 할 텐데.

한참 만에 안내직원을 만났다. 휴대폰 번역기로 '치통'과 '진통제'를 중국어로 찾아 직원에게 보여주었다. 긴급의료센터 위치를 알려준다. 멀지 않은 곳에 위치한 의료센터는 초등학교 보건실 같은 모양새다. 유리 약장 안에 익숙한 약들이 가지런히 진열되어 있다. 하지만 다행이라는 안도는 잠시 뿐, 불은 꺼져 있고 문도 굳게 닫혀 있다. 유리문 너머에 놓인 타이레놀 한 알이면 살 것 같은데….

"여기로 가보라고 했으니까, 안에 사람이 있지 않을까?"

난감해하는 엄마 옆에서 푸린양이 중얼거린다.

"Excuse me! Excuse me! Hello! 저기요!"

문을 두드리며 아이들과 '헬로우'를 외쳤다. 사무실 안쪽에 불이 탁 켜졌다. 드르륵, 안쪽의 문 하나가 열리더니 하얀 가운을 입은 작고 통통한 여인이 나타났다. 으레 있는 일인 양 여인은 덤덤한 얼굴로 출입문의 걸쇠를 풀었다.

아이가 치통이 있어서 진통제가 필요하다는 이야기를 하면서, 휴식시간인데도 도와주어 고맙다고 몇 번이나 인사했다. 흰가운 여인은 치통에 관한 어떤 것도 묻지 않고 유리 약장에서 타이레놀을 꺼냈다. 알약 24개가 들어간 큰 통을 우리에게 건넸다.

"두 알만 있으면 될 것 같아요. 이렇게 많이 주실 필요는 없어요."

"모두 가져가세요."

이번 여행을 무사히 끝낸다면 이 여인 덕이다. 나는 몹시 감동했다.

"150위안이에요."

"!"

나는 왜, 공짜일 거라고 생각했을까?

여행 말미 북경 여행에서 쓸 예정으로 가지고 있던 위안화를 건넸다. 수화물로 보내버린 파우치 속 타이레놀이 몹시 그리웠다.

약값을 받고 돌아서는 여인에게 한 가지를 더 물었다.

"문이 닫혀 있던데 지금, 휴식시간인가요?"

"아니요, 운영시간이예요."

"불이 꺼져 있어서 운영시간이 끝난 줄 알았어요."

"문을 두드리면 돼요."

여인은 당연한 걸 왜 묻느냐는 표정을 지으며 불을 껐다.

"운영시간에는 문이 열려 있어야 하는 거 아니야? 문을 닫을 거라면 두드려서 사람을 부르라는 안내문이라도 있던지! 그리고 이름이 긴급의료센터인데 기본 약품 정도는 무상으로 제공해야 하는 거 아니야? 약을 팔 거면 약국이라고 하던지!"

속사포처럼 쏟아내는 나의 불만을 잠자코 듣던 중딩군이 말한다.

"엄마, 약부터 먹었으면 좋겠는데…."

두 알을 한 번에 먹은 아이는 조금 편해졌다. 아늑하고 고급스러운 라운지는 없었다. 오래된 소파, 식은 만두와 달디 단 과자가 놓인 간식 테이블, 우렁차게 코를 골며 잠든 환승여행객, 어둑어둑한 조명. 긴 여행을 앞둔 우리의 설렘과 기대를 깡그리 거두어가기에 딱 좋은

오프닝

대합실이 있을 뿐.

그때였다.

"집에 가고 싶어. 우리 집에 가고 싶어. 엉엉엉."

여행을 시작한 지 세 시간 만에 푸린양이 울음을 터트렸다. 내내 긴장하고 있던 아이는 어둡고 울적한 라운지의 분위기가 견디기 어려웠나 보다. 그런데 지금 내 마음도 딱 그렇다. 북경은 그저 비행기를 갈아타는 정거장이니 공항 구경하며 라운지에서 쉬었다 가면 그만이라고 생각했는데 공항은 어둡고 라운지는 무겁고 아이는 아프다.

라운지를 나왔다. 간식으로 중국 과자를 사먹고, 야식으로 컵라면을 데워 먹었다. 처음 보는 항공사의 비행기를 찾아다니며 사진을 찍었다. 공항을 떠돌다 보니 빈 행 비행기가 도착했다. 중딩군은 비행기에 오르기 전에 타이레놀 두 알을 더 먹었다.

열 시간짜리 여행을 새로 시작한다. 목베개를 두르고 이어폰을 꽂고 무릎에 담요를 펼쳤다. 기내식을 먹고 차를 마시고 '무한도전'을 한 편 보고 잔다, 세 시간쯤 후에 깨어나 기내식을 다시 한 번 먹고 차를 한 잔 더 마시고 기내용 영화 한 편을 보자, 입국카드를 쓰면서 자리를 정돈하면 도착할 것이다. 열 시간 문제 없다!

그럴 리가, 문제가 생겼다. 첫 번째 기내식을 먹었을 뿐인데 푸린양이 코피를 흘렸다. 건조한 탓인가? 물을 먹이고 수분 미스트를 여러 번 뿌려주었다. 코피가 잦아들었다. 커피를 부탁해 마시며 '무한도전'을 보려는데 코피가 다시 쏟아졌다. 휴지로 코를 틀어막고 화장실에 데려가 손을 씻기고 물을 먹이고 수분 미스트를 다시 뿌려주었다. 중 딩군은 치통이 시작되는지 인상을 찌푸리고 있다. 항공성 치통이었 다. 평소엔 통증이 없는 충치나 경미한 잇몸질환 등이 기압의 차이로 인해 통증이 발생하는 특별한 증상이라고 한다. 아이 역시 평소엔 치 통을 전혀 느끼지 못했던 터라 갑작스러운 통증에 더럭 겁을 먹었다. 비행기를 벗어나면 대부분 통증이 사라진다고 하지만 찡그린 채 잠 든 아이를 보니 마음이 무겁다.

치통이 걱정스런 아이는 잔뜩 긴장해 있고 두 번씩이나 코피를 쏟 은 아이는 잔뜩 겁을 먹고 있고 심상치 않은 여행의 시작에 나는 잔뜩 움츠려 있다. 쉬운 여행은 없다.

#공항은_어둡고_라운지는_무겁고_아이는_아프다

오프닝

오스트리아 ————————————————————————————

한국인은
밥심이라 했던가

체코
독일
빈
제그로테
바트이슐
오스트리아
스위스 이탈리아 헝가리

비행기는 빈 슈베하트Wien Schwechat 국제
공항에 부드럽게 착륙했다. 이른 새벽에 도착하는 상황을 고려해 세
안용품을 바로 꺼낼 수 있게 트렁크 위쪽에 넣어두었다. 양치질과 세
수를 하고 나니 상쾌하다. 느긋하게 음료수를 마시고 있을 때 첫 차가
도착했다. 정확하다. 여행의 시작이 좋다. 이번 여행은 왠지 완벽할
것 같다.

차창 밖은 이제야 푸릇하게 밝아온다. 열 명 남짓한 승객을 태우고
버스는 새벽 도시 속으로 달린다. 시내 광장에 버스가 선다. 승객을
모두 광장에 부려놓고 버스는 홀가분하게 떠났다. 버스를 벗어난 승
객들은 캐리어를 끌고 사방으로 흩어졌다. 순식간에 우리 세 식구만

남았다. 우리도 문제없다. 숙소로 가는 지도를 출력해 왔으니까. 지도에 능숙한 중딩군이 앞장선다.

자신 있게 걷던 중딩군이 멈춘다. 뒤따르던 우리도 멈춘다.

"지도에 문제가 있는 것 같아. 더 이상 가는 방법을 모르겠어."

그럴 리가, 구글 지도에 호스텔 이름을 정확하게 입력했는데, 행여 스펠링이 잘못 되었을까 봐 몇 번이나 확인을 했는데, 그럴 리가 없지. 아이에게 지도를 넘겨받아 꼼꼼히 살핀다. 아까 버스에서 내린 곳이 이쯤이었으니까 우리는 이 길을 따라 여기까지 왔군. 앗! 다음 부분이 출력되지 않았다. 뒤늦게 출력되어 우리 집 프린터에 고이 누워 있을 런지, 현재 페이지만 출력되어서 영영 빛을 보지 못한 건지 알 수 없지만 지금 우리 손엔, '현재 페이지' 뿐이다. 아이들과 내가 가지고 있는 휴대폰 석 대는 로밍 서비스를 신청하지 않아 인터넷을 사용할 수도 없다. 이번만큼은 완벽할 거라고 생각했는데, 진짜로.

출근하는 시민들에게 묻고 물어 호스텔에 도착했다. 집에서 북경까지 비행시간, 길고 긴 경유시간, 더 길고 긴 빈까지의 비행시간을 버텼다. 그것까지는 해냈는데 이른 새벽 생경한 도심을 헤매고 나니 무시무시한 피로가 몰려온다. 호스텔 체크인은 오후 2시가 되어야 가능한데 지금 시각 아침 8시 반이다. 몸을 누이려면 족히 5시간을 더 버텨야 한다. '어린이 찬스'를 써야겠다.

"한국에서 출발해 방금 도착했는데 아이가 코피를 흘리고 몸이 좋

빈 🚌

지 않아서요. 체크인을 더 빨리 할 수 있을까요?"

어느 문장에도 거짓은 없다.

"객실이 모두 찼어요. 다른 손님들이 체크아웃을 해야 방을 배정할 수 있어요. 체크아웃하고 정리하는 시간까지 생각하면 11시가 지나봐야 체크인 여부를 알 수 있어요."

"11시에 오면 될까요?"

직원의 얼굴에 곤란한 표정이 스친다.

"확답을 드릴 순 없지만 그 시간에 대기해보세요. 딸아이 얼굴이 많이 피곤해 보이네요."

푸린양이 눈을 끔벅거리며 제 오빠에게 기대어 있다. 좋은 타이밍이다.

직원에게 휴대폰 심 카드 판매점 위치를 물었다. 멍하게 기다리고 있기엔 할 일이 너무 많다. 무거운 트렁크를 호스텔에 맡겨두고 심 카드 매장을 찾아 나선다. 직원이 표시해준 지도의 위치를 가늠하려는데 푸린양이 어디인지 알겠단다. 시내의 스타벅스 매장 옆에 있다고 했지, 라고 중얼거리는 엄마의 말을 듣고 생각이 났단다. 아까 호스텔을 찾아오면서 스타벅스를 봤다고. 그 옆에 심 카드 매장이 있는지는 모르겠지만 아무튼 그 초록색 여자 그림을 봤단다. 진짜 본 걸까?

호스텔에서 시내까지, 30분 전 트렁크를 끌고 헤맸던 그 길을 되돌아갔다. 이정표 삼아 걷던 다리를 건너자 상가가 즐비한 시내가 나타났다. 푸린양의 눈빛을 살핀다. 아이는 두리번거리더니 오른쪽 골목 언저리에 눈을 고정한다.

초록색 로고가 있다. 동그란 테이블에 커피를 두고 신문을 뒤적이며 모닝커피를 마시는 빈 시민들이 보인다. 그 옆으로 심 카드 매장이 있다. 푸린양의 얼굴에 뿌듯함이 흘러넘친다.

중딩군이 유치원에 다닐 때였다. 아이는 우리가 다니는 모든 마트의 폐점시각을 알고 있었다. 항상 가는 곳을 포함해 어쩌다 들르는 곳도 정확하게 기억했다. 수 개념이나 시간 개념이 특출한 아이인가 생각했지만 인근 서점의 폐점시각은 전혀 알지 못했다. 통일감 없는 아이의 시간개념이 의아했다.

"왜 서점 폐점시간은 모르는 거야?"

아이는 의외의 대답을 했다.

"마트는 엄마 아빠가 필요한 걸 사러 가는 곳이잖아. 나는 할 게 없으니까 문 여는 시간이랑 문 닫는 시간 같은 안내문을 계속 보고 있었어. 하지만 서점은 내가 필요한 걸 사러 가는 곳이니까 그런 걸 보고 있을 필요가 없었지."

(그래, 이 아이도 한때는 책을 좋아했었다. 6학년때 떠난 유럽여행에서 아이는, 건드리면 세계 역사가 줄줄줄 흘러나올 만큼 해박한 지식을 자랑하기도 했었다. 그땐 그랬다.)

오늘 푸린양이 그랬단다. 엄마와 오빠가 지도에 코를 박고 길을 찾는 동안, 푸린양은 뒤따라오며 주변을 둘러보았단다. 빵집도 있었고

빈

큰 옷가게도 있었단다. 가게들이 많았지만 맥도널드와 스타벅스만 알 수 있었다고.

인터넷, 통화, 문자메시지 모두를 사용할 수 있는 심 카드를 사서 휴대폰에 끼워 넣었다. 독일어 메시지가 주르륵 도착하더니 인터넷이 연결되었다. 구글 지도가 보여주는, 호스텔 가는 길이 아주 선명하다. 이제야 살 것 같다.

호스텔 프런트가 북적북적하다. 체크아웃 하려는 여행자들이 커다란 배낭과 묵직한 캐리어를 옆에 끼고 좁은 호스텔 로비를 채웠다. 한바탕 소란이 지나가고 직원이 우리를 부른다. 11시가 되려면 아직 30분이나 남았다. 3인실을 예약한 우리에게 적당한 방이 마침 생겼단다. 청소를 해야 하니 들어가려면 1시간은 더 기다려야 하는 데, 체크인 하겠느냐 묻는다. 질문이 끝나기도 전에 고맙다는 인사를 건넸다.

중딩군이 호스텔 주방에 물을 마시러 들어갔다가 깔끔한 조식 뷔페를 발견했다. 생각해보니 어제 저녁, 식은 도시락 같은 기내식을 먹은 이후로 지금까지 아무것도 먹지 못했다. 배가 고플 만도 하건만, 당장 호스텔을 찾아야 하고 당장 심 카드를 사서 휴대폰을 사용해야 하고 당장 체크인을 해야 하니 허기마저 느끼지 못했다. 뷔페식당에 들어서니 맹렬히 배가 고파온다. 뷔페는 단출하다. 빵과 시리얼, 과일과 음료, 햄 몇 가지 뿐이다. 조식 시간이 끝나가는 마당이라 쟁반은 더욱 휑하다. 서둘러 접시를 채우고 테이블에 둘러앉았다. 따끈하게 데운 빵에 기름진 버터를 넉넉히 바르고, 담백한 요거트에 시리얼을 부어 휘휘 젓고, 식빵 가운데 햄 두 장을 끼워 넣고, 각자의 입맛대로 식사를 시작한다. 중딩군은 콜라, 푸린양은 사과주스, 나는 커피를 앞에 두고서 비로소 긴장을 내려놓았다.

비행기를 벗어난 그때부터 지금까지 우리는 내내 진지했다. 배가 고픈지, 짐이 무거운지, 잠이 부족해 피곤한지 챙길 겨를이 없었다. 접시가 비워지고 배가 차면서 마음이 가벼워졌다. 우리가 오스트리아에 정말로 왔구나, 비로소 실감났다.

한국인은 밥심이라 했던가. 밥심이란 쌀알이 주는 힘이라는 걸 안다. 따뜻하고 보드랍고 적당히 말캉한 작은 알갱이가, 입 안에서 달짝지근하게 퍼지며 전해주는 그 든든함이 우리를 기운 나게 한다는 걸 안다. 기운 나게 하는 그 심은, 힘(力)이면서 또한 마음(心)이라는 것을 안다. 우리는 오늘, 한국에서 12시간쯤 떨어진 오스트리아 빈의 작은 호스텔에서 식빵을 오물거리며 기력을 회복하고 있다. 소복하게 담긴 하얀 쌀밥은 아니지만, 따뜻한 토스트를 앞에 두고 우리는 위로 받았고 응원 받았다. 이건 빵심이라고 해두자.

#밥심이든_빵심이든_무엇이든_땡큐

그림 골라보기
- 이걸 왜 몰랐지?

 이럴 줄 알았다. 초저녁인 여섯 시부터 졸리더라니. 우리 셋 모두 새벽 네 시에 일어나는 기염을 토했다. 시차 부적응이다. 잠은 싹 달아났는데 창밖은 여전히 깊은 밤이다. 싱글침대 세 개만으로도 꽉 차는 좁은 공간에서, 새벽 네 시에 할 수 있는 건 가방 정리뿐이다. 어제 오전 11시에 체크인을 하고 객실에 들어왔다. 씻고 나서 가방 정리를 하려다 돌덩이 같이 무거운 눈꺼풀을 이겨내지 못했다. 아이들과 정신없이 자고 나니, 오후 4시. 찌뿌드드한 몸으로 근처 슈퍼에 갔다. 슈퍼에 들어서자 기운이 솟아났다. 뱅글뱅글 세 바퀴쯤 돌고 나서 간식거리를 샀다. 호스텔 공동주방에 내려가 라면을 끓여 저녁을 먹었다. 배가 부르니 또 눈이 감겼다. 다시 잤다. 그리고 지금, 어두컴컴한 새벽녘 오스트리아 빈의 호스텔 트리플룸에 깨어 있다.

입을 옷가지를 꺼내 옷걸이에 걸고 실내에서 막 신을 샌들도 꺼냈다. 충전을 하지 못한 휴대폰과 노트북, 카메라 충전기를 찾아 코드를 꽂았다. 푸린양과 중딩군은 오늘 갈 예정인 빈 미술사 박물관 가는 길을 확인하고 있다. 막 도착했던 어제 아침, 어정쩡하게 출력해온 지도 때문에 낭패를 겪고 나니 자발적인 아이들이 되었다.

아침이 밝아온다.

"슈퍼 가자!"

옷을 단단하게 입고 동네 슈퍼로 출동한다. 또 세 바퀴를 돌며 아침거리를 샀다. 샌드위치와 계란 샐러드, 따뜻한 파이와 플레인 요거트 그리고 푸린양이 심사숙고 끝에 고른 키티 음료수와 당근 한 봉지(푸린양이 제일 좋아하는 간식은 생 당근이다).

호스텔 주방에 내려가 아침상을 차렸다. 내 몫의 커피도 준비한다. 주방에 우리뿐이다. 아침 먹기엔 너무 이른가?

일렀다. 아침을 먹고 외출할 채비를 하고 지하철을 타고 지도를 보며 길을 찾아 느릿느릿 빈 미술사 박물관 앞에 도착했을 때에도 박물관은 문을 열지 않았다. 오픈 시간인 10시까지는 40분이나 남았다.

아이들과 함께 미술관이나 박물관을 관람하며 깨닫게 된 사실은, 아이들은 생각보다 훨씬 미술작품에 관심이 없더라는 것이다. 대부분의 무관심은 무지에서 비롯된 것이었다. 알지 못하니 궁금하지 않을 수밖에. 때문에 호기심을 가지고 마음을 열게 하려면 '무지의 상태'를 탈출시키면 된다. 그것이 아이들도 흥미로운 미술관 관람의 핵심이다. 호기심의 물꼬를 트는 데엔 엄마의 리드가 최고다. 빈 미술사 박물관은 합스부르크 가문에서 대대로 수집하고 보존해온 예술작품이 전시되어 있다. 회화와 조각, 유물까지 방대한 양의 작품을 보유하고 있는데 우리는 딱 세 화가의 작품만 '잘' 보기로 했다. 아이들이 뽑은 화가 한 명, 엄마가 뽑은 화가 두 명. 한국어가 지원되는 오디오가이드 석 대를 빌려 전시실로 입장한다.

#01. 반가워요, 벨라스케스

"귀엽다."

제일 궁금한 화가, 디에고 벨라스케스Diego Velazquez의 그림을 금세 찾았다. 묵직하게 가라앉은 공간을 밝고 화사하게 만들고 있다.

스페인 궁정화가였던 벨라스케스는 펠리페 4세 왕과 각별한 친분을 쌓았다. 그가 그린 왕가의 그림 중 왕자와 공주의 모습을 담은 그림은 후대에 많은 사랑을 받고 있다. 그림 속 소녀는 마르가리타 공주다. 오스트리아의 레오폴트 1세와 결혼하기로 합의가 되어 있었기 때문에 화가는 정기적으로 공주의 초상화를 그려 오스트리아에 보

• 마르가리타 테레사 공주의 초상, 1653년, 빈 미술사 박물관 •• 마르가리타 공주의 다섯
살 무렵 초상, 1656년경, 빈 미술사 박물관 ••• 푸른 드레스를 입은 마르가리타 공주, 1659
년, 빈 미술사 박물관 •••• 펠리페 프로스페로 왕자의 초상, 1659년, 빈 미술사 박물관

내야 했다. 얼굴을 보지 못한 미래의 시댁에 성장확인을 받는 셈이었다. 오동통한 볼살과 복숭아빛 홍조가 사랑스러운 두 살 무렵의 공주, 구불거리는 금발이 어여쁜 인형 같은 다섯 살 무렵의 공주, 푸른 드레스가 새하얀 피부를 돋보이게 하는 새침한 여덟 살 무렵의 모습이 전시실에 나란히 걸려 있다. 벨라스케스는 당시 궁정 초상화의 경직되고 의례적인 양식에서 벗어나 자연스럽고 사실적으로 표현해 인물에게 생명력을 불어넣었다. 공주의 초상화는 더욱 각별한 정성을 쏟았다. 사소한 부분까지도 섬세하게 표현하여 아이다운 생기와 왕족으로서의 우아함을 극대화하였다. 마르가리타 공주는 오스트리아 황실로 시집간 뒤 7년 만에 세상을 떠났다. 그녀의 나이 스물두 살이었다. 빈 미술사 박물관엔 마르가리타 공주의 초상화 시리즈가 전시되어 있다.

마르가리타 공주보다 더욱 안타까운 주인공의 그림도 있다. 바로 마르가리타 공주의 동생 펠리페 프로스페로 왕자다. 짧은 머리, 희고 붉은 드레스만으로는 성별을 구분하기 어렵지만 그림 속 주인공은 세 살 남자아이다. 여자아이는 붉은색, 남자아이는 푸른색이라는 생각이 일반적인데 과거에는 정반대였다. 붉은색이 불을 상징하고 푸른색은 물을 상징한다고 여겨 붉은색을 오히려 남성의 색이라 여겼다.

희고 붉은 드레스를 입은 왕자는 왕위 계승자였던 형이 천연두로 죽은 뒤 11년 만에 태어났다. 왕자는 날 때부터 병약했다. 왕실은 의

사와 주술사, 점쟁이까지 동원해 왕자를 오래 살게 하려고 갖은 노력을 기울였다. 왕자의 드레스에 묶은 붉은 끈, 주렁주렁 달린 악령을 쫓는 방울과 전염병을 막아주는 약초주머니가 왕실의 간절한 심정을 보여준다. 아이의 생기와 귀여움을 잘 포착하여 담아내던 벨라스케스마저도 왕자의 초상화엔 광채를 담아내지 못했다. 간질을 앓던 창백한 낯빛의 왕자는 왕실의 바람과는 달리 네 살때 심한 발작 끝에 사망했다. 근친혼으로 인한 유전병이 원인이 되었다는 의견이 지배적이다. 안타까운 왕자의 초상화도 빈 미술사 박물관에서 관람할 수 있다.

"어린아이의 모습을 그린 그림이 많아서 특별했어. 성장하는 걸 지켜보는 것 같아서 정이 가."

"공주님 드레스가 반짝거리는 것 같았어. 예뻐서 좋았어."

그림을 앞에 두고 한참 동안 서있던 아이들이 나름의 소감을 이야기한다. 한 사람의 미래를 알고 있다는 것, 그것이 슬픈 미래라면 어쩔 수 없이 그 심정이 그림에 투영되게 마련이다. 오동통한 손가락도 탐스러운 금발도 얼마 지나지 않아 생기를 잃게 될 거라는 걸 아는 탓인지 그림 속 아이들이 어쩐지 가엽다. 대단한 기세의 왕실 공주였으니, 유일한 왕위 계승자였으니 귀했겠지, 호사를 누리고 사랑도 받았겠지. 하지만 성장하고 결혼하고 자녀를 얻고 나이가 드는 지극히 평범한 삶을 가져보지 못한 왕실 아이들의 짧은 생을 누가 행복했다고 말할 수 있겠는가. 불운한 왕실 남매의 그림에 계속 눈이 머문다.

중딩군이 한 그림 앞에 멈춰 선다. 휴대폰처럼 생긴 오디오가이드에 귀를 바짝 대고 그림을 뚫어져라 쳐다본다. 우리가 보고 싶고 궁금했던 두 번째 화가, 피테르 브뢰헬Pieter Bruegel의 〈바벨탑〉이다.

"로마의 콜로세움을 그린 것 같네."

중딩군의 얘기처럼 누가 보아도 그렇다. 브뢰헬의 대표작품인 이 그림의 제목은 바벨탑이지만, 화가가 이탈리아를 여행한 이후 콜로세움의 이미지를 반영하여 그렸다. 네덜란드에서 태어난 브뢰헬은 북유럽의 르네상스를 대표하는 화가다. 바벨탑의 외양이 콜로세움에서 영감을 받은 것이라면 그림의 배경은 플랑드르 지방의 해안도시 안트베르펜을 묘사했다(안트베르펜은 동화《플랜더즈의 개》의 배경이 된 벨기에의 도시). 500년 전 안트베르펜은 북유럽에서 가장 번성했던 항구였다. 영국, 프랑스, 이탈리아, 독일, 포르투갈 등 유럽 각국의 자회사들이 이 도시에 설립되었다. 이로 인해 도시의 선술집은 유럽과 터키, 중국 등 동방에서 온 상인들로 밤낮없이 북새통을 이루었다. 급작스러운 도시의 성장으로 달라진 도시 분위기에 주민들은 몹시 혼란스러웠다. 언어와 관습이 다른 이방인들과 조화를 이루기 어려웠다. 브뢰헬은 안트베르펜의 위태로운 정치 상황과 다문화로 인한 불안 상황을 그림에 담아냈다. 인간의 교만을 벌하기 위해 말을 뒤섞어 의사소통이 힘들어졌고 그로 인해 완성할 수 없었던 바벨탑의 교

•〈바벨탑〉1563년, 빈 미술사 박물관 ••〈농부의 결혼식〉1568년, 빈 미술사 박물관

빈

훈을 되새기게 하는 작품으로 해석하기도 한다.

브뢰헬의 작품 〈농부의 결혼식〉은 '농민의 화가'라는 별칭에 딱 어울리는 그림이다. 바벨탑과는 확연히 다른 색감과 분위기를 지녔다. 노랗고 붉은 톤의 그림 전체에 따뜻함과 푸근함이 녹아 있다. 〈농부의 결혼식〉은 당시 네덜란드 결혼식의 풍습을 생생하게 표현하고 있다. 그림 뒤편의 녹색 휘장 아래 다소곳이 앉아 있는 신부는 소란스러운 축제 속에서 조용히 눈을 감고 있다. 혼자 앉아 있는 걸로 보아 신랑을 기다리는 눈치다. 이 그림을 관람하는 포인트는 신랑 찾기라고 해도 과언이 아니다. 음식을 나르고 있는 청년, 악기를 메고 가운데 서있는 남자? 여러 의견이 있지만 그 중 신랑은 이 자리에 없다는 의견이 가장 설득력 있다. 당시 네덜란드 결혼 풍속에 따르면, 해가 질 때까지 신랑은 신부 앞에 나타날 수 없었다고 한다.

그림의 맨 오른쪽에 모피 달린 옷을 입고 모자를 쓴 남자가 화가 자신일 것이라는 의견도 있다. 실제로 화가는 농부로 변장하여 농촌의 떠들썩한 축제에 참여하곤 했다고 한다. 때문에 그 남자가 화가 자신일 것이라는 주장도 있다. 하지만 모피 달린 옷을 입었다는 것은 상류층이라는 것을 의미하므로 그가 결혼의 증인 역할을 하는 영주라는 의견이 공감을 얻고 있다. 축하보다 먹고 마시는 일에 몰두하고 있는 하객, 혼례식이 열리는 허름한 창고, 소박한 잔칫상 등에서 당시 농민의 곤궁한 생활모습을 생생하게 엿볼 수 있다. 평범한 사람의 일상을 자연스럽고 깊이 있게 그려내는 화가라는 평에 공감할 수 있는 그림이다. 꽤 오래 들여다보던 중딩군은 이 그림을 보고 이렇게 평했다.

"16세기 유럽은 도시는 더럽고 농촌은 가난했어. 도무지 즐거움이라고는 없을 것 같은 시대라고 생각했는데 이 그림을 보니 생각이 조금 달라졌어. 삶의 즐거움이 느껴지는 것 같아. 슬픔만 있는 세상은 없는 것 같아."

고흐의 〈감자먹는 사람들〉이라는 그림이 떠오른다. 어둡고 침침한 통나무집에 앉아 굳은 표정으로 감자를 먹는 사람들. 그림 탓일까, 우리가 떠올리는 유럽 농민들의 삶은 피폐하고 곤궁하고 암울했다. 하지만 고흐의 농민보다 300년이나 앞선 브뢰헬의 농민은 가난하지만 서글프지 않았다. 브뢰헬이라는 재기 넘치는 화가로 인해, 그 시절의 또 다른 모습을 확인할 수 있었다. 빈 미술사 박물관은 브뢰헬의 작품을 가장 많이 감상할 수 있는 곳이다.

#03. 또 만났군요, 아르침볼도

어디 있을까, 박물관의 브로슈어를 보고도 찾을 수가 없다. 결국 전시실 뒤편에 서있는 직원에게 물었다. 여기 있다. 이 기괴하고도 기묘한 작품이. 르네상스 시대 밀라노에서 태어난 화가 주세페 아르침볼도Giuseppe Arcimboldo의 작품 〈물〉이다. 지난 여행, 루브르 박물관에서 그의 작품을 처음 보았다. 〈봄〉〈여름〉〈가을〉〈겨울〉이라는 제목이

붙은 네 장의 그림 앞에서 우리는 딱 멈추어 섰다. 당시 여섯 살, 6학년이었던 두 아이에게 아주 강한 인상을 남겼던 모양이다. 여행에서 돌아온 후에도, 이번 여행을 앞두고도 아르침볼도의 그림은 꼭 다시 보고 싶다고 이야기했다.

주세페 아르침볼도는, 빈 미술사 박물관에서 보고 싶었던 세 번째 화가다. '최고의 창의력을 가진 굉장한 화가'라고 불리는 그는 꽃이나 과일, 채소 등을 결합해 독특한 인물화를 그렸다. 이 그림은 고대 그리스의 4원소설을 바탕으로 제작되었는데 〈땅〉 〈물〉 〈불〉 〈공기〉 등 4개 연작 중 하나다. '물'이라는 주제에 기막히게 충실한 작품으로 진주, 산호, 게, 물고기 등 물 속 생물로 인물을 표현해냈다. 여러 재료 중 산호가 머리 장식처럼 꽂혀 있다. 르네상스 시대엔, 산호가 주인에게 해를 끼치지 못하게 하는 역할을 한다고 믿었기에 머리 부근에 가장 채도 높은 색으로 표현되었다. 루브르에 걸린 그의 작품을 처음 봤을 때처럼 여전히 생경하고 여전히 기발하다.

"특이하기는 한데, 얼굴이 무서워. 다시 본다면 이 그림을 알아볼

〈물〉 1563년, 빈 미술사 박물관

수는 있겠지만 다시 보고 싶지는 않아."

그림을 묵묵히 바라보던 푸린양의 평가다. 특히 이 작품은 유난히 기괴하고 어두워 으스스한 느낌을 피할 수 없다.

한적하고 조용한 미술관에서 우리는, 친절한 우리말 해설을 들으며 수백 년 전 그림을 마주보았다. 가까이에 서서 집중했다가 멀찍이 소파에 앉아 바라보았다. 아무렇게나 우리의 느낌을 이야기하고 우리 마음대로 순서를 매겼다. 기분이 좋아지는 그림, 우울한 그림, 정말 큰 그림, 예쁜 그림, 무서운 그림, 진짜 같은 그림, 비쌀 것 같은 그림, 가지고 싶은 그림. 빈약한 지식 덕분에 우리의 수다는 무한대로 자유로웠다. '백지의 상태'인 까닭에 더 선명하게 저장되었다.

#빈_미술사_박물관 #알고_보면_더_꿀잼
#기념품_살_때가_제일_좋음

춥고 흐린 날 여행하는 법

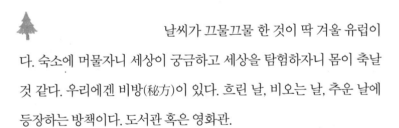

날씨가 *끄물끄물* 한 것이 딱 겨울 유럽이
다. 숙소에 머물자니 세상이 궁금하고 세상을 탐험하자니 몸이 축날
것 같다. 우리에겐 비방(秘方)이 있다. 흐린 날, 비오는 날, 추운 날에
등장하는 방책이다. 도서관 혹은 영화관.

오늘은 영화관이 좋겠다. 오스트리아에서 외국어 영화는 세 가
지 버전으로 상영된다. 독일어 더빙, 독일어 자막(OmU: Original mit
Untertitle), 자막 없는 원어(OV: Original Version). 어린이 영화뿐만 아니
라 성인영화도 마찬가지다. 그럴 줄 알고 영어 전문 상영관의 주소를
확보해두었다. 한국에서라면 우리말 자막 없이 영어만으로 영화를
보는 건 생각해본 적도 없는 일이지만, 독일어 천지인 이곳에선 영어

라는 언어가 얼마나 친근하고 친절한지 모른다. 적어도 독일어처럼 순수한 까막눈은 아니니까.

우리는 애니메이션 〈패딩턴〉을 볼 참이다. 애니메이션은 우리 셋 모두를 위한 선택이다. 간결한 영어 대사와 재미있는 이야기, 무엇보다 예쁜 화면이 있으니 몰라도 다 알 수 있으니까.

영화표 석 장을 사고 콜라와 나초와 팝콘을 챙겨 입장했다. 극장 안엔 고작 열댓 명. 쾌적하고 호젓하다. 페루의 깊은 숲 속에 살던 아기 곰이 영국 런던 패딩턴 역에서 새 가족을 만났다. 새 가족과 함께 살게 된 아기 곰은 날마다 말썽을 피우고 사건을 일으켰다. 푸린양은, 패딩턴이 욕조를 타고 계단 난간을 미끄러지듯 내려오는 장면에서

깔깔깔 웃음을 터트렸다. 중딩군도 내내 킥킥거렸고 짬짬이 저기는 런던 어디 아니야? 하고 물었다. 애니메이션 〈패딩턴〉은 사고뭉치 아기 곰이 가족의 귀염둥이가 되는 어여쁜 영화였다. 생활 영어가 많아 내용도 이해할 만했고 모험과 사랑이 넘치는 스토리도 좋았는데 영화 내내 등장하는 런던의 모습이 제일 예뻤다. 나무늘보처럼 느린 역무원 할아버지에게 표를 사다 기차를 놓칠 뻔한 패딩턴 역, 사람에 치여 밀려다니다 바라본 웅장한 빅벤이며 입구의 공룡 뼈에 압도되었던 자연사 박물관까지, 영화의 모든 장면이 지난 영국 여행을 떠올리게 했다.

　화장실에 간 중딩군을 기다리며 앉아 있는 우리에게 오스트리아 아줌마가 말을 걸어온다.

　"영화 재밌죠? 영화를 보니 런던에 가보고 싶네요."

　"저도요. 실제 런던이랑 영화 속 런던이랑 똑같네요."

　아줌마는 더 가까이 다가왔다.

　"어머, 런던에 가봤어요? 빅벤이랑 타워 브리지가 영화랑 똑같아요? 부럽네요. 지금 여행 중인가요? 일본인이에요?"

　한국인이라는 대답에, 아줌마는 아시아에서 유일하게 일본에 가보았다고 얘기한다. 오스트리아에 살면서 영국 여행을 못 해본 아줌마와 한국에 살면서 일본 여행을 못 해본 아줌마가, 서로의 여행을 부러워하다 헤어졌다.

어쩌면 우리는 이렇게 말하고 싶었을지 모른다.

이렇게 가까운데 가지 그래요? 라고.

결국 여행이란 거리의 문제가 아니다. 열망의 문제다. 기꺼이 열 몇 시간을 날아, 수일의 시간과 많은 돈을 들여도 좋다는 간절한 열망. 그 열망이 지극할수록 더 용기를 내게 된다.

영화를 보는 사이, 해가 졌다. 거리의 조명이 화려하다. 영화 감상 다음엔 식사, 우리의 나들이 코스도 연인의 데이트 코스와 다르지 않다. 블로그에서 유명한 비엔나 립스를 먹으러 가자. 음식에 대한 호기심이나 욕망이 없는 우리는 맛집에 대한 열망도 없는 편이다. 블로그의 후한 후기도 그다지 신뢰하지 않는다. 어찌된 노릇인지 그들과 나는 '맛있는 맛'의 기준이 번번이 달랐다.

레스토랑은 저녁 시간이라 사람들로 가득하다.

"예약하지 않았다면 기다려야 합니다. 시간이 꽤 걸리겠는 걸요."

시간이 걸리겠다는 말을 듣는 순간, 맹렬하게 배가 고파온다.

"몇 시쯤 식사할 수 있을까요?"

"잠깐만요, 예약 시간을 미룬 테이블이 있는데 괜찮다면 한 시간 안에 식사를 마칠 수 있나요?"

빨리 먹기라면 문제없다!

레스토랑 내부의 천장이 높고 둥그렇다. 동굴 속 같기도 하고 와인 창고 같기도 하다. 자리에 앉자마자 고민없이 비엔나 립스와 감자, 샐러드를 주문했다.

　호주 시드니에서도 립스가 유명하다는 레스토랑에 간 적이 있다. 그곳에선 립스보다 옆 테이블의 커플이 인상적이었다. 그들은 헤어지는 중이었다. 정확히 말하자면 남자가 차이는 중이었다. 남자는 그럴 줄도 모르고 양복을 갖춰 입고 꽃다발을 준비해왔다. 청혼을 하려 했는지도 모르겠다. 사랑을 속삭이는 줄 알았는데 어느 순간 여자가 벌떡 일어섰다. 그리고 또각또각 구두소리를 내며 사라졌다. 남자는 소리치거나 잡지 않았다. 고개를 숙인 채 한동안 움직이지 않았다. 얼마 후 그도 자리를 떠났다. 꽃다발을 들고 터벅터벅. 그들이 떠난 테이블 위에는 커다란 접시만 남았다. 아! 그들은 립스를 한 점도 먹지 않았다. 몹시 안타까웠다.

　오늘 우리의 왼쪽 테이블에선 한국인 아가씨 여행자 둘이서 뼈에 붙은 마지막 살점을 묵묵히 뜯고 있다. 오른쪽 테이블에선 서양인 아줌마와 아이들 한 무리가 요란스럽게 스테이크를 자르고 있다. 어느 쪽도 안타까울 일은 없겠다. 드디어 우리의 립스가 등장했다. 푸짐함으로 승부하는 립스답게 도마만한 나무접시를 가득 채우고 있다. 기대감 없이 시작한 저녁 식사치고 우리는 열렬했다. 손에 묻은 소스를 쪽쪽 빨아먹고, 부스러기 한 조각 없이 감자튀김을 해치웠다. 20분밖에 지나지 않았다. 립스는 언제나 보통은 한다. 맛이 아주 없지도, 아주 있지도 않다.

밤이 깊어졌다. 조명을 받은 슈테판 성당이 새하얀 자태를 드러냈다. '빈의 혼'이라 불리는 슈테판 성당은 모차르트의 결혼식과 장례식이 열린 곳으로 많은 여행자들이 찾는다.

겨울바람은 여전한데 성당 앞은 여행자들로 북적인다. 137미터짜리 첨탑을 바라보는 얼굴 위로 겨울바람이 스쳐 지난다. 배부른 저녁, 겨울바람이 차가운 줄도 모르겠다. 깔깔거리며 감상했던 〈패딩턴〉의 기억이 어느새 아스라하고 립스 소스의 달콤함만 생생하다. 춥고 흐린 날, 여행의 완성도 결국 외식이다.

#외식은_모름지기_배가_불러야

결코 식지 않는
사랑도 있지

빈에서 머물고 있는 숙소는 '마이닝거 호텔 빈 다운타운 시씨'다. 호텔이라기보다는 깔끔한 호스텔에 가깝다. 숙소 이름에서도 그렇듯, 빈이라는 도시 곳곳에서 시씨sissi라는 이름을 쉽게 찾을 수 있다. '시씨'라는 여인에 대한 이야기를 해야겠다. 그녀는 유럽에서 가장 아름다운 황후, 오스트리아 국민들이 가장 사랑하는 황후라는 평과 함께 몹시 불행했던 여인, 평생 20인치의 허리를 유지하며 미모에 집착했던 여인이라는 타이틀을 동시에 가지고 있다. 엘리자베트 폰 비텔스 바흐는 바이에른 공국의 딸로 태어나 아버지의 사랑을 듬뿍 받으며 성장했다. 시씨는 어릴 적 가족이 부르던 그녀의 애칭이다. 오스트리아 황후 후보였던 언니 헬레나와 오스트리아 황태자 프란츠 요제프가 선을 보는 자리에 참석한 시씨는, 황태자의 눈을 사로잡고 만다. 얌전하고 조신한 헬레나를 며느리감으로 점찍어두었던 시어머니 조피는 활달하고 밝은 시씨를 탐탁지 않게 여겼다. 하지만 황태자는 시씨에게 청혼을 하고 결국 결혼에 이르게 되었다. 시어머니의 반대를 무릅쓴 결혼이라니, 시씨의 결혼생활은 불 보듯 뻔했다. 남편 프란츠 요제프는 그녀를 몹시 사랑했지만 어머니로부터 아내를 지켜주지 못했다. 시씨는 아이를 낳는 대로 모두 시어머니에게 내주어야 했다. 시어머니와 함께 있는 자리에서만 아이들을 만날 수 있었다. 그러다 첫째 딸을 병으로 잃고 만다. 숨 막히는 궁정 생활, 자신의 의지는 철저히 배제되는 시어머니와의 갈등, 그런 어머니에게 저항하지 못하는 남편에 대한 실망 그리고 열아홉 나이에 어린 딸을 잃은 상실감은 시씨를 힘들게 했다. 자신을 받아주지 않는 것 같은 빈에 머물 때면 그녀는 늘 기침발작을 일으켰고 눈에 띄게 건강이 나빠졌다. 마음마저 상한 그녀는 자신의 아름다움을 유지하는 데 집착하기 시작했다. 결혼 후 4년 동안 임신과 출산을 세 번이나 반복했음에도 173cm의 키에 40kg대의 가냘픈 몸매를 유지하고 있었다. 승마와 산책에 집착하고 광적으로 운동을 거듭했기 때문이다.

시씨는 자신을 옥죄는 궁에 머물지 못하고 줄곧 외국을 떠돌아다녔으며 황제 프란츠는 다른 여인을 통해 허전함을 달래었다. 부부의 막내딸 발레리는 프란츠 요제프 황제 부부와 루돌프 요제프 황태자 부부와 함께 자리한 크리스마스 이브의 풍경을 이렇게 묘사했다. '다

빈

엘리자베트 황후   프란츠 요제프 황제

른 집안에서는 크리스마스가 가족을 사랑과 이해로 결속시켜주는 날이 될 것이다. 그런 가족들은 얼마나 행복할까! 하지만 오늘 우리 가족 다섯 사람은 5시 30분에 저녁식사를 위해서 모인 뒤 각자 뿔뿔 이 흩어질 것이다.' (《제국의 종말》에서 발췌, 가람기획 간)

평생토록 불안과 부유를 안고 살아가던 황후 시씨는 1889년 1월, 비극적인 소식을 전해 들었다. 아들 루돌프 요제프가 마이얼링의 별 장에서 정부(情婦) 마리 베체라와 함께 권총 자살했다는 것이었다. 황실 가족 중에서 아들의 소식을 처음으로 전해들은 시씨는 황제에 게 이 끔찍한 사실을 전해야 했다. 시씨는 마리 베체라가 아들 루돌프 를 독살했다고 알렸다. 그때 그녀는 그렇게 믿고 있었다. 아들이 죽었 다는 소식을 들은 황제는 참담함을 감추지 못했다. 아들 루돌프는 보 수적이고 친독일적인 아버지 프란츠 황제보다 자유롭고 친프랑스적 인 어머니 시씨 황후의 성향을 물려받았다. 아들과 아버지의 관계이 기 전에 황제와 황태자였던 부자는 몹시 대립하고 불편한 관계였다. 황태자는 황제의 보수주의적 정치에 대단히 비판적이었고 황제는 아들의 자유주의적 세계관을 못마땅하게 여겼다. 특히 헝가리 민족 문제에 대해 부자는 심각하게 대립했다. 벨기에 공주와 이미 결혼한 상태에서 황태자는 열일곱의 마리 베체라에게 빠져들었다. 그의 이 혼 요구는 황제에게 무시당하고 교황청에서 거절당했다. 부자는 심 한 말다툼을 했다. 자살사건이 일어나기 불과 나흘 전이었다.

마이얼링의 비극적인 사고 이후, 시씨는 검은 상복만을 입었다. 그

빈

녀의 삶은 빛을 잃었다. 황제 역시 겉으로는 위엄을 갖추었으나 가슴 가득 슬픔을 품고 살았다. 그로부터 9년 뒤, 1898년 시씨는 스위스에서 이탈리아 무정부주의 청년의 칼에 찔려 숨을 거두었다.

황후가 죽은 뒤 황제는 황후의 초상화가 걸려 있는 집무실에서 지칠 때까지 앉아 있었다. 50대 중반의 나이에도 열 시간 동안 말을 타고 다니며 군대의 기동연습에 참여할 만큼 참나무 같은 체력을 가졌던 황제는, 삶을 지탱해준 사랑을 잃고 쇠약한 노인이 되었다.

우리는 지금 쉰부른 궁전 안 프란츠 요제프 황제의 집무실에 서 있다. 크고 높은 창 아래, 작은 책상이 놓여 있다. 황제의 작은 책상을 황후 시씨의 커다란 초상화가 내려다보고 있다. 황제가 황후를 잃고 하염없이 머물렀던 바로 그 방이다. 단체 관광객이 지나가기를 기다려 우리는 오디오가이드를 귀에 댔다. 조용히 듣고 천천히 보고 싶다. 앞 사람을 뒤따르지 않고 뒷사람에게 쫓기지 않으면서 느긋하게. 우리는 아주 가까이에서 황제의 좁은 책상을, 딱딱한 팔걸이의자를, 아름다운 황후의 초상화를 천천히 눈에 담았다. 벽을 가득 채운 태피스트리는 정교하고 동양에서 들여온 장식품들은 화려하다. 세월이 흘렀어도 마호가니 가구는 여전히 반질반질하고 식탁 위의 은식기는 윤기가 흘러넘친다. 황실 사람들의 삶을 상상하기에 부족함이 없다. 크리스마스 만찬의 아쉬움을 토로한 막내딸 발레리의 말을 듣지 않았더라면, 우리는 이토록 아름답고 화려한 궁전의 삶을 몹시도 부러워했을 터였다. 하지만 삶이란 놀랍도록 공평하다. 일상의 행복과 눈부신 명예를, 대단한 부와 가족의 화목을 모두 가진 이는 세상 어디에도 없다. 명예와 화목을 맞바꾸어야 하고 평화와 사랑을 거래해야 한다. 쇤부른 궁전을 완공한 마리아 테레지아 역시 제국의 번영과 가문의 안정을 위해, 성장한 딸들을 정략 결혼시켰다. 프로이센에 대항하고 오랜 숙적인 프랑스와 화해하기 위해 막내딸 마리아 안토니아를 루이 16세에게 시집보낸 후 여제는 가슴 속에 빚을 안은 채 살았다. 엄하고 칭찬에 인색했던 어머니였음에도 국가를 위해 어린 딸의 젊은 생을 희생시켰다는 미안함이 컸다. 막내딸의 나이 열네 살 때였다. '적국의 공주'라 불리며 힘겨워하는 딸을 위해 여제는 보상하려는 노력을 평생토록 아끼지 않았다. 가슴 속 빚이었던 막내딸 마리아 안토니아, 프랑스 이름 마리 앙트와네트가 단두대의 이슬로 사라지는 사실을 알지 못한 채 여제가 숨을 거둔 건 조물주의 마지막 자비였을까. 삶마저 불행했던 자식의 죽음을 견뎌낼 어머니는 세상에 없을 테니.

샛노란 쇤부른 궁전이 파랗게 맑은 겨울하늘과 잘 어울린다. 일본 아주머니 대여섯 명이 나란히 몸을 비틀고 서서 궁전을 배경으로 사진을 찍는다. 같은 포즈로 찍은 사진을 들여다보며 까르르 웃음을 터트린다. 중딩군과 푸린양이 똑같이 찍어보겠단다. 함박미소를 띤 채 궁전 앞에 선다. 사진을 찍고 우리도 까르르 웃음을 터트린다.

궁전 뒤편의 글로리에테 언덕에 올라 핑크빛으로 물드는 석양을

감상하고 내려오는 길, 푸린양이 주저앉았다. 부실한 발목은 푸린양의 고질병이다. 여섯 살 무렵부터 아프기 시작한 발목 때문에 여러 병원을 다녔다. 어느 곳에서는 발목에 염증이 있다 하고 어느 곳에서는 평발이라고 했다. 염증이 있다는 곳에 평발이냐 물으면 절대 아니라고 했고 평발이라 진단한 곳에 염증이 있느냐 물으면 그런 건 없다고 했다. 염증약을 먹일 수도 없고 평발용 깔창을 깔 수도 없었다. 결국 소아정형외과 전문의로 이름난 의사를 찾아 진찰을 받았다. 염증도 평발도 아니었다. 성장통이라 했다. 다만 무릎이 약해서 발목에도 쉽게 무리가 갈 거라고 했다. 약도 깔창도 필요하지 않고 그저 무리하지 않고 자주 마사지를 해주라는 진단이었다. 성장이 끝나기 전까지는 계속 아플 수밖에 없다는 결론이었다.

여행은 별 수 없이 줄곧 걸어야 한다. 우리는 자주 쉬었다. 카페에 들어가 차를 마시고 벤치에 앉아 수다를 떨었다. 그럼에도 일상에서보다 몇 배나 많이 걸어야 하니 아이는 번번이 힘들어했다. 쇤부른 궁전을 한 바퀴 돌고, 궁전 옆 동물원 구경을 하고, 뒤편 언덕까지 올라갔다 왔으니 걷지 못하겠다고 주저앉는 건 너무 당연한 일이다.

쪼그려 앉은 푸린양 앞에 중딩군이 등을 내민다.

"업혀!"

푸린양은 기다렸다는 듯 냉큼 업힌다.

일곱 살 터울이 지는 남매는 사이가 아주 좋다. 중딩군은 푸린양 친구들 사이에 '친절한 오빠'로 통한다. 푸린양이 태어났을 때 중딩군

빈

은 초등학교 1학년이었다. 만화 주인공의 이름에서 따온 '푸린'이라는 애칭도, 예쁘고 귀여운 여동생을 기대하며 제 오빠가 지었다. 마침내 여동생이 태어났다. '예쁘고 귀여운' 여동생 말고 '귀여운' 여동생이. 우리는 합심하여 아기 푸린양을 놀렸다. 몸이 식빵처럼 토실하다는 둥 코가 없다는 둥 머리핀을 안 꽂으면 남아라는 둥. 중딩군, 당시 초딩군에게 동생은 엄마 아빠의 사랑을 뺏어간 경쟁자가 아니었다. 엄마의 놀림에서 구해줘야 할 보호대상이었다. 푸린양이 자라, 몸이 식빵처럼 토실하지도 않고 머리핀 없이도 당당하게 여아 소리를 듣게 된 지금도 여전히 중딩군은 아기 돌보듯 동생을 살핀다.

"힘들어?"

푸린양이 오빠의 목에 팔을 두르며 묻는다.

"너무 조르면 기침 나오잖아, 이 꼬맹아."

중딩군이 컥컥거리면서도 힘차게 앞장서 걷는다.

유럽을 호령한 마리아 테레지아가 평생토록 막내딸에 대해 미안함을 가진 것도, 강건하고 현명한 황제 프란츠 요제프가 끝없이 대립했던 아들 루돌프의 죽음을 가슴에 품은 것도, 아름다움을 목숨처럼 여기던 황후 시씨가 검은 상복을 벗지 않은 것도, 모두 사랑 때문이다. 세상을 움직이는 건 돈과 힘이지만 사람을 움직이는 건 사랑이다. 뜨겁게 달구어졌다 금세 식고 마는 연인의 사랑 말고, 뜨겁게 끓어오르지 않지만 결코 식는 법 없는 가족의 사랑, 그것은 사람도 세상도 움직이게 한다.

여전히 낄낄거리는 두 아이의 곁으로 가 괜한 말을 하고 말았다.

"스테이크 먹으러 가자!"

남매의 사랑이 엄마의 주머니를 움직이고 말았다.

#결코_식는_법_없이_언제나_끓어오르는_푸린양의_사랑

#그것은_엄마_말고_스테이크

욕심이 필요한 순간

 다른 도시는 아스팔트로 포장되어 있지만 빈은 음악으로 포장되어 있다는 말이 있다. 빈은 명실공히 음악의 도시다. 슈베르트, 베토벤, 요한 슈트라우스 등 많은 음악가들이 태어나고 공부하고 음악을 만들고 연주하며 생을 보냈다. 여행에서, 특히 아이들과 떠난 여행에서 들인 시간과 비용을 떠올리며 본전 생각을 하는 건 어리석은 짓이다. 속만 상할 뿐 득 될 것이 없다. 하지만 가끔 그것이 필요한 때가 있다. 평소의 나라면 하지 않을 시도를 할 때, 일상에선 좀처럼 하기 어려운 도전을 할 때, 본전 생각은 그것을 시도하게 하는 강한 추진제가 된다. 동네 마트도 기어이 차를 끌고 가는 아줌마가 서너 시간짜리 트래킹을 하겠다니, 콘서트는 사람이 많아서 싫고 음악회는 조용해서 괴롭다는 예술 무자격자가 클래식 공연에 가겠다니, 모두 본전 생각의 힘이다. 멀리 왔으니, 그 정도 도전은 해봐야 하지 않겠느냐는.

지난 런던 여행에서, 뮤지컬 공연을 관람하던 아이들이 차례로 잠들었다. 덕분에 3인분어치 공연을 관람했다. 감동도 세 배였다고 나는 우겼다. 때문에 오스트리아 여행에서 음악회에 참석하는 일이 일면 두렵기도 하다. 품위를 더 지켜야 하고 예의를 갖추어야 하는 시간이 될 텐데 가능할까. 이미 가방은 가득차서 여분의 옷을 챙길 수도 없는데 공연장에는 어떤 옷을 입고 가야 하지? 걱정을 시원하게 해결해줄 묘책을 발견했다. 여행 카페에 올라온 정보에 따르면 겨울방학부터 1월까지는 빈 국립음대 학생들의 졸업 발표회 기간이란다. 학

빈

생들의 다양한 공연이 빈 시내 곳곳에서 매일 열리고 있으며 누구나, 무료로 감상할 수 있다는 꿀정보를 알게 되었다. 당장 빈 국립음대 홈페이지에 접속했다. 성악부터 피아노, 현악 연주회까지 다양한 공연이 하루에도 두세 건씩 열리고 있었다. 사전 예약도 필요 없다. 특별히 의상을 갖추어 입어야 할 필요도 없었다. 빈을 여행하는 어느 하루, 그냥 공연장으로 가면 되는 것이다. 아이들이 부담 없이 클래식 음악을 접하기에 좋은 기회다.

쇤부른 궁전 안에 위치한 공연장 입구에 단정하게 양복을 갖춰 입은 신사들, 예쁘게 차려입은 숙녀들 옆으로 두툼한 겨울 점퍼를 걸친 할머니 할아버지가 소담스런 꽃다발을 들고 서계셨다. 편안한 분위기에 마음이 놓였다. 화장실에 다녀와 프로그램을 읽어 내려가다 불쑥 반가운 마음이 들었다. 독일, 오스트리아, 이탈리아, 미국 등 세계 각지에서 유학 온 학생들 사이에서 눈에 띄는 우리 이름. 공연이 더욱 기대된다. 공연 시각이 다가오자 복도를 서성이던 관객들이 입장한다. 좌석표 같은 건 없다. 마음에 드는 아무 곳에나 앉으면 그만이다. 우리는 뒤편에 자리 잡았다. 그들은 공연에 익숙한 듯 자연스러웠고, 서로 아는 사이인 양 반갑게 눈인사를 하고 악수를 나눈다. 그들 사이에서 우리는 유일한 동양인 가족이고, 유일한 어린이 관객이다.

조명이 꺼진다. 아담한 무대 위엔 까만 피아노뿐이다. 검은 드레스를 입은 여학생이 등장한다. 오스트리아 학생이다. 크게 심호흡을 하며 피아노 연주자와 눈을 맞춘다. 잔잔한 박수소리가 퍼진다. 목소리가 가늘게 떨린다. 주먹을 꼭 쥐고 있다. 모두가 숨을 죽인다. 마침내 노래가 끝났다. 무대 위의 학생이 작게 웃는다. 기다렸다는 듯 박수소리가 터져 나온다. 졸업 발표회인 오늘 공연의 관객은 대부분 가족이나 친구들이다. 무대 위에서 떨고 있는 학생들을 가장 가까이에서 보아온 이들, 가장 진심으로 격려해주는 이들이다. 학생의 떨림에 마음 졸이고 학생의 완창에 누구보다 기뻐해줄 이들이다. 다투어 연주하는 '경연'이 아니라 함께 연주하는 '공연'이라는 의미에 더없이 어울리는 공간이다. 두 번째 공연자는 폴란드에서 온 여학생이다. 긴장한 기색이 역력하다. 관객들은 다시 따뜻한 응원의 박수를 보내고 숨죽여 맑은 목소리에 귀를 기울인다. 노래가 끝나면 우레와 같은 박수를 보낸다. 공연 말미에 등장한 한국 여학생에게 나는 더 많은 마음을 담아 박수를 보냈다. 하지만 그럴 필요는 없었다. 관객들은 누구에게나 그렇게 하고 있었으니까. 미국에서 온 흑인 청년에게도, 한국에서 온 여학생에게도, 아낌없이 박수와 환호를 보냈다. 박수 소리와 함께 온기가 퍼져나가고, 환호 소리가 반짝거리며 공연장을 채우고 있었다.

푸린양은 세 번째 노래를 자장가 삼아 잠들었다. 예상대로다. 중딩군은 공연 끄트머리에 등장한 한국 유학생에게 힘차게 박수를 친 다음 잠들었다. 차디찬 겨울바람을 헤치며 다닌 아이들에게 온화한 온도와 고운 목소리는 천상의 자장가나 다름없다. 1부 공연이 끝나고 2부 공연이 시작되기 전, 인터미션때 우리는 퇴장했다. 푸린양이 어찌

빈 🚌

나 곤하게 자는지 이대로라면 코까지 골 기세다.

　스무 명 가까운 학생들이 부른 레퍼토리 중 아는 곡은 한 곡도 없었다. 스트, 스트 하는 어미를 듣다 보니 독일노래라는 것만 겨우 알아챌 수 있었다. 학생들의 열정은 같았으나 그들의 분위기와 실력은 다양했다. 음악 문외한이 듣기에도 쉬운 곡, 난이도가 있는 곡이 있었고 목청이 고운 사람, 힘이 있는 사람, 저음이 좋은 사람, 고음에 강한 사람이 있었다. 이제 막 공부를 마친 아마추어 음악가들은 이제 다시 시작이다. 여섯 살 모차르트가 왕실 가족 앞에서 연주한 쇤부른 궁전에서 졸업 공연을 했으니 모차르트의 음악적 신기(神技)가 옮겨 갔을지도 모를 일이다. 오늘의 떨림을 기억하며, 세상의 모든 떨림을 위로해 주는 음악가가 되길 기원한다. 꽃다발 하나쯤, 꽃 한 송이를 준비했다면 더 좋았겠다. 머나먼 타지에서 꿈을 키우고 있는 한국 여학생에게도 좋고, 가장 바들거리던 폴란드 여학생에게 건네도 좋았을 것을.

　이번에도 어김없이 아이들은 잠들었다. 이번에도 예상대로 혼자서 3인분의 공연을 감상했다. 무료공연이니 본전 생각 따위 하지 않아도 그만이지만 애초에 본전 생각하지 않았으면 오늘 이 시간을 즐기지도 못했겠지.

　때때로 여행길에선, 욕심이 필요한 순간이 있다.

#코고는_멤버_없이_오롯이_공연을_즐기는_날도_오겠지 #와야_한다

구글이 우리를
불안하게 할지라도

 긴 여행 중, 간단히 몸만 떠나는 1박 2일 홀가분 여행을 한두 번 끼워 넣는다. 홀가분 여행이란, 크고 묵직한 그래서 고역인 캐리어를 호스텔에 맡기고 가뿐하게 떠나는 근교여행이다.

우리는 오늘 인근 도시 제그로테Seegrotte로 홀가분 여행을 떠난다. 호스텔 체크아웃을 하고 커다란 짐을 몽땅 호스텔 보관실에 넣었다. 불안한 마음에 챙겨온 자전거 체인으로 캐리어 두 개의 손잡이와 보관대 기둥을 꽁꽁 엮어 두었다. 보관대 쇠기둥을 뽑지만 않는다면 가방은 무사할 것이다. 프라터슈테른Praterstern 역에서 뫼들링Mödling 행 기차를 타야 한다. 기차역은 깨끗하고 한산하다. 여행자가 많지 않아 어디에서 무엇을 하건 기다리는 일이 없다. 겨울여행의 장점이다.

빈에서 기차로 40분, 뫼들링 역에 도착했다.

"이 정류장에서 262번 버스를 타면 돼. 이름이 이상한 정류장에서 내린 다음에 도보로 이동하면 호텔이 나오네."

출력해온 구글 지도를 보며 중딩군이 노선 파악을 끝냈다. 버스가 도착했다. 버스는 역 주변을 벗어나더니 이내 마을 가운데로 들어간다.

이번에 내리는 것 같은데?

주섬주섬 짐을 챙겨 일어서려는데 버스가 정류장을 지나쳐간다. 종착지에 다다랐는지 버스 안에 남은 승객은 우리뿐이다.

기사 할아버지에게 다가간다.

"방금 지난 정류장에서 내려야 했는데 못 내렸어요. 지금 세워주시면 안 될까요?"

"커브길이라 버스를 세우기가 곤란해요. 다음 정류장에서 내려요."

이번엔 내릴 채비를 완벽하게 갖추었다. 내리는 문 근처에 바짝 선다. 버스는 생각보다 아주 한참 동안 달렸다. 마침내 버스가 멈춘다. 내리려는 우리를 기사 할아버지가 부른다.

"어디까지 가요?"

우리는 운전석으로 걸어가 지도를 내밀었다. 할아버지는 셔츠 주머니에서 안경을 꺼내 쓰고 지도를 살피더니 고개를 갸웃거린다.

"이 호텔에 가는 거라고요? 아까 지난 정류장 근처에는 모두 주택

뿐이라 호텔은 없는 곳인데…. 방금 지나온 거리가 꽤 멀어요. 아이들이랑 걷기에는 힘들 거예요. 그냥 이 버스를 타고 종점까지 갔다가, 다시 타고 오면서 내려요. 그게 낫겠어요. 그 근처엔 호텔이 없는데….”

버스 뒤편으로 돌아왔다. 그 근처엔 호텔이 없다는 할아버지의 말이 걸렸지만 작은 호텔이라면 눈에 띄지 않을 수도 있겠지, 라고 생각하며 찜찜함을 털어냈다. 버스는 언덕길을 오르고 널찍한 교외주택가를 지나 등산로 입구에 멈췄다. 버스 시동을 끈 할아버지가 버스에서 내린다.

“10분 후에 다시 출발할 거예요. 그동안 여기 숲 구경하고 산책도 하고 와요. 공기도 좋고 예쁜 산이에요.”

우거진 숲 사이로 이어진 길고 좁은 오솔길을 등산복을 갖춰 입은 가족들이 오르고 있다.

“우리도 산책하고 올까?”

“추울 것 같아. 그냥 차에 있을래.”

눈발이 날리기 시작한 바깥은 추워 보인다. 그럼에도 산책 중인 가족들은 즐거워 보인다. 온가족이 함께, 라는 건 저런 모습이구나. 빈자리 없이, 허전함 없이, 제 자리에 모든 게 갖추어진 모습, 호호 깔깔거리는 것도 샐쭉하게 삐지는 것도 안정되어 보이는 모습. 부부와 두 아이가 비슷한 색의 점퍼를 입고 걷는 뒷모습에 자꾸만 눈길이 간다.

산책 대신 버스 창을 열고 코를 벌름거려 상쾌한 겨울숲 공기를 들이마신다. 할아버지가 돌아왔다.

버스를 새로 타는 셈이니 요금을 들고 운전석으로 다가갔다. 할아버지는 기어이 요금을 내지 못하게 한다. 목적지에 제대로 내리지 못했으니까, 지금이 제대로 가는 거니까, 버스 한 번 탄 거나 마찬가지라며 몇 번이나 '잇츠 오케이'란다.

자리로 돌아온 우리는 회의를 시작했다.

"할아버지가 요금을 내지 말래. 선물이라도 하고 싶은 데 좋은 생각 있어?"

"할아버지 진짜 친절하시다. 근데 나는 아무것도 없는데."

중딩군이 주머니를 뒤적인다.

"인사동에서 산 기념품 있잖아. 그거 선물하면 좋겠다."

푸린양이 의견을 냈다.

아차, 호스텔 기둥에 꽁꽁 묶어놓은 캐리어 속에 기념품들이 들어 있다. 젓가락도 사고 한복 입은 아이들 모양 자석도 넉넉히 샀는데 안타깝다. 그때 푸린양이 가지고 있던 동전지갑이 눈에 들어왔다. 보들보들한 누빔 색동 지갑. 이번 여행에서 처음 사용한 거라 새거나 다름없다. 때도 타지 않았고 얼룩도 묻지 않았다. 지퍼도 쌩쌩하다.

버스는 다시 언덕길을 내려가 널찍한 교외주택가를 지난다. 얼마쯤 지나자 할아버지가 우리에게 손짓을 한다. 내릴 준비를 하고 운전석 옆으로 다가갔다. 버스가 멈춘다.

제그로테

"저기, 이거요."

색동지갑을 내밀었다.

고마워서 선물해드리고 싶다고, 한국 전통 의상인 한복에 들어가는 색동이라는 무늬인데 부인이나 딸에게 선물하면 좋아할 거라고, 딸아이가 가지고 있던 거라 새 건 아니지만 받아주시면 좋겠다고 말했다. 할아버지도 우리도 몇 번이나 고맙다는 인사를 주고받았다. 버스는 떠났다.

할아버지 얘기대로, 근처 어디에도 호텔 같은 게 있을 것 같지 않다. 그야말로 한적한 교외 주택단지다. 눈발은 더 굵어졌고 행인은 없다. 이제 다음 경로를 찾아 이동해보자.

"헉! 이게 뭐야?"

프린트 해온 구글 지도를 보며 우리는 깜짝 놀랐다. 구글 지도는 이렇게 안내하고 있었다. '262번 버스(15개 정류장, 19분), Gießhübl Gemeindeamt 정류장 하차, 도보(4km, 49분)' 지도가 알려주는 대로라면, 우리는 이 정류장에서 언덕배기 길 4km를 약 49분 동안 걸어야 한다. 일반 성인걸음으로 49분이라면 운동 안 한 아줌마에겐 두 시간, 발목 아픈 꼬마에겐 세 시간이라는 의미다. 왜 우리는, 이 경로를 인지하지 못했을까? 이 정도로 걸어야 하는 거라면 다른 방법이 있는지 확인했을 텐데 말이다. 미루어 짐작했던 나의 불찰이다. 인터넷 길 찾기를 할 때, 도보 구간이 포함되기도 하지만 우리나라에서 20분 이상 도보로 이동해야 하는 경우를 본 기억이 없다. 걷지 않아도 되는 다른 교통수단이 반드시 있었으니까. 때문에 이 지도를 손에 들고 몇 번이나 들여다보면서도 '도보'라는 방법에만 집중했을 뿐 '49분, 4km'에는 집중하지 않았던 것이다.

호텔에 전화를 걸어 다른 방법이 있는지 물었다. 우리의 당혹스러움이 전달되지 않은 모양이다. 호텔 직원은 우리 위치를 묻지도 않고 택시회사 번호를 불러준다. 요금이 비싼 택시는 거의 타지 않는 편인데, 오늘은 선택의 여지가 없다.

현지 전화통화가 가능한 푸린양 휴대폰으로 전화를 건다.

"택시입니다."

"여기로 와 주실 수 있나요?"

"지금 어디에 있어요?"

"아, 그러니까, 어,(버스 정류장 이름을 도저히 읽을 수가 없다!) 버스 정류장에 있는데 이름은 못 읽겠구요. 262번 버스 종점에서 시내 방향으로 10분쯤 내려온 지점에 있는 정류장인데, 정류장 앞에 우체국이 있어요. 지금 거기에 있어요."

"어디라구요? 버스 스탑이요?"

"네, 포스트 오피스 앞에 있는 버스 스탑이요."

"버스 스탑이라구요?"

"버스 스탑인데, 포스트 오피스 앞에 있다고요!!"

수화기 건너편 여자는 버스 스탑과 포스트 오피스를 구별해서 듣지 못한다. 몇 번 되묻더니, 알았다며 전화를 끊는다. 알아들은 걸까?

제그로테

잠시 후 전화가 걸려왔다. 이번엔 택시 기사다. 그 역시 버스 스탑과 포스트 오피스 사이를 몇 번 방황하더니 맥 빠진 목소리로 오케이라며 전화를 끊는다. 우리의 근심은 더욱 깊어졌다. 과연 택시가 올 것인가?

행인 하나 없는 교외주택가, 문 닫은 우체국 앞에서 우리 셋은 사막의 미어캣처럼 고개를 빼고 도로 양쪽을 노려보았다. 한 대의 차량도 놓치지 않겠다. 5분이 지났다. 택시도 나타나지 않고 전화도 없다. 더 기다려야 하는 걸까? 우리가 여기에 있다는 게 전달이 됐을까? 시간이 흐를수록 불안감이 커진다.

그때 길 건너편에 한 남자가 나타났다. 이 거리에서 서성인 지 20분 만에 처음으로 목격한 생명체다. 몸에 딱 달라붙은 트레이닝복을 입고 헤드폰을 낀 채 달리고 있다. 우리는 길을 건너, 그 남자에게 다가갔다. 남자는 당황한 표정으로 멈춰 선다.

"저희 좀 도와주시겠어요. 이 호텔로 가려고 택시를 불렀는데 10분이 지나도 오지 않아서요. 택시회사에 전화해 주실래요? 의사소통이 잘 되지 않아서요. 부탁드려요."

조깅 남자가 허리춤에 차고 있던 지퍼백에서 휴대폰을 꺼낸다. 호텔이름이 적힌 종이를 보고 검색하더니 어디론가 전화를 건다. 남자는 금세 통화를 끝냈다. 그리고 푸린양 휴대폰에 방금 전화한 택시회사 번호를 입력해 넣는다.

"택시는 10분 내에 도착할 거예요."

남자는 허리춤 지퍼백에 휴대폰을 다시 넣고 달려갔다. 꾸준히 운동한 남자의 뒤태라니, 실로 오랜만에 실물로 목격한 아름다운 실루엣이다.

택시가 도착했다. 조깅남자가 부른 택시였다. 쉼없이 깜박이며 요금을 올리는 미터기에 집중하고 있을 때 전화벨이 울렸다.

"아까 전화한 택시 회사인데요. 우리 기사가 당신들이 어디 있는지 몰라서 갈 수가 없대요."

아이고 잘 됐네요, 할 뻔했다.

"오지 않아도 괜찮아요. 고마워요."

먼저 통화한 택시가 허탕을 치면 어쩌나 걱정했는데. 잘 해결되었다. 버스 스탑과 포스트 오피스 덕이다. 내 발음이 문제인지 그들의 청취력이 문제인지 알 수 없으나, 아무도 낭패를 당하지 않은 건 누구도 알아들을 수 없었던 두 단어 덕이다.

16유로. 미터기가 멈췄다. 호텔 정문 앞이다. 도보 49분을, 돈 2만 원과 맞바꿨다. 호텔로 들어서려는데 왼편 도로가에 익숙한 것이 눈에 띈다. 아까 우체국 앞에 서있던 버스정류장 표식이다. 버스가 다닌다고?

호텔 앞에 서는 버스가 있었다. 그것도 두 대씩이나! 나는 확인하지 않을 것이다. 저 두 대의 버스가 뫼들링 역에 멈추는지 알아보지 않을 것이다. 만약 저 버스들이 뫼들링 역 앞에 떡하니 멈추고, 이 호텔까지 한 번에 도착한다면, 나는 어쩌면 미국으로 전화를 걸지도 모른다. '구글 길 찾기' 담당자를 찾아 16유로를 내놓으라고 할지도 모른다. 한 번에 오는 버스를 두고, 산중턱에 우리를 내리게 한 '구글맵'의 저의가 무엇인지 따져 물을지도 모른다. 내 발음을 알아듣거나 말거나!

(결국 읽지 못한 버스정류장의 이름은 'Gießhübl Gemeindeamt'이다. 도전해 보시라!)

#도전_성공하신_분_연락주세요 #그_발음_제가_배울게요

여행의 공백

지친다. 여행을 시작한 지 아직 일주일도 지나지 않았는데 말이다. 우중충한 날씨 탓일까, 뭘 해도 쉬이 지치는 나이 탓일까, 중얼거리는 내게 아이들이 정답을 알려준다.

"배 고파서 그래!"

일상을 벗어나 휴식을 위해, 요즘말로 '힐링'이라는 것을 위해 여행을 떠나온다. 일상의 몇 배쯤 되는 거리를 걷고 몇 배쯤 되는 시간을 투자하면서도 마음만은 지치지 않는 걸 보면, 여행은 정신의 휴식이라는 정의에 동의한다. 그럼에도 막상 아무것도 하지 않아도 되는 시간이 오고, 아무것도 할 것이 없는 공간에 던져지면 어쩔 줄 모르겠다. TV라도 켜야 하나? 아이들을 불러 모아 오늘의 소감을 나누어야 하나? 오히려 아이들은 아무것도 하지 않는 무위의 시간을 꽤 잘 활용한다. 마치 오늘 쉬는 시간엔 게임을 하고, 내일 쉬는 시간엔 카톡을 해야겠다는 계획표를 내장한 듯 거침없다. 오늘은 나도 내장된 계획표가 있다.

　하룻밤을 위해 빈에서 달려온 이 호텔의 이름은 휠드리히스뮐레 Höldrichsmühle다. 좀처럼 읽히지 않는다. 그래서 우리는 다른 이름으로 부르기로 했다. '슈베르트 호텔'이라고. 빈 외곽인 이 지역은 '비엔나의 숲'이라는 의미를 지닌 비너발트 지역에 위치하고 있어 빈 시민들이 소풍이나 휴양을 즐기러 오는 곳이다. 빈에서 태어나 빈에서 삶을 마친, 슈베르트 역시 친구들과 종종 놀러왔다. 그는 작고 소박한 여관이었던 이 호텔에 자주 묵었는데, 호텔의 오래된 나무를 보고 영감을 받아 가곡 〈보리수〉를 작곡했다는 이야기가 전해진다. 빈이라는 대도시와 함께 오스트리아 작은 마을을 돌아보고 싶었던 나에게, 〈보리수〉 이야기는 강렬했다. 마을의 위치가 어디쯤인지 확인도 하지 않고 무작정 여행스케줄에 넣었다. 천국처럼 예쁜 호수도시 할슈타트보다, 모차르트의 도시 잘츠부르크 보다, 사진 한 장 변변히 구경할 수 없는 이 마을에 오기로 결심해버렸다. 호텔 뒤에는 슈베르트 이야기 속에 등장하는 굵고 오래된 나무와 이제는 사용하지 않는 우물이 있다. 잎사귀를 몽땅 떨어뜨린 채 추워 보이지만 푸른 이파리를 풍성하게 매달고 서있을 여름날의 자태는 충분히 눈길을 사로잡을 만하겠다. 호텔 레스토랑의 뒷편인 아치형 벽에는 슈베르트와 〈보리수〉 악

HIER KOMPONIERTE DER LEGENDE NACH
FRANZ SCHUBERT DAS WELTBERÜHMTE LIED
'DER LINDENBAUM'

GEWIDMET VOM MÄNNERGESANGVEREIN
HINTERBRÜHL AM 23.JUNI 1995

제그로테

보의 첫 단이 그려져 있다. 그 옆으로 '프란츠 슈베르트의 위대한 노래를 기리며'라는 문구가 새겨진 현판이 걸려 있다.

슈베르트는 오스트리아 빈의 몹시 가난한 집안에서 태어났다. 어릴 적 큰 병을 앓은 슈베르트는 몸이 약했다. 어머니의 보살핌과 기도 덕분에 성장하면서 조금씩 건강을 회복할 수 있었다. 비교적 늦은 나이인 아홉 살 무렵에 음악을 시작했는데 오선지 살 돈이 없어서 몇 번이나 지웠다 써야 했다. 200여 곡의 가곡을 작곡할 때까지, 단 한 곡의 악보도 출판되지 않아 슈베르트는 여전히 가난했다. 친구들의 도움으로 〈마왕〉의 악보가 출판되었는데 매우 잘 팔렸다. 그의 이름이 서서히 빈의 음악계에 알려지기 시작했다. 〈마왕〉은 괴테의 시 '마왕'을 읽고 큰 감명을 받아 작곡한 곡이다. 당시 괴테는 이미 저명한 문학가였고 많은 음악가들이 그의 문학에 감동을 받아 작곡하고 있었다. 슈베르트는 〈마왕〉을 작곡하고 난 뒤 괴테의 집을 찾아갔지만 괴테는 만나주지 않았다. 베토벤처럼 유명한 음악가도 아니면서 감히 내 시에 작곡을 했냐며 거들떠보지도 않았다. 괴테는 2년 후 성악가의 공연에서 〈마왕〉을 듣게 된다. 그리고 극찬을 아끼지 않았다. 슈베르트가 죽은 지 2년이 지난 후였다.

고등학교 음악교과서에 실린 〈마왕〉은 아직도 무서운 음악으로 기억 속에 남아 있다. 짙은 어둠을 뚫고 아들을 품에 안은 채 말을 달리는 아버지의 이야기, 마왕의 목소리가 들리고 마왕이 자신의 뒤를 쫓고 있다며 두려워하는 아들, 결국 죽음을 마주하는 그들의 이야기는 당시 교과서에 실린 착하고 아름다운 이야기 속에서 단연 인상적이었다. 아들의 불안한 심장소리 같기도 하고 깊은 밤을 가르는 말발굽 소리 같은 피아노 선율이 아직도 잊히지 않는다.

1827년 슈베르트의 나이 서른이 되던 해, 베토벤이 세상을 떠났다. 그는 장례식에서 베토벤의 관을 운구했다. 베토벤을 우상으로 여겼던 슈베르트는, 베토벤이 떠난 그 다음해에 "내 자리로 보내줘"라는 유언을 남기고 숨을 거두었다. 슈베르트는 베토벤의 곁에 묻혔다. 그의 나이 서른 한 살이었다.

가곡 〈보리수〉를 작곡할 때, 슈베르트는 서른 살 청년이었다. 그는 친구 집을 방문했다가 우연히 빌헬름 뮐러의 시를 읽게 되었다. 뮐러의 시 24편에 음악을 입혔는데 그 중 한 곡을 이 호텔에 머물며 작곡하였다. 뮐러의 연작시 〈겨울 나그네〉 중 〈보리수〉가 그 곡이다. 그는 당시 많은 곡을 작곡하며 마음껏 재능을 발휘했지만 질병에 시달리고 있었다. 베토벤의 관을 운구할 당시에도 몸이 성치 않은 상태였다.

겨울이 한창이다. 이파리 한 장 없이 맨몸뚱이로 선 나무들이 겨울 바람을 맞아 휘청거린다. 나무 사이를 비집고 기어이 달려드는 바람 줄기가, 〈마왕〉의 곡조마냥 무섭게 창을 두드린다. 창밖은 검고 어두운데 주황빛이 가득한 호텔 방은 벽난로를 지핀 듯 아늑하다.

"성문 밖 우물가에 서있는 보리수

나는 그 그늘 아래 단꿈을 보았네"

비올리스트 용재 오닐의 비올라 음색이 따뜻하고 부드럽다.

여행을 시작한 지 며칠 지나지도 않았는데, 나는 지쳤다. 아이들 말마따나 허기 때문이기도 하지만 여유를 잃은 탓이기도 하다. 가만히 앉아서 창을 넘겨다볼 여유, 조용히 눈을 감고 공기를 느껴볼 여유, 아무 말 없이 세상의 조잘거림을 들어볼 여유가 없었다. 이 여행을 무사히 완성해야 하니까. 지금 나에겐 무위를 누릴 공백이 필요한 것 같다. 누구의 방해도 없는, 아무것도 하지 않아도 되는, 공간과 시간의 공백 말이다. 아이들도 제각기 제 세상에 빠져든 이 밤, 아름답고도 처연한 슈베르트의 음악이 나의 시간 속으로 천천히 스며든다. 조바심 내느라 잔뜩 긴장한 나의 신경을 보드랍게 감싼다. 〈겨울 나그네〉라는 곡명으로 번역된 시의 원제는 'Winterreis.' 우리말로 '겨울여행'이다. 1월의 밤, 겨울여행을 떠나온 여행자가 슈베르트의 음악을 감상하기에 이보다 좋은 때는 없다. 혹시 아는가, 그가 〈보리수〉를 작곡한 곳이 바로 이 창가였을 런지.

#슈베르트는_공부였지만_알고_보면_음악은_휴식

예능 아니고 다큐

　　　　　　　　소망은 하나였다. 슈베르트 호텔 객실에서 '보리수'를 듣고 싶다는. 그것뿐이었는데 슈베르트 호텔이 있는 이 마을엔 호텔보다 유명한 것이 있었다. 제그로테, 이름 그대로 호수를 의미하는 제see와 동굴을 뜻하는 그로테grotte. 유럽 최대의 동굴 호수이자 지하 호수다. 제그로테는 1년에 약 25만 명이 찾는 빈 근교의 명소였다. 슈베르트 호텔에서 가곡 '보리수'를 들어야 한다는 이유도 충분하지만 동굴 호수라는 특별한 장소라니, 제그로테는 꼭 가야 하는 곳이 되었다.

　제그로테로 향하는 길, 한 무리의 꼬마들을 만났다. 털모자와 털장

갑으로 중무장했다. 재잘거리는 아이들 뒤를 따라가는데 가는 길이 같다. 이 꼬마들의 목적지도 제그로테였다. 동굴투어는 반드시 가이드와 함께 동행투어를 해야 한다. 꼬마 단체가 끝나야 우리 차례가 돌아오니 한 시간을 기다리게 생겼다. 어디서든 단체를 만나는 건 유쾌하지 않지만 오늘은 다르다. 제그로테는 유럽 최대의 동굴 호수라는 의미도 있지만 전쟁 포로들이 혹독한 강제노역을 당한 장소이기도 하다. 아이들과 함께 이 곳을 여행한 한국여행자를 본 기억이 없기 때문에, 과연 이 곳이 어린 푸린양이 관람하기에 적합한지, 장소가 가진 의미를 아이가 납득할 수 있을지 걱정스러웠다.

지난 네덜란드 여행에서, 안네의 집을 방문했을 때 푸린양은 여섯 살이었다. 안네의 집은 공간 자체가 주는 어둠도 상당하지만 그곳이 가진 의미는 더 무겁지 않은가. 다행히 집이라는 친숙한 공간이어서 여섯 살 푸린양도 겁 먹지 않고 머물 수 있었다. 그럼에도 안네의 집에 들어가기 전에 아이에게 주는 정보를 최소화했다. 초등학생 또래의 소녀였다는 것, 자유롭지 못했지만 가족들과 의지하며 씩씩했다는 것, 그 시간을 견디며 하루하루 희망의 일기를 썼다는 것. 겁이 많은 푸린양에게 그보다 더 혹독하고 잔인했던 안네의 상황을 전달하는 건 무리였다. 이미 아이는 좁고 가파른 사다리를 타고 올라가 사방이 신문지로 가려진 컴컴한 공간에 들어서는 순간, 엄마의 손을 잡고 놓지 못했으니까. 관람이 끝나고, 관람이라는 용어가 마땅치 않지만, 가냘픈 안네의 동상 앞에서 제 오빠가 남은 이야기를 들려주었다. 왜 숨어서 지내야 했는지, 안네와 가족이 결국 어떻게 되었는지를. 이야기를 다 들은 푸린양의 첫마디는 '무섭다'였다. 그리고 '슬프다'고 말했다. 여섯 살 아이가 받아들이기엔, 슬픔보다 두려움이 먼저였다.

제그로테는 알고 보면 안네의 집보다 몇 배나 잔인한 현장이다(잔인함의 정도를 가린다는 게 무슨 의미가 있겠는가만은). 푸린양 또래의 꼬마들이 방문하는 걸 보니 마음이 놓인다. 의미와 안전, 둘 다 믿을 수 있겠다. 기념품 가게에 들어가 이것저것 기웃거리다 입구로 돌아오니 꼬마 단체가 동굴 밖으로 나온다. 들어갈 때와 똑같이 생글거리며.

우리는 오스트리아 가족과 함께 들어가게 되었다. 열 살, 네 살쯤 되어 보이는 형제와 젊은 부부다. 동굴 내부는 언제나 9도의 온도를 유지하고 있어서 평소엔 담요를 빌려주고 있다. 지금은 동굴 밖에서 담요를 둘러야 할 계절이다. 오스트리아 형제를 앞세우고 제복 입은 50대 중반의 가이드 아저씨를 따라 서늘한 동굴 속으로 걸어간다. 유럽 최대 규모의 동굴 호수라는 제그로테는 자연적으로 생성된 호수다. 이 동굴에는 1800년대부터 마을의 이름과 같은 '힌터브륄'이라는 이름의 석고광산이 있었는데 석고의 품질이 매우 우수했다. 1912년 어느 날, 동굴의 한쪽이 붕괴되면서 바위 사이로 엄청난 양의 물이 쏟아져 들어왔다. 2층 규모 석고광산의 아래층 전체가 물에 잠겨 지하 호수가 형성되었다. 그러다 2차 세계대전 중 나치가 이 동굴을 발견하고 비밀무기 제조 캠프로 사용했다.

제그로테

기나긴 입구를 걸어가면 신작로처럼 넓은 폭의 공간이 등장한다. 성모 마리아상에게 무사기원을 바랐을 기도 공간이 특히 눈에 띈다. 어둑한 동굴 한 쪽에는 석고광산에서 일하던 광부들이 사용했던 낡고 녹슨 램프가 전시되어 있고 그 옆으로 마구간이 있다. 채굴한 광석을 실어 나르던 말들은 평생 어둠 속에 살았기 때문에 모두 시력을 잃은 채였단다. 2차 대전 당시 제조되었다는 전투기의 일부를 넘겨다보고 우리는 맑은 호수 위에서 뱃놀이를 즐겼다. 땅 속에 이렇게 맑은 에메랄드빛 호수가 있다는 사실이 마냥 신기했다. 호수 위를 떠다니는 이도, 지금 동굴 속에 존재하는 생명체가 우리뿐이라는 사실도 놀라웠다. 이 동굴 호수에는 물고기는 물론이고 어떤 종류의 생명체도 살지 못한단다. 생명의 기운이 사라진 곳이다. 때문에 우리의 말소리와 숨소리가 잦아들면 사위는 순식간에 고요해진다. 소음에 예민한 편이라 '조용함'을 공간의 중요한 기준으로 꼽는 나조차도 동굴 속의 고요는 두려울 정도다. 심각한 고요를 깨뜨리고 가이드 아저씨가 외친다.

"이 포인트가 동굴 호수에서 가장 아름다운 곳이예요. 그래서 이곳은, 키스 포인트!"

아저씨의 농담어린 설명에 아이들이랑 뽀뽀를 주고받는다. 오스트리아 형제도, 엄마 아빠도 쪽 소리가 나게 입을 맞춘다. 고요한 동굴에 생기가 돈다. 〈삼총사〉라는 영화 촬영이 이루어졌다는 동굴 내부에는 영화소품으로 사용된 멋진 배가 아직도 남아 있다. 자신의 것인

제그로테

양 가이드 아저씨의 자랑이 길어진다. 잘생긴 배우들이 친절하기도 하더라는 아저씨에게, 부러움을 가득 담아 물었다.

"우와, 직접 만나보셨어요?"

그날 근무하던 친구에게 전해 들었다며 머쓱한 얼굴로 대답한다. 50분이 채 되지 않는 투어를 마친 우리는 아저씨에게 얼마간의 팁을 건네고 동굴 밖으로 나왔다. 신통치 않게 찍힌 몇 장의 사진을 돌려보며 다음엔 성능 좋은 카메라를 사야겠다고 결심했다.

동굴 구경도 하고 호수에서 배도 타며 알찬 시간을 보내고 빈으로 향하는 기차에 올랐다. 빈으로 가는 기차에서 우리는 방금 떠나온 동굴 호수 '제그로테'에 대해서 더 많은 정보를 알게 되었다.

아, 가이드는 그렇게 소개할 수밖에 없었을까? 석고광산에 대해 20분, 영화 촬영 이야기에 10분, 호수 뱃놀이에 18분을 들이고 나치의 비밀무기 제작에 관해 단지 2분을 할애할 수밖에 없었을까. 제그로테에서 비밀리에 진행된 무기제조 작업현장에서 일한 사람들은, 모두 200km 떨어진 마우트하우젠 강제수용소에서 데려온 수감자들이었다. 마우트하우젠Mauthausen은 아우슈비츠Auschwitz와 함께 악명 높은 집단수용소다. 일반 국민을 위험한 사람들로 보호해야 한다는, 나치의 '보호연금법'에 의해 끌려온 사람들이 수용되었는데 그들 대부분은 영문도 모른 채 실려온 유대인들이었다. 마우트하우젠에는 20만 명이 수용되었고 그들은 채석장에서 혹독한 노동을 해야 했다. 연장이나 도구를 지급하지 않아 맨손으로 작업을 하며 매일 수백 명이 목숨을 잃었다. 아우슈비츠에서 살아남은 오스트리아의 정신과 의사 빅터 플랭클Viktor Emil Frankl은 일간지에 게재한 수기에서 마우트하우젠의 두려움을 이렇게 기록했다.

우리는 어디로 가는지도 모르는 수송열차를 다시 타게 되었다. 약 2천 명의 '죄수'를 실은 열차는 아우슈비츠를 떠나 달리기 시작하였다. 우리의 운명을 하늘에 맡기는 수밖에 없었다.

'가스'실이 마련되어 있는 마우트하우젠 수용소로 보내지는 것이나 아닌지 모두가 불안에 떨고 있었다. 오랫동안 수용소 생활을 하여온 경험자의 말로는 '도나우' 강변에서 갈라지는 지선을 따라가면 마우트하우젠으로 가게 된다는 것이다.

멀리 '도나우' 강변이 보인다는 말을 듣고 우리는 모두 숨을 죽었다. 운명의 갈림길에서 열차가 마우트하우젠이 아닌 다하우 지소로 향하는 것을 보고 우리는 함성을 질렀다.

경향신문 / 1962.09.25.

(빅터 플랭크의 저서《죽음의 수용소에서》에 정리되어 수록됨)

제그로테 무기제조 비밀작업장에서는 엔진과 부품들을 만들고 조립하여 '참새spatz'라는 별명의 전투기를 만들어냈다. 2천 명의 수감자들이 작업을 했는데 그들은 모두 마우트하우젠에서 이곳까지 200km를 걸어서 이동해왔다. 그들 대부분은 살아남지 못했다. 석고광산에

서 눈이 먼 채 일생 동안 광물을 나르던 말과 가혹한 노동에 시달리다 생을 마감한 수감자의 생이 무엇이 다른가. 동굴 안에 보존되어 있는 전투기가 어디에 어떻게 쓰였는지 누구의 피로 만들어졌는지 알았다면, '작업자worker'라고 표현된 그들이 누구였는지 알았다면, 우리는 그렇게 자주 브이를 그리며 사진을 찍지 않았을 텐데. 제 아무리 아름다운 호수 위에서라도 활짝 웃으며 뽀뽀를 하는 대신 눈을 감고 고개를 숙였을 텐데.

제그로테가 가진 비밀작업장으로서의 소용은, 단지 2분어치의 무게가 아니었다. 그곳을 단순히 영화촬영지로, 가장 큰 동굴 호수로 기억하는 건 비겁한 일이다. 잠에 빠진 푸린양을 옆에 두고 중딩군과 나는 마음이 묵직해졌다. 학살 당한 유대인을 기억하기 위해 베를린 한복판에 세워진 전시관 입구에는 이탈리아의 화학자이자 유대인 생존자인 프리모 레비의 글이 있다. "그것은 일어난 일이다. 그러므로 다시 일어날 수 있는 일이다. 이 점이 우리가 꼭 말해야 하는 핵심이다." 이것이, 흔들리는 기차 위에서 우리가 되새겨야 할 핵심이다.

#호랑이보다_무서운_건_결국_인간인가_보다

제그로테

눈 내릴 때 진가를 발휘하는
겨울밤 온천

겨울여행이 가진 맹점은 푸른 바다를 제대로 즐길 수 없다는 것이다. 겨울여행이 가진 장점은 뜨뜻한 온천을 온전히 누릴 수 있다는 것이다. 빈에서 기차로 두 시간, 많은 여행자들이 잘츠부르크로 가다가 혹은 빈으로 가는 길에 잠시 경유하고 마는 작은 도시에 우리는 머물기로 했다. 물놀이가 있어야 진정한 여행이라는 아이들의 여행을 완성시켜보자.

바트이슐Bad Ischl은 온천 도시로 이름난 곳이다. 원래는 도시를 흐르는 강 이름을 딴 이슐이었는데 온천 개발이 이루어지면서 온천을 뜻하는 바트bad라는 명칭이 추가되었다. 조피 대공 부인이 아들 프란츠 요제프 황제의 결혼선물로 별장을 선물하고 합스부르크 왕가가 머무르게 되면서 온천 도시로 명성을 드높이게 되었다. 프란츠 황제가 열여섯의 엘리자베트에게 청혼한 장소 역시 이 도시다. 아름다운 자연과 예쁜 사랑을 품은 곳이다.

바트이슐 기차역에서 가장 가까운 온천에 가기로 했다. 리조트 시설이 있는 큰 규모의 온천이라 숙박이 가능하지만 하룻밤 숙박비가 30만원을 훌쩍 넘는다. 하루 숙박비 10만 원짜리 알뜰 여행자인 우리에겐 사치다. 주변 호텔에 머물며 일일이용권을 구입할 참이다. 우리가 머물 호텔은 알프스풍의 외관을 가진 작은 호텔이다.

오늘 하루를 위해 날아온 수영복을 꺼낸다. 돈을 내고 빌려야 한다는 타월도 미리 챙긴다. 온천을 향해 가는 길, 아이들이 나는 것 같다. 앞서 가는 아이들을 눈으로 좇으며 나는 느릿느릿 걷는다. 나는 물놀이가 싫다! 딱 달라붙는 수영복도 싫고 젖은 수영복을 입은 채 있어야 하는 것도 싫고 수영을 못하니 튜브 잡고 떠다니는 것 말고는 할 게 없어서 싫고 미끄럼틀은 무서워서 싫다.

더구나 외국에서 물놀이라니! 그 사람들은 비키니만 입는다는데, 수영선수 같은 민무늬 원피스 수영복을 입어도 되나? 실내에선 래시가드 같은 걸 안 입는다는데, 그러면 입지 말아야 하나? 수영복을 헹구고 던져 넣을 짤순이는 있나? 그건 그렇고 외국 여인네들은 몸매가 환상적이던데….

발걸음이 점점 더 느려진다.

소문대로 탈의실은 남녀공용이다. 우리나라 워터파크 탈의실과 똑같은 모양의 공간에 남자와 여자가 함께 있다. 미리 소문을 듣지 않았다면 탈의실을 몇 번이나 들락날락했을지도 모른다. 여자 탈의실이 맞는지 확인하러. 독일식 사우나 문화의 특징이다. 혼욕이 일반적이었던 고대 로마시대의 문화가 그대로 이어져온 것이다. 독일식 사우나에 들어갔다가 눈 둘 곳이 없어 당황했다는 글, 알고 갔으나 앉아 있기는 고역이었다는 글, 처음만 그렇지 시간이 지나면 별거 아니라는 글. 온천에 오기 전, 독일식 사우나에 대한 여러 사람들의 다양한 후기를 읽었다. 그중 기억에 남는 건 '엉덩이 아래 깔고 앉아야 하는 기다란 타월을 네로황제처럼 어깨부터 허벅다리까지 늘어뜨린 채, 꼬고 앉은 다리를 한 번도 풀지 못했다'는 청년의 이야기였다. 한결같이 그 공간은 적잖이 당황스러우며 담담한 척 애써야 하는 곳이라고 입을 모았다. 이 온천에도 사우나가 있다. 남녀혼욕이며 누드로 입장해야 한다. 사우나만 그렇다. 그 외의 장소에선 반드시 수영복을 착용해야 한다. 달라붙고 젖은 수영복이 싫다고 투덜거렸지만 그것이 주는 안위를 되새겨보아야겠다. 탈의실은 남녀 구분이 없지만 옷을 입고 벗을 수 있는 탈의공간이 따로 있다. 마치 옷 가게 피팅룸처럼 한두 사람만 들어갈 수 있는 작은 칸막이 공간이 여러 개 마련되어 있다. 대부분의 이용자들은 탈의공간에서 수영복으로 갈아입는다. 래시가드는 아무도 입지 않는다. 원피스 수영복 역시 아무도 입지 않는다. 환상적인 몸매도 아직 눈에 띄지 않는다.

바트이술

마음이 바쁜 아이들은 종종종 걸어가 따끈한 물에 뛰어든다.

"엄마, 물이 짜!"

민물에 소금기가 녹아들어 있어 물이 짭짤하다. 물은 뜨겁지 않고 미지근하다. 여유롭게 수영을 즐길 수 있는 널찍한 실내 풀과 흐르는 대로 둥둥 떠다닐 수 있는 야외 풀이 연결되어 있다. 아이들이 야외 풀로 앞장선다. 2학년 푸린양이 일어서면 턱까지 오는 깊이다. 의외의 깊이에 푸린양이 깜짝 놀란다. 푸린양을 안고 둥그렇게 만들어진 물길을 둥둥 떠다닌다. 중딩군은 물 위에 누워 흘러 다니고 있다. 떠다니는 재미를 멈출 수 없다며 세 바퀴째 돌고 있다. 물길 중간에는 동굴 느낌을 주는 공간이 있다. 차가운 공기에 노출된 얼굴과 몸을 녹이는 곳이기도 하고 노오란 불빛이 은은해 분위기 잡기에 좋은 곳이기도 하다. 이런 곳엔 후자를 즐기는 커플이 있기 마련이다. 아니나 다를까 어린이 손바닥만한 수영복을 입은, 입었다기 보다 특정부위에 부착한 젊은 커플이 동굴 구석에 있다. 자세히 보려고 한 건 아닌데 자꾸만 눈길이 간다. 저것들이!

중딩군이 누운 채로 동굴을 지나간다. 동굴을 지나면 물 마사지를 할 수 있는 작은 실내 풀이 있다. 이런 곳엔 눈을 감은 채 앓는 소리를 내고 있는 중년 커플이 있게 마련이다. 역시 있다. 허리께에서 발사되는 물을 맞으며 알 수 없는 감탄사를 쏟아내고 있다.

한국말로 번역하면 이런 의미겠지.

"아이고 좋구나 좋아."

콧물이 흐른다. 풀 가장자리에 기대어 잠시 쉰다. 몇 바퀴째 풀을 돌던 중딩도 멈추어 우리 옆으로 왔다. 물속에 잠긴 몸이 기분 좋게 따뜻하다. 맵고 찬 알프스 공기로 폐를 채우겠다는 듯, 우리는 열심히 심호흡을 했다. 아이들 코끝이 빨갛다. 훈훈한 실내로 들어가려는 때, 하얀 눈송이가 떨어지기 시작한다. 새까만 하늘에서 작은 눈송이가 느릿느릿 떨어지더니 뿌연 수증기 속으로 사라진다. 합스부르크 왕가의 프란츠 황제는 어머니에게 선물 받은 카이저 빌라를 여름별장으로 사용하며 '지상의 천국'이라 칭송했다. 겨울밤, 따끈한 물에 몸을 담근 채 코 속으로 스미는 매운 겨울 공기를 들이마시는, 까만 하늘을 가르고 낙하하는 흰 눈송이를 날름 받아먹는, 이 시간을 황제는 즐겨보았을까. '지상의 겨울천국'이라 칭하는 데 부족함이 없다.

훈훈한 실내수영장으로 들어와, 푸린양은 어린이 풀에서 미니 미끄럼틀을 타고 중딩군은 넓은 풀에서 수영 중이다. 물에 들어가 있는 사람보다 물가에 놓인 선베드에 누워 있는 사람들이 더 많다. 다소 곤란한 점은 그들에게 별 할 일이 없다는 것이다. 가만히 누워 지나다니는 사람을 쳐다보는 게 전부인데, 그들 눈에 우리가 걸려들었다. 동양인 가족. 마르고 작은 여자아이, 토실한 남자 청소년 그리고 키 크고 마른, 수영선수 같은 수영복을 입은 아줌마. 그들의 주요관심은 그 중 아줌마였다. 이 작은 도시에서 수영복을 입은 동양아줌마를 볼 일이 흔하겠는가. 기꺼이 그들의 기대에 부응할 수 있다면 자랑스럽겠지

바트이슐

〈출처 / Eurothermen Resort 홈페이지〉

만 동양여성의 몸매라는 것에 아직은 환상을 남겨주고 싶다. 서둘러 나왔다.

샤워실도 공용이다. 어린 아이들은 수영복을 벗고 씻기도 하지만 대부분은 수영복을 입은 채 몸을 헹군다. 수영복으로 갈아입었던 탈의공간에 들어가 마른 옷으로 갈아입고 사물함 앞에 섰다. 젖은 옷가지를 비닐봉지에 넣어 가방에 담고 신발을 꺼내 신으려고 할 때였다. 뒤편에서 느리게 외투를 벗고 있던 할아버지가, 눈 깜짝할 사이에 속옷을 내렸다. 허옇고 마른 궁둥이를 보고 말았다. 악! 외국 남성의 몸매에 대한 환상을 지키고 싶었는데.

그들은 비키니만 입었다, 수영선수 같은 민무늬 원피스 수영복은 아무도 입지 않았다. 그들은 래시가드 같은 것도 입지 않았다, 그래서 입지 못했다. 수영복을 헹구고 던져 넣을 짤순이는 없었다, 무겁고 축축한 빨래더미가 가방에 들어 있다. 외국 여인네들의 몸매가 모두 환상적이지는 않았다. 그래도 나보다는 환상적이었다. 돌이켜 생각해보니, 동굴 속에 머물던 커플, 그 언니의 몸매는 가히 환상적이었다. 외국에서 물놀이하는 거, 정말 싫다고 했는데 '정말'은 빼야겠다.

온천의 백미는, 역시 겨울밤 온천이다.

#몸매로_국위선양은_다음_생에

바트이슬

아이들과 여행하기,
그것은

 부글부글 끓는 물에 달걀을 삶고, 네모난 프라이팬에 달걀 프라이를 직접 만드는 능동적인 호텔 조식을 먹었다. 제그로테의 슈베르트 호텔 조식은 오렌지를 직접 착즙해 주스를 만들어 먹을 수 있어서, 바트이슐의 가족호텔 조식은 취향껏 달걀 요리를 해먹을 수 있어서 특별했다. 즐거운 아침식사를 마치고 프런트에 짐을 맡겼다. 오늘 밤 이탈리아 베네치아로 넘어갈 밤기차를 탈 때까지 보관하기로 했다.

여행 온 지 벌써 일주일이 지나고 있다. 집에 있는 아빠와는 메시지도 주고받고 영상통화도 하며 서로의 무사를 확인하고 있다. 오늘은 엽서를 보내기로 했다. 노란 우체국이 밝고 환하다. 바트이슐이라는 도시 이름이 커다랗게 박힌 엽서를 골랐다.

우체국 구석에 있는 자그마한 휴게공간으로 옮겨 앉았다. 중딩군이 엽서를 쓰느라, 아니 채우느라 심각하다.

- 아빠, 잘 지내시죠? 저희도 잘 지내요.

"다 썼는데."

한숨을 내쉬는 엄마를 살피더니 다시 고개를 숙였다. 손톱을 잘근잘근 물어뜯은 끝에 엽서 반쪽을 메웠다. 그 옆에서 푸린양은 엉엉 울고 있다. 사건은, 엽서를 사고 나서 시작되었다.

"엽서는 푸린이가 쓸래?"

"할 말이 없는데."

"어디가 좋았고 어떤 게 힘들었는지 그런 이야기를 써 봐, 아빠는 다 궁금할 테니까."

꼭 썼으면 좋겠다는 의중을 듬뿍 실어 아주 부드럽게 말했는데 아이는 이렇게 대답했다.

"그냥 다 좋았는데."

차갑고 무신경한 아이의 대답에 나는 서운함이 밀려왔다. 지난 며칠 동안 동동거리며 안전하게 하루를 보내려고 마음 고생한 시간이 파도처럼 나를 덮쳤다.

"다 좋았을 만큼 우리는 즐겁게 여행하고 있지만 아빠는 집에 남아 있잖아. 우리는 셋이지만 아빠는 혼자잖아. 아빠도 여행하고 싶지만 그럴 수 없으니까, 혼자 남은 거잖아. 아빠가 배려해주지 않았으면 이렇게 여행하는 것도 힘들었을 거야. 그런데 그렇게 우리를 배려해준 아빠한테 엽서 한 장 쓰는 일이 어려워? 귀찮아?"

아이에게 너무 서운했고 정말 짜증이 났다. 아빠의 배려를, 엄마의 노력을 말하지 않아도 알아주길 바랐다.

푸린양은 고개를 숙인 채 10분째 울고 있고 중딩군은 엽서를 떠맡았다.

푸린양은 코가 뻘개지도록 울어서, 중딩군은 엽서 채우느라 머리를 써서, 나는 한바탕 잔소리를 퍼부어서, 우리는 배가 고파졌다. 뾰로통한 얼굴로 햄버거 가게에 들어섰다. '치즈버거 1유로' 행사가 진행 중이다. 중딩군 표정이 밝아진다. 너겟 박스에서 하트모양 너겟을 발견했다. 푸린양 얼굴이 환해졌다. 유리컵에 담아주는 따뜻한 라테

는 마시기에 딱 좋은 온도다. 내 마음도 조금 풀리는 것 같다. 아이들은, 여행의 좋은 파트너지만 실은 그렇지 못할 때가 더 많다. 파트너라 함은 모름지기 같은 양의 고민과 걱정을 나눌 수 있어야 하고 비슷한 크기의 임무를 해결해주어야 하지 않겠나. 여행 파트너로서 아이들은 어떤 것도 기대하기 어렵다. 그럼에도 아이들을 최고의 여행파트너라고 단언하는 이유는, 다른 파트너와는 달리 갈등의 해결이 쉽기 때문이다. 사과하고 용서하는, 그 불편하고 번거로운 화해의 시간이 없이도 금세 마음이 회복된다. 스프링처럼 다시 솟아오른다. 그건 엄마와 아이들만의 특별하고 신비한 관계 때문이겠지. 치즈버거를 베어 물고, 하트모양 너겟을 사진 찍고, 부드러운 라테 거품을 묻힌 채 우리는 스케이트 탈 생각에 들떴다. 굉장히 심각했던 우리는 사라졌다.

겨울 동안에만 운영하는 시청 앞 아이스링크가 문을 열었다. 아이스링크는 어린이와 청소년 전용이다.

중딩군이 푸린양의 스케이트 지도를 맡기로 했다. 초등학교 때 학교 특별활동으로 며칠 배웠을 뿐인데, 인라인 스케이트를 타고 놀던 아이들이라 그런지 스케이트도 금세 익혔다. 입장료 3유로에 스케이트 대여비는 포함되어 있다. 제한시간도 없다. 링크는 작지만 음악소리는 우렁차다. 태어나 처음으로 타는 스케이트를 남의 나라에서 시작한 푸린양도 신나는 음악 덕에 별 긴장하는 기색이 없다. 경험자 중딩군은 능숙하게 링크를 누비고, 초심자 푸린양은 오빠의 지도 아래

바트이술

살금살금 링크를 건다. 중딩군이 손을 잡고 몇 바퀴 돌아주고 나니 푸린양도 넘어지지 않고 혼자 걷는다. 나의 운동신경을 닮지 않아서 다행이다. 학교가 끝나고 놀러 나온 아이들로 아이스링크가 복닥거린다. 동네는 역시 아이들이 채운다. 울타리 밖에서 아이들을 지켜보는 동네 아줌마가 보온병을 꺼내든다. 쪼르르 커피를 따라서 홀짝이는데, 안되겠다. 가까운 카페로 달려가 따끈한 커피를 사왔다.

얼음판을 누빈 아이들 얼굴이 빨갛게 달아올랐다. 덥다면서 외투를 벗으려는 걸 말리느라 또 짜증낼 뻔했다.

저녁 시간까지는 여유가 있어 우리는 동네 도서관에 가기로 했다. 도서관으로 가는 길, 푸린양 표정이 심상치 않다.

"엄마, 내 휴대폰이 없어."

주머니와 가방을 샅샅이 뒤졌다. 없다. 스케이트장으로 돌아가 주변을 살폈지만 보이지 않는다. 그 전에 들른 서점에 들어가 훑어본 다음 직원에게 습득된 휴대폰이 있는지 물었다. 없단다. 그 이전에 들른 햄버거 가게로 갔다. 우리가 앉았던 2층 테이블을 돌아보고 1층 매장도 테이블 아래까지 고개를 숙여 찾았다. 역시 없었다. 더 이상 심증이 가는 곳이 없다. 수월하게 찾을 수 있을 거라 생각했는데 느낌이 좋지 않다. 우리는 팀을 나눴다.

"여기 햄버거 가게를 중심으로 나눠서 찾아보자. 엄마랑 푸린이는 기차역 쪽으로 가면서 여행자 안내소랑 우체국에 들를게. 중딩은 호텔 쪽으로 가봐. 걸으면서 길거리도 살펴보고 호텔 프론트에 놓고 왔는지도 확인해봐. 다시 여기서 만나자."

여행자 안내소에도 우체국에도 휴대폰은 없었다. 찾으면 연락주겠다길래 연락처를 남기고 나왔다. 푸린양은 울상이 되어간다. 아끼던 휴대폰을 잃어버렸고 온 식구가 한 시간이 넘도록 길거리를 헤매고 있으니 엄마의 눈치가 보이는 모양이다. 잘 챙기지, 하는 마음이 드는 건 사실이다. 잃어버리면 아까워서 어쩌지, 하며 짜증 나는 것도 사실이다. 하지만 예전의 나와는 달라졌다. 지난번 네덜란드 여행에서, 하루 전에 산 모자를 푸린양이 잃어버렸을 때 찾을 생각도 하기 전에 화부터 내던 내가 아니다, 라고 생각했다. 하지만 나는 달라지지 않았다. 여전히 화가 났다.

"간수도 못할 거면서 왜 휴대폰을 사달라고 해."

속상해 하는 푸린양을 위로하기는커녕 손조차 잡지 않고 성큼성큼 앞장서 걸었다. 눈물이 그렁그렁한 푸린양은 울지도 못하고 엄마 뒤를 따르고 있다.

"이쪽엔 없는 것 같아. 오빠가 못 찾으면 영영 잃어버린 거야. 그러면 앞으로는 안 사줄 거야! 알겠어?"

울먹이며 간신히 고개만 끄덕인다.

중딩군이 왔다. 오른손에 푸린양 휴대폰을 들고 있다. 가는 길에도 없고 호텔 프론트에도 없었단다. 혹시나 하는 마음에 체크아웃한 방을 볼 수 있으냐 물었단다. 예약한 투숙객이 없어서 아직 정리를 하지

바트이술

바트이슬

않았다는 호텔방의 테이블 위에 하얀 휴대폰이 딱 놓여 있더란다. 휴대폰을 받아든 푸린양은 그제야 그렁그렁 매달린 눈물을 쏟아낸다.

엄마인 내가 모든 걸 다 정리하고 모든 걸 다 해결한다고 생각했다. 그런데 아니었다. 무심한 동생이 싫다고 미룬 엽서 쓰기도, 스케이트 초보인 동생 손을 잡고 스케이트를 가르쳐준 것도, 잃어버린 줄 알았던 동생 휴대폰을 다시 찾아준 것도, 모두 중딩군이 해냈다. 옆에서 짜증만 내는 엄마가 아니라. 그리고 지금 울음을 터트린 동생 손을 잡고 앞서 걷고 있다. 소곤소곤 동생을 달래고 있다.

"울지 마. 오빠가 문방구 데려가 줄게."

보호자 자리는 중딩군에게 내주는 게 낫겠다.

아이들과 여행하기, 그것은 '엄마 자격 미달'임을 깨우치는 괴로운 시간이기도 하다.

#중딩군이_대견하다_생각되는_때가_있지

#1년에_약_2회_정도

베네치아 행 야간열차
- 잘츠부르크 행 기차는 8시에 떠나가네

야간열차라니 얼마나 낭만적인가. 덜컹 거리는 기차에서 밤을 보내다니, 떠오르는 아침 해를 바라볼 수 있다 니! 난생 처음 야간열차를 타고 침대칸에 누워 가게 될 생각에 우리 는 몹시 흥분했다. 비행기로 간다면 더 빨리 더 편하게 갈 수 있었음 에도 우리는 기어이 심야열차를 선택했다. 야간열차의 특별 부록인 낭만을 포기하고 싶지 않아서.

저녁 7시 50분, 바트이슐 발 애트낭 푸하임Attnang Puchheim 행 기차에 오른다, 밤 11시 55분 애트낭 푸하임 발 베네치아 행 기차에 오른다, 끝. 어려울 것도 없다. 저녁을 든든히 먹고 외투를 단단히 잠근다. 푸 린양은 모자가 달린 빨간 담요를 덮어썼다. 빨간 모자 소녀가 되었다.

어두워진 시가지를 지나 역에 들어섰다. 텅 비어 있다. 매표소 창구는 커튼을 내렸고 역무원도 보이지 않는다. 기차 시각까지 여유가 있다. 아이들은 묵찌빠 게임, 쌀밥 보리밥 게임을 하며 시간을 보낸다.

15분 전이다. 기차 시각이 다가오는데, 아직도 역무원은 나타나질 않는다. 무인역인가? 아니다. 어제 정오 무렵, 우리는 이 역에 도착했다. 돌아갈 기차표를 들고 매표창구로 다가가 넉넉한 몸집의 아줌마 역무원에게 표를 보여주며 물었다.

"내일 돌아갈 기차표예요. 시간이 적혀있지 않거든요. 아무 때나 타면 되는 건가요?"

"네. 원하는 시간에 탈 수 있는 기차표예요."

원하는 시간에 탈 수 있다니, 내일 마지막 열차인 7시 50분 기차를 타면 되겠다고 정리를 마쳤다. 아이들과 여행하면서 예상을 뛰어넘는 일들이 자꾸 생겨서 무조건 확인하는 습성이 생겼다. 그러니까 역무원이 분명히 있는 역이다.

10분 전, 플랫폼엔 여전히 우리뿐이다. 밤이 깊어질수록 겨울바람도 차가워진다. 빨간 모자 소녀 푸린양의 코가 빨갛다. 중딩군이 화장실에 다녀오겠다며 달려간다. 철길 건너 마주보이는 곳에 화장실이 있다. 아이는 화장실로 뛰어가고 우리는 기차길 너머를 바라본다. 기차 소리는 들리지 않는다. 중딩군이 금세 돌아온다.

"화장실이 잠겼어?"

"아니, 화장실은 열려 있어. 그런데 화장실에 동네 청년들이 있더라고. 세 명이 있는데, 한 명은 화장실에 있고 두 명은 세면대에서 손을 씻고 있었어. 내가 들어가니까 손 씻던 청년 둘이 계속 웃는 거야. 나를 쳐다보면서. 기분이 나빠져서 그냥 나왔어."

"기차 탈 때까지 화장실 괜찮겠어?"

"급했던 건 아니니까, 괜찮아."

꽤나 기분이 상했던 모양이다. 기차가 얼른 오면 좋겠다.

열차가 도착하기로 한 7시 50분 정각. 기차는 감감 무소식이다. 온 정신을 모아 기차소리를 찾으려 애쓰지만 바람 소리 뿐이다. 뭐가 잘못 되었나, 슬슬 걱정이 되기 시작한다. 여행하면서 이런 일을 처음 겪는 것도 아니니 담대해져야 하는데 어째 점점 더 쪼그라든다.

"엄마, 기차가 와!"

기차소리를 듣겠다며 무릎담요 모자까지 벗고 귀를 쫑긋하던 푸린 양이 환호성을 지른다. 얏호!

오늘의 막차니까 10분쯤 늦을 수도 있지, 우리는 여유를 되찾았다.

"어! 기차가 왜 반대편으로 들어오지?"

그랬다. 기차는 우리가 서있는 2번 플랫폼이 아니라 건너편 1번 플랫폼에 멈췄다. 완전히 반대 방향인데, 애트낭 푸하임은 2번 플랫폼이라고 분명히 확인했는데, 이상하다. 가방을 끌고 기차가 멈춘 철로를 건넜다. 기관차 위쪽의 작은 창문으로 고개를 내민 기관사를 큰소리로 불렀다.

"저희는 애트낭 푸하임으로 가는데, 이 기차가 맞나요?"

프린트 해온 기차표를 내밀며 물었다.

기관사는 종이를 살피더니 고개를 젓는다.

"이 기차는 잘츠부르크로 가는 기차예요. 애트낭하고는 반대 방향이지요. 이 기차가 오늘 이 역을 지나는 마지막 기차예요."

기차는 떠났다. 승객 서너 명이 내리고 그들을 마중 나온 주민 서너 명이 잠시 머물던 플랫폼이 다시 고요해졌다. 고요한 플랫폼 위에 우리 셋만 덩그러니 남겨졌다. 이 기차가 마지막 기차라고? 그럴 리가? 우리는 분명 이렇게, 선명하게 프린트된 기차표를 가지고 있는데, 그럴 리가?

"엄마, 왜 기차 안 탔어?"

빨간 코 푸린양이 묻는다.

그때 플랫폼 끝에 서있는 역무원을 발견했다.

"중딩, 여기 잠깐 있어 봐."

나는 역무원에게 달려갔다.

"잠깐만요. 저 좀 도와주세요."

사무실로 들어가려던 역무원이 뒤돌아본다. 야간 근무를 하는 당직실은 책상 위에 스탠드 조명 하나만 켜있다.

"우리는 애트낭 푸하임으로 가는 7시 50분 기차표를 가지고 있어요. 우리 표에 문제가 있나요?"

역무원 아줌마가 책상 위 스탠드 불빛에 내가 건넨 프린트물을 비추며 꼼꼼히 살핀다. 그 사이 아이들이 가방을 끌고 사무실로 들어왔

바트이슐 🚌

다. 아이들 표정이 무겁다. 역무원 아줌마가 고개를 든다.

"기차표에 문제는 없어요. 다만 7시 50분에 출발하는 기차는 주중에만 운행하고 있어요. 오늘은 금요일이라 운행하지 않아요."

"그런 안내가 어디에 있나요?"

역무원 아줌마는 티켓 맨 아래쪽의 깨알 같은 글씨 무더기를 가리켰다. 깨알더미 속에 무시무시한 경고가 있었던 것이다. 노안이 시작된 중년 여행자를 고려치 않은 무심한 티켓이다. 그렇다면 도착한 날, 아무 때나 타도 된다며 주중 마지막 열차에 대한 정보를 알려주지 않은 그 역무원 아줌마도 노안이라는 말인가.

"애트낭 푸하임에서 다른 곳으로 가나요?"

역무원 아줌마가 걱정스러운 눈빛으로 묻는다.

"네, 베네치아로 가는 기차를 밤 11시 55분에 타야 해요. 그런데 우리는 어떻게 해야 하죠?"

그렇게 깨알 같은 글자를 어떻게 읽을 수 있겠냐며, 오늘 기차를 놓친 건 배려심 부족한 당신들의 티켓이 아니냐며, 묻고 싶은 게 많았지만 그만 두자. 지금은 원인이 아니라 해결에 집중해야 할 때니까.

아줌마는 컴퓨터 모니터를 살펴보며 여기저기 전화를 건다.

말을 이해하지는 못하지만 곤란에 처한 세 명의 여행자 가족을 도우려고 애쓰는 마음이 느껴졌다.

"오늘 이 근처 역에서 애트낭으로 가는 기차는 없어요. 모두 끊겼어요."

중딩군이 한숨을 내쉰다.

"다행히도 버스는 한 대 남아 있네요. 앞으로 40분 후에 출발하고요. 버스터미널에서 타면 돼요. 버스는 기차보다 시간이 더 걸릴 거예요. 이 버스가 마지막 버스네요."

중딩군이 푸린양을 보며, 이젠 괜찮아, 라고 속삭인다.

역무원 아줌마는 우리를 역사와 나란히 연결되어 있는 버스터미널까지 데려다 주었다.

#버스도_사람도_없는_터미널에_다시_우리만_남았다

바트이술

베네치아 행 야간열차
- 방심하면 취리히에서 아침을 맞을지도 몰라

마음 놓아도 될 줄 알았다. 터미널은 어두 웠지만 제 아무리 어둡더라도 시간이 되면 버스가 들어올 것이고 우리는 그 버스에 오르기만 하면 되니까. 여차하면 달려가, 어쩌죠? 하고 걱정을 나눌 역무원 아줌마도 있으니까.

그런데 그렇지가 않았다. 기차역과 나란히 붙어 있는 입지가 문제다. 기차역 앞 계단에 동네 청년들이 무리지어 앉아 있었다. 10대 후반에서 20대 초반으로 보이는 남녀아이들이 열 명 남짓. 아까 중딩군이 화장실에서 마주친 아이들인 것 같다. 떠드는 소리, 웃는 소리가 한참이나 떨어진 우리에게도 들려온다. 소음이 문제가 아니다. 문제는 녀석들이, 인적 드문 곳에 등장한 동양인 가족에게 깊은 관심을 보이기 시작했다는 것이다. 녀석 중 몇이 승용차에 오르더니 우리 주위를 뱅뱅 돌기 시작했다. 유리창을 활짝 열어젖히고 시끄럽고 정신 사나운 음악을 켜놓은 채로. 정류장 의자의 앞쪽은 버스터미널 주차장이고 의자 뒤쪽은 기차역 주차장이다. 녀석들은 우리가 앉아 있는 의자의 바로 뒤쪽에 차를 세웠다. 승용차 석 대가 차례로 멈추어 서더니, 창밖으로 몸을 내밀고는 자기네끼리 소리를 지르기 시작했다. 이야기를 나누는 건지 시비를 거는 건지 알 수 없다. 우리의 관심을 끌겠다는 건지 협박을 하겠다는 건지 알 수 없다. 평소라면 한번쯤 고개를 돌려 노려보기라도 했을 텐데, 오늘은 상황이 좋지 않다. 컴컴한 겨울밤, 사방에 덜렁 우리뿐인 이 낯선 도시에서 녀석들을 건드리는 건 무모한 일이다. 녀석들이 술을 마셨는지 그보다 더한 걸 마셨는지 알 수 없지 않은가.

우리는 고개 한번 돌리지 않고 그들을 외면했다. 이 도시를 다녀간 여행자가, 유럽 어느 곳보다 심한 인종차별을 당했다는 분기탱천한 후기가 자꾸 떠올랐지만 나는 고개를 저었다. 이 도시에서 1박 2일, 우리는 안전했고 내내 존중 받았으니까.

푸린양은 절망에 빠져 있다. 영어는 알아듣지 못했지만 일이 돌아가는 본새가 심상치 않다는 걸 이미 눈치 챘다. 기차를 타기로 했는데 버스를 기다리고 있고 동네 사람들이 고함을 지르며 주변을 뱅뱅 돌고 있고 엄마랑 오빠는 잔뜩 곤두서 있으니까. 번갈아서 "걱정 마, 괜찮아"라고 말하지만 괜찮지 않다는 걸 알고 있다. 엄마 품에 안겨 꼼

바트이술

짝 않고 눈만 끔벅거리고 있다. 15분 전에 도착한 버스가 정각에 출발했다.

아이들과 여행하면서 평소보다 더 꼼꼼하고 더 용감해졌다. 더 씩씩하고 더 침착해졌다. 그렇다고 생각했다. 그런데 번번이 이렇다. 마음을 다잡고 차분하게 아이들을 진정시켜주지 못하고, 달달 떨지만 않을 뿐 두려움이 표정과 목소리에 고스란히 묻어난다. 다 잘 될 거야, 라는 믿음은 그저 마음속에만 머물 뿐, 아무때나 불안과 걱정이 튀어나온다. 흔들리는 내색 없이, 초조해하는 기색 없이 묵묵한 중딩군이 있어 겨우 중심을 잡을 수 있었다. 동네 청년들을 몰아낸 것도, 역무원에게 달려가 도움을 청한 것도 아니지만 잔뜩 얼어붙은 동생의 손을 잡아주는 것만으로도, 동생에게 괜찮아, 괜찮아, 라고 자주 말해주는 것만으로도 충분했다. 푸린양은 엄마에게 머리를 기댄 채 오빠의 손을 잡고 잠들었다. 눈동자만 보아도 알 수 있다. 이 아이가 얼마나 겁을 먹었는지. 기차를 기다리는 내내, 버스를 기다리는 동안 푸린양은 딱 한 번 물었다.

"우리, 집에 못가는 거야?"

그렇지 않다고 대답했지만 아이의 불안을 다독여주진 못했다. 그럼에도 아이는 되묻지 않았다. 칭얼대지 않고 오빠 손을 잡은 채 엄마가 잘 해결하기를 묵묵히 기다렸다. 내가 여행하는 이유의 절반은, 아이들이 넓은 세상을 경험하고 단단하게 자라길 바라기 때문이다. 하지만 나를 여행하게 하는 힘의 전부는, 아이들이다. 이 밤, 이 낯선 공간에, 혼자였다면 나는 의연할 수 있었을까. 담담할 수 있었을까. 여행이 나를 강하게 하는 게 아니라, 아이들이 나를 강하게 한다.

한 시간 넘게 버스는 밤길을 달렸다. 애트낭 푸하임 역에 내린 이는, 역시 우리뿐이다. 오늘 밤 우리의 일진은 아무래도 '고독'인 듯하다. 깊은 밤, 역은 크고도 넓은데 사람이라곤 찾아볼 수 없다. 기차 상황표를 보여주는 전광판 만이 깜빡거리고 있다. 전광판 덕분에 이 역이 살아 있음이 느껴진다.

대합실의 딱딱한 나무벤치에서 푸린양이 잠들었다. 망토처럼 두르고 있던 빨간 담요를 덮어주었다. 지친 우리도 그 옆에 주저앉았다.

베네치아 산타 루치아 역 행. 11시 55분 발. 이번엔 진짜다. 그런데

바트이술

출발 10분 전, 나의 눈에 이상한 것이 포착되었다. 플랫폼에는 베네치아 행이라고 안내되어 있는데 열차 정보를 안내하는 모니터는 그것이 아니었다. '11시 55분 발_취리히 행.' 청천벽력이라는 사자성어는 지금 쓰는 게 맞다.

"중딩! 이것 좀 봐!"

우리는 모니터 앞에 고개를 디밀었다.

"설마, 이 기차가 취리히로 간다는 말은 아니겠지?"

중딩군이 모니터를 분석하는 동안 나는 같은 플랫폼에 서있던 여행자에게 달려갔다. 이 밤, 역에 있는 유일한 여행자다.

"어디까지 가세요?"

"취리히까지요."

헉! 이 기차가 베네치아 행이 아니고 취리히 행이라는 말인가! 도대체 나는 무슨 바보짓을 하고 있는가!!

그때 중딩군이 부른다.

"엄마, 이 기차가 맞아. 잘 보면 401호에서 406호칸은 베네치아로 가고 나머지 칸이 취리히로 가는 거야."

같은 플랫폼에 서있던 취리히 행 여행자도, 베네치아 행 우리도 다 맞았다. 도무지 긴장을 늦출 수 없다.

기차가 들어온다, 우리 기차가 들어온다. 시각에 딱 맞추어 도착한 기차에는 객차를 담당하는 전담 승무원이 있었다. 그가 티켓을 확인하고 좌석으로 안내해주었다. 취리히로 납치될 가능성은 제로였다.

캐리어 두 개와 배낭 한 개를 내려놓으니 3층짜리 침대칸이 꽉 찬다. 창 아래 좁은 테이블에 '웰컴 기프트'라고 부르는 기념품 꾸러미가 놓여 있다. 버스에서부터 내내 비실거리며 잠에 빠진 푸린양이 기념품 꾸러미를 보고 기운을 되찾았다. 꾸러미 세 개를 차례로 풀어보며 노래를 흥얼거렸다. 생수부터 세면도구까지, 세심하게 갖추어진 꾸러미를 보며 우리도 꽁꽁 얼었던 마음이 녹았다. 승무원이 아침식사를 객실로 가져다주겠다고 말한 뒤 돌아갔다. 우리는 오호, 호텔보다 좋은데! 하며 환호했다.

시원한 생수를 들이키며 나는 다 잊기로 했다. 노안을 배려치 않은 무심한 기차 티켓도, 불량한 동네 청년들도, 기우뚱거리며 밤길을 오래 달린 어두운 버스도, 난데없는 출연한 취리히 때문에 덜컥 내려앉았던 심장도, 다 용서한다. 그것들 덕분에 이 아늑한 공간이 더 감사해졌으니까.

#이제_흔들리는_밤기차의_낭만을_즐길_차례다

바트이술

이탈리아

베네치아의 배반

"엄마, 더워!"

객차 출입문을 꼭꼭 잠가 두었더니 난방이 아주 잘되었다. 조개처럼 단단하게 입을 다문 창문을 열어보려고 중딩군과 힘을 썼는데 도무지 열리지 않는다. 역무원을 찾아 복도로 나섰다. 좁고 어두운 복도를 몇 미터 걸어가다 되돌아왔다. 두려움을 극복하는 것 보다는 힘을 쓰기로 했다. 중딩군과 힘을 합쳐 창문을 1cm쯤 열었다. 좁은 틈새로 스미는 겨울바람이 사소하지 않다. 더위가 조금 가셨다. 3층짜리 침대칸의 맨 아래층에 푸린양과 내가 누웠다. 일반 침대에 비해 폭이 좁은 데도 매미마냥 붙어서 자는 우리에겐 문제없다. 2층 침대엔 중딩군이 누웠다. 천장인지 침대인지 분간이 어려운 3층은 비워두기로 하자.

저녁 8시부터 밤 12시까지, 나흘 같은 네 시간을 보낸 우리는 몹시 고단했지만 쉽게 잠들지 못했다. 기차표 이야기, 불량한 오스트리아 동네청년 이야기, 더운 객실 이야기까지 오랫동안 조잘거렸다. 흔들리는 기차 리듬에 맞춰 스르르 잠들 때까지.

야간열차의 진짜 묘미는 바로 이것이다. 밤을 달리는 기차에 누워, 아이들과 재잘재잘 수다를 떠는 맛.

기차는 밤새 흔들렸다. 그런 것 치고는 잘 잤다. 잠자리를 가리고 깊이 잠들지 못한다고? 피로 앞에선 장사 없다. 아침 7시 반, 아침식사가 배달되었다. 허둥지둥 일어나 밥상을 받았다. 빵, 커피, 주스뿐인 조촐한 조식을 싹싹 비웠다.

흔들리는 침대기차에서 깊어가는 밤을 즐기며 재잘거리는 밤의 수다와, 밝아오는 아침을 느끼며 카푸치노를 마시는 아침의 여유가 베네치아 행 야간열차의 백미로구나. 창 너머로 스쳐가는 이탈리아 겨울숲은 보너스.

"우와, 멋지다."

기차 역 밖으로 나서며 우리는 입을 모아 감탄했다. 이런 반응이 예사롭다는 듯 푸른 수로는 여유롭게 넘실거린다. 물의 도시라는 타이틀이 제 옷처럼 어울리는 곳, 베네치아에 도착했다. 이 도시는 아드리아해에 둘러싸인 118개의 인공 섬을 180여 개의 운하와 400여 개의 다리가 연결하고 있다. 눈을 돌리는 곳마다 멋진 건축물 아래에서 푸른 바닷물이 유유히 찰랑거린다. 기차 객실에 딸린 작은 세면대에서 고양이 세수를 하고 온 우리는 몰골 따위 개의치 않고 사진을 찍어댔다. 이런 풍경이라니, 도시가 이런 풍경을 가지고 있다니, 사진 찍는 걸 즐기지 않는 나조차도 앞장서 카메라 앞으로 달려간다.

오늘 아침, 우리는 베네치아에 유난히 후하다. 막 도착한 여행자에게 무심히 던져준 아름다운 풍경 덕이기도 하지만 무엇보다 숙소를 찾아가야 한다는 부담을 던 탓이다. 첫 여행지인 오스트리아에서 머무는 8일 동안 우리는 호텔과 호스텔에 머물렀다. 맛있는 조식을 먹고 근사한 객실에 머물며 친절한 여행자들을 만났다. 그렇다, 우리는 그 여드레 동안 김치찌개를 먹지 못했다. 호스텔 공동주방에서 음식을 만들어 먹을 수는 있었지만 쉰 김치 냄새가 진동하는 김치찌개를 해먹을 수는 없었다. 여행을 떠나오기 전, '한식결핍'이 예상되는 기간에 취사가 가능한 비앤비로 예약해 두었는데 지금이 딱 좋은 타이밍이다. 밤기차를 타고 오느라 노곤한 피로감을 얼큰한 우리 음식으로 풀어야겠다. 이것만으로도 숙소에 대한 기대감이 커지는데, 지금 역 앞으로 숙소 주인장이 달려오고 있다. 우리를 마중하러. 지도를 펼치지 않아도 휴대폰 화면에 코를 박지 않아도 좋은 이 도시가 사랑스럽지 않을 수 있겠는가.

숙소 주인장 라일라를 따라 들어간 우리 숙소는 잘 정돈되어 있었다. 대리석 바닥은 윤이 나고 침구는 호텔의 것처럼 구김이 없다. 더

베네치아 🚌

블침대가 있는 침실과 소파베드가 놓인 거실, 넓고 깨끗한 욕실이 마음에 쏙 들었다. 냉장고와 세탁기와 작은 식탁이 함께 자리잡은 주방도 흡족했다. 주방을 둘러보다 눈이 멈춘 그곳에 가로로 긴 창이 있었다. 푸른 수로가 내다보였다. 창 너머로 푸른 물이 일렁이고 등교하는 학생을 태운 보트가 물살을 가르며 지나는, 이 베네치아스러운 주방이라니. 에펠탑이 보이는 숙소가 파리 여행자의 로망이라면, 수로가 내다보이는 숙소야말로 베네치아 여행자의 로망이 아니겠는가.

입을 벌린 채 창밖 풍경에 빠져든 나를, 라일라는 그럴 줄 알았다는 표정으로 쳐다본다. 그녀는 베네치아 지도에 관광지 위치와 맛집을 일일이 표시한 다음 휴대폰 번호를 남기고 돌아갔다.

나흘짜리 우리 집에 짐을 풀었다. 세면용품을 욕실로 옮기고 옷가지를 정리했다. 트렁크에 담아온 한국 식량으로 냉장고를 채웠다. 오스트리아 호텔에서 제공된 우리 몫의 실내화를 버리지 않고 챙겨 왔다. 차가운 대리석 바닥인 숙소에서 신고 다니기에 딱 좋겠다. 우리 물건으로 채워진 숙소가 더욱 포근해졌다. 끓인 누룽지와 오징어채 볶음을 꺼내 아침을 먹었다. 밥을 먹고 난 우리는 지도를 챙겼다. 라일라에게 물어둔 심 카드 판매점을 찾아가보자. 언제부터인가 인터넷 없는 여행은, 정확하게 따지자면 구글 없는 길찾기는 상상조차 하기 어려운 일이 되었다. 종이지도를 들고 행인에게 물어가며 여행을 하던 때가 백만년도 더 지난 것처럼 아득하다.

라일라가 가르쳐준 심 카드 판매점에 도착해서 이탈리아용 심 카드를 새로 끼워 넣었다. 이제야 베네치아 여행을 시작할 수 있겠다. 제대로.

해질녘에야 숙소로 돌아왔다. 편한 옷으로 갈아입고 장을 보러 나섰다. 슈퍼마켓은 가까웠다. 처음 보는 식재료와 흥미로운 간식거리는 언제나 걸음을 멈추게 한다. 이탈리아 슈퍼를 구석구석 구경한 우리는, 결국 아는 것들로 장바구니를 채웠다. 생수, 우유, 주스, 당근, 양파, 감자, 방울토마토 그리고 문제의 닭고기. 오늘 밤 메뉴는 닭볶음탕이다. 묵직한 장바구니를 들고 어두워진 수로를 따라 집으로 돌아왔다. 장 봐온 식재료를 정리하다 말고, 아이들을 불렀다.

"이것 좀 볼래? 이거 닭고기 맞아?"

아이들이 고개를 디밀고 닭고기 팩을 들여다본다.

"팩 하나는 닭고기 맞는데, 하나는 아닌 것 같아."

"엄마, 이거는 칠면조야."

생긴 모양새가 똑같아서 바구니에 담았는데 그 중 하나는 칠면조였다. 가격은 비슷한데 덩어리가 더 커서 담았더니. 에잇!

"닭고기로 바꿔올게."

외투를 걸치고 마트로 달려갔다. 8시인데 가게는 벌써 폐점 준비를 하고 있다. 하나뿐인 계산대의 줄이 길다. 계산대의 직원 말고는 눈에 띄는 직원이 없다. 긴 줄 끝에 선다. 주머니에 넣어둔 영수증을 꺼내

들었다. 한 손엔 칠면조 팩, 다른 한 손엔 영수증. 5분을 기다려 계산 대의 직원 앞에 섰다.

"아까 산 칠면조인데요. 닭고기로 바꾸고 싶어서요. 어떻게 하면 되죠?"

"닭고기를 가져 오세요."

이번엔 신중하게 닭고기를 고른다. 팩을 골라 들고 계산대 앞으로 갔다. 다른 손님의 장바구니를 계산하느라 직원이 분주하다. 계산대 앞에 서있다가 직원이 고개를 들자 닭고기 팩을 흔들어보였다. 그러 니까 나의 메시지는 이것이다.

'방금 전 칠면조 고기를 닭고기로 교환하러 온 사람이에요. 기억하 죠? 닭고기 가져왔으니까 바로 계산할 수 있겠죠?'

우리는 이미 구면이며 나의 상황을 당신이 충분히 알고 있지 않느 냐, 그러니 바로 처리를 바란다는 사연을 담은 그윽한 눈빛을 보냈다.

직원도 눈으로 말했다.

'줄을 서세요.'

이번엔 칠면조 팩과 닭고기 팩과 영수증 한 장을 들고 줄을 선다. 다시 5분이 지나고 계산대 앞에 섰을 때 직원이 바뀌어 있었다. 흡, 숨고르기를 하고 자초지종을 다시 설명했다. 아까 산 칠면조 고기와 방금 산 닭고기의 가격 차이는 20센트였다. 바코드 리더기로 칠면조 쪽, 닭고기 쪽, 영수증 쪽, 세 번이면 정리되는 일이라고 생각했는데 아닌가 보다. 계산대 앞에 새로 선 직원이 나를 뒤로 물러서게 하더니

베네치아

매니저를 부른다. 직원은 뒤에 서있던 손님의 장바구니에 집중했다. 5분이 다시 흐르고 매니저가 나타났다. 폐점을 앞둔 그는 몹시 바빠 보인다. 흡, 한번 더 숨고르기를 하고 자초지종을 설명했다. 세 번째 다! 나는 이런 의중을 전했다. 당신에겐 입고와 출고를 맞춰야 하는 절차가 필요하고, 정산이 정확해야 하기 때문에 영수증이 제대로 처리되어야 한다는 것을 잘 알고 있다, 그러나 당신이 폐점 준비를 하느라 정신없어 보이고 20센트로 인해 번거로운 상황을 맞이하는 걸 나는 원치 않는다, 20센트를 기부했다고 생각해도 무방하니 이대로 집에 가면 안 되겠느냐고, 나는 집에 가고 싶다고 얘기했다(이런 뉘앙스를 담았다).

매니저는 심각한 얼굴로 나의 얼굴과 나의 손에 들린 물건과 영수증을 오래 들여다보았다. 입을 열었다.

"20센트가 남네요. 다른 물건을 가져오면 20센트를 빼고 계산할게요."

"지금은 돈을 가져오지 않아서 다른 물건을 살 수가 없어요. 잔돈은 됐어요. 그냥 가도 될까요?"

그는 그럴 수 없다며 손사래를 쳤다. 절대로 그렇게 할 수는 없단다. 그렇다면 좀 더 기다리더라도 20센트를 받아서 가야겠다고 생각했다. 매니저는 손님들의 계산이 끝날 때까지 기다렸다가 나를 데리고 계산대로 갔다. 그리고는 계산대의 금고를 여는 대신 허리를 숙여 비닐봉지를 세기 시작했다. 포장용으로 사용하는 슈퍼마켓용 비닐봉지 스무 장을 움켜쥐더니 나에게 건넸다.

"잔돈 대신 이걸로 받아야 하나요?"

"예스. 마이 룰!"

룰이라는 단호한 단어 앞에서 나는 입을 닫았지만 몹시 당혹스러웠고 매우 불쾌했다. 이것이 여기의 진짜 규칙인지 알 길이 없으니 군소리 없이 비닐봉지 무더기를 들고 돌아가는 수밖에 없다. 잔돈은 환불하지 않고 비닐봉지로 주는 것이, 이 슈퍼마켓의 규칙일 수도 있을 거야, 마음을 토닥이며 돌아섰다. 하지만 이내 그것이 규칙이 아니라는 걸 알게 되었다. 불과 30분 전 장을 볼 때 우리는 그 비닐봉지를 공짜로 사용했으니까. 사건의 전말을 아이들에게 들려주었다. 우리는 최선을 다해 욕을 퍼부었다. 부글부글 치받히던 분노가 조금 가라앉았다.

속이 깊은 냄비에 닭과 감자, 양파랑 당근을 넣었다. 한국에서 챙겨 간 간장과 고추장을 넣어서 섞고 설탕과 후추를 뿌린 다음 생수를 부어 국물을 자작하게 맞추었다. 보글보글 끓어오르는 동안, 푸린양은 세탁기에 빨래를 집어넣었다. 중딩군은 소파베드를 펼쳐 거실을 아늑한 침실로 만들었다. 한쪽에선 닭볶음탕이, 다른 한쪽에선 보리차가 보글보글 끓고 있다.

달짝지근하고 매콤한 닭볶음탕 한 냄비를 깨끗하게 먹어 치웠다. 밥 먹는 사이, 다 된 빨래를 꺼내 건조대에 널었다. 설거지를 하는 사이, 아이들이 조잘거리다 잠들었다. 설거지를 끝내고 모카포트를 꺼내 커피를 끓인다. 식탁 위에 며칠 동안의 영수증 무더기를 올려두었다. 정리를 시작해 볼까나. 모카포트의 커피가 슉슉 소리를 내며 끓어오르고 커피향이 집안을 가득 채운다. 큼직한 컵에 커피를 따라 부어 들고 주방 창가에 선다. 인적이 드문 골목길, 가로등을 받아 반짝거리는 까만 물. 평화로운 밤이다.

하지만 의자 위에 내팽개쳐진 비닐봉지 무더기를 발견하고 나의 평화는 단박에 깨졌다. 저게 20센트어치라고? 들끓는 미움을 뜨거운 커피로 꾹 눌러본다.

#비닐봉다리_스무장_여행내내_기어이_다_씀

지도가 통하지 않는 도시

　　　　　　　　　　'베네치아 숙소 위치를 확인할 때는요, 몇 분 걸리는지 따지지 말고 다리가 몇 개인지를 확인하세요.'

　인터넷 카페에 남겨진 댓글을 보고 고개를 갸웃했다. 예약하려는 숙소의 주소를 구글 지도에 입력하며 위치를 확인하던 중이었다. 역에서 멀지 않았다. 묵직한 트렁크를 끌고 다닌다 쳐도 가뿐히 걸을 만한 거리였다. 비슷한 거리, 비슷해 보이는 구조를 가진 숙소를 놓고 저울질하다 발견한 댓글은 똑똑했다. 그제야 기차역에서 숙소까지 가는 길목에 놓인 다리들이 눈에 들어왔다.

　마음의 준비를 했다고 매가 아프지 않은 건 아니다. 끝을 안다는 게 그나마 위안이 될 뿐. 역에서 숙소까지 가는 다리, 그건 헤쳐갈 만했다. 하지만 베네치아에는 여행자를 난감하게 만드는 것이 또 있었다. 그 하나가 400여 개에 달하는 계단 긴 다리라면 나머지 하나는 좁디좁은 골목이다. 그것들은 수를 헤아릴 수조차 없다. 서너 명이 여유롭게 지나칠 만한 폭의 골목도 있지만 마주 오는 두 사람이 어깨를 스칠 만큼 좁은 골목이 허다하다. 그 골목들 앞에서 휴대폰 길 찾기 기능은 '멈춤'이나 마찬가지다. 휴대폰을 주머니에 깊이 넣었다. 여행자 센터에서 3유로 주고 산 종이지도도 무용지물이다. 소설가 헤밍웨이가 베네치아에서 완성한 《강 건너 숲속으로》라는 소설에서, "이 지점에서 다른 지점으로 도달하는 것이 십자말풀이보다 더 짜릿하단 말이야"라고 베네치아를 묘사했다더니 베네치아의 골목을 설명하기에 그보다 더 적절한 표현은 없다.

'숙소'라는 한 지점에서 '리알토 다리'라는 다른 지점으로 도달하려는 중인데 이 골목만 두 번째다. 어디서부터 잘못되었는지 따져보며 되짚어 가다 보니 바다가 나왔다. 뒤돌아 걸었다. 이번엔 대학교가 버티고 있다. 우아함을 폴폴 풍기는 건물이다. 휴게실에 앉아 있는 학생들이 진지하게 노트북을 들여다보고 있지만 우리의 진지함을 당할 수는 없다. 진지하다 못해 심각한 우리는 자력 길 찾기를 포기했다. 학교에서 나오는 한 청년을 점찍었다. 착하게 생겼다. 다가가, 리알토 다리 가는 길을 물었다. 은총을 바라는 듯한 우리의 표정을 보더니 따라오라며 앞장선다. 다시 가보라고 하면 절대로 기억해낼 수 없는 골목을 몇 번 돌고 돌아 그가 멈추어 섰다. 그가 가리키는 곳에 리알토 다리 이정표가 붙어 있다. 그는 친구들과 사라졌다. 우리는 그 이정표를 북극성 삼아 걸었다.

이정표가 어느 순간 사라지고 작은 광장이 나타났다. 제자리를 맴돌다가 지나는 주민에게 또 길을 물었다. 광장을 중심으로 별처럼 뻗어 있는 여러 개의 골목 중 한 곳으로 우리를 이끌었다.

"이 골목 끝까지 가서 오른쪽으로 꺾인 골목으로 들어가세요. 그리고 그 다음엔…."

흐리멍덩한 나와 눈이 마주친 여인은 설명을 멈춘다.

"그 다음엔 거기에서, 다른 사람에게 물어보세요. 베네치아 길이 복잡해서요."

그녀는 우리의 난감함을 충분히 이해할 수 있다는 천사 같은 표정으로 뒤돌아선다. 우리는 '그 다음 거기에서' 다시 멈추었다. 이번엔 잘 차려입은 베네치아 아가씨에게 다가갔다.

"I don't know."

익스큐즈 미, 하고 입만 뗐는데 그녀는 한걸음도 멈추지 않고 '쌩' 우리를 지나쳐 갔다. 외투자락이 살짝 들썩였던 것도 같다.

유명한 관광지에 산다는 건 어떤 것일까? 아름다운 풍경, 오래된 유산을 가진 풍요를 누리는 행복일까? 낯선 이들의 호기심과 무례함을 견디는 고역일까? '조용히 해 주세요'라는 현수막이 곳곳에 걸려 있고 음식 냄새와 민박객의 소음으로 밤잠을 이루기 어렵다고 하

소연하는 한옥마을 주민들의 사정을 들어보면, 그건 후자에 가까운 일이다. 세계적 관광지인 베네치아는 그 불편함이 심각한 수준이다. '우리는 관광객을 원치 않는다'고 외칠 만큼 주민들은 극심한 고통을 호소하고 있다. 매년 3천만 명의 관광객이 몰려들고 있어 도시 전체가 숙박업소나 다름없는 데다 심야의 고성방가는 물론이고 운하에 소변을 보는 일조차도 흔하다고 한다. 매년 2백여 명의 주민이 베네치아를 떠나는 건 당연한 수순이다. 바람소리만 남기고 가버린 베네치아 아가씨를 원망하기엔 우리 여행자가 준 상처가 너무 크다. 그걸 알면서도 다른 주민에게 길을 한 번 더 물었다. 어쩔 수 없었다.

우리는 한국에서 특별한 투어를 준비해왔다. 베네치아의 골목이 이 지경인 걸 알았던 것도 아닌데 말이다. 발길 닿는 대로, 마음 끌리는 대로 돌아보는 여행이 어느 땐 알맹이 없는 맹탕이 되기도 한다. 알고 갔더라면, 공부하고 둘러보았으면 더 좋았을 것들이 돌이켜보니 너무 많았더랬다. 시간이 지나도 좀처럼 아쉬움이 묽어지지 않았다. 제대로 보았으면 좋겠다는 생각을 가지고 정보를 찾다가 우연히 베네치아에 거주하는 저널리스트가 쓴 여행서를 발견했다. 저자는 베네치아를 걸으며 여행하는 다양한 코스를 소개해 두었다. 우리는 그 중 '어린이와 함께 걷기' 코스를 선택했다. '리알토에서 산 스타에 성당까지'를 걷는 루트인데 부제가 '식도락의 길'이다. 아이들이 흥미로워 하는 포인트와 맛있는 간식이 보장된 투어라니, 아이들도 나

베네치아

도 설레었다.

리알토 시장은, 어제 그토록 민폐를 끼치며 도착했던 리알토 다리에서 가깝다. 오늘 걷기투어의 출발점이다. 베네치아의 수상버스인 바포레토를 타고 리알토 시장 선착장에 내렸다. 시장은 상인과 주민들, 카메라를 든 여행자들로 북새통이다. 관광지를 가득 채운 여행자의 활기와는 또 다른 종류의 것이다. 생활의 기운이랄까.

처음 보는 채소들이 물에 동동 떠있고 익숙한 과일들이 작은 바구니에 담겨 있다. 빛깔 고운 사과 앞에서, 그렇게 좋아하는 당근 더미 앞에서도 시큰둥하던 푸린양이 불쑥 고개를 내민다. 어시장이다. 더위를 식혀주던 회랑을 개조해 만든 어시장은 야채시장보다 훨씬 붐빈다. 푸린양은 문어 앞에 멈추었다. 짬뽕에 담긴 오징어, 푹 익힌 문어, 팔팔한 산낙지까지, 문어과 연체동물에 지극한 애정을 가지고 있는 아이답다. 그러고 보니 여행지에서 제육볶음도 해먹고 닭백숙도 끓여먹었지만 생선요리는 한번도 해본 적이 없다. 요렇게 신선한 어시장에서 싱싱한 생선을 잘 골라서 무를 서걱서걱 잘라 보글보글 끓여봐야겠다. 새콤한 초고추장을 챙겨 와서 튼실한 문어를 삶아 초고추장에 찍어 먹는 것도 좋겠다. 눈알이 탱글탱글한 생선들을 앞에 두고 보자니 얼큰한 매운탕 생각이 간절해진다.

걷기투어는 출발 지점과 종착 지점 중간에 여러 포인트를 포함하고 있다. 관광객에게 인기 있는 와인 바가 소개되어 있고, 베네치아에서 가장 오래된 주점도 안내하고 있다. 문어 앞에서 침을 흘리다 온 우리는 이 도시에서 가장 오래된 주점이라는 칸티나 도 모리^{Cantina Do} ^{Mori}로 향했다. 몰랐다면 절대로 건드리지 않을 오래된 나무 유리문을 밀고 들어섰다. 가장 오래된 주점이라니 동네 할아버지들의 아지트 쯤이겠거니 생각했는데 오산이다. 가게 안은 활기찼다. 젊은 직원들이 분주히 움직이고 있다. 소개대로 가게 안은 베네치아의 멋쟁이 신사들로 가득하고 진열장 안은 한입거리 안주들로 풍성하다. 주점 직원이 추천해준 몇 가지를 골랐다. 이쑤시개가 꽂힌 오징어 주머니 튀김과 찹쌀 도넛 모양의 작은 튀김, 크로켓 모양의 요리는 모양은 제각각이었지만 오묘하게 비슷한 맛을 냈다. 오징어 주머니 안에는 리소토가, 도넛과 크로켓 속에는 크림소스에 버무린 파스타면이 들어 있었다. 비슷비슷하게 느끼한 간단요리를 남김없이 다 먹었다.

그리고 우린 외쳤다.

"떡볶이 먹고 싶다!"

영화배우 차승원이 광고에 등장해 애절하게 고추장을 부르짖던 그곳에서, 우리도 떡볶이를 외치고 말았다.

베네치아의 영어식 이름은 베니스. 태어나 처음으로 베니스라는 지명을 접한 건 셰익스피어의 희곡《베니스의 상인》에서였다. 베니스의 부유한 상인인 안토니오가 친구를 위해 생명을 담보로 한 계약서에 서명하고, 그에게 멸시를 받아온 유대인 고리대금업자 샤일록은 빚을 갚지 못할 경우 안토니오의 몸에서 살 1파운드를 떼어내기로 하는 이야기. 두 어머니가 한 아이를 두고 자기 아이라고 주장할 때 각기 나누어 가지라고 해 진짜 어머니를 가려낸 솔로몬 왕의 판결만큼이나《베니스의 상인》의 재판관도 지혜로운 판결을 했다고 생각했다.

"그대가 원한 것은 단지 살 1파운드다. 단 한 방울의 피도 허용하지 않겠다."

이 대목을 읽을 때, 통쾌했다. 어린 독자에게 돈밖에 모르는 고리대금업자 샤일록은 나쁜 사람, 친구를 위해 몸을 내어준 상인 안토니오는 좋은 사람이었다. 하지만 생각해보면 고리대금업자인 유대인에 대한 뿌리 깊은 멸시와 증오가 바탕에 깔린 판결이었고 이방인에 대한 불공정한 재판이었다. 걷기 투어의 루트를 따라 걷다가 우리는 바로 이곳에 도착했다.《베니스의 상인》속 샤일록처럼 고리대부업을 하던 사채업자의 집 앞에. 소개된 내용에 따르면, 긴 간판에 '자선pieta'이라는 단어를 끼워 넣었지만 인정사정없이 대출금을 상환받는 것으로 악명을 떨쳤단다. 이제는 문을 닫아걸고 건물을 판매한다는 공고문이 붙어 있지만, 군데군데 시멘트가 떨어져나간 벽과 원한을 품은 듯한 붉은 글씨는 샤일록이 살던 그때의 흔적인 것처럼 선명하다.

베네치아 구석구석을 제대로 둘러보고 싶어 책에 소개된 대로 길을 나섰지만 한편으론 수년 전에 발행된 책에 소개된 곳인데 아직도 있겠어, 하는 의심도 있었다. 인터넷도 아닌 책에 실린 곳이라니, 그새 없어지거나 용도가 달라지는 경우가 흔하지 않은가. 책을 복사해

베네치아

들고 나서면서도 큰 기대를 하지 않았다. 일요일이 휴일이라고 안내된 곳이 토요일에 휴일인 곳이 있었지만 우리는 책에 소개된 모든 장소를 찾을 수 있었다. 심지어《베니스의 상인》시절부터 있었을 법한 사채업자의 집까지도. 이건 이탈리아니까 가능하다. 여행자의 눈엔 과거를 지키는 우직함으로, 현지인의 눈에 과거에 발목 잡힌 답답함으로 비춰질지라도, 그건 이탈리아니까 가능한 일이다.

지도가 통하지 않는 도시를 여행하는 법도 별거 없다. 정처 없이 부유하거나, 야무지게 짜인 코스를 따르거나. 어느 쪽이건 시작도 종료도 여행자 마음이다. 좁은 골목을 돌고 돌고, 길 이름과 번지수를 확인하느라 고개를 번쩍 쳐들고 다녔더니 목도 허리도 뻐근하다. 코스에 소개된 종착지에 다다르기도 전에, 우리는 마음대로 종료지점을 정해버렸다.

방금까지 발을 질질 끌며 입을 삐쭉 내밀고 도대체 언제까지 걸을 거냐며 툴툴거리던 아이들이 나는 듯이 달려간다.

#발길_닿는_대로
#그것이_때론_무의미한_체력소모일_때도

여행과 관광을
구분 짓는다면

　　　　　　　　　　부라노Burano는 베네치아에서 수상버스
로 한 시간이면 도착하는 작은 섬마을이다. 베네치아를 여행하는 여
행자라면 누구나 무라노Murano 섬과 부라노 섬을 둘러본다. 무라노는
화려하고 아름다운 유리제품으로 유명하고 부라노는 섬세하고 우아
한 레이스 제품으로 이름이 나있다. 여행자들이 아름다운 유리공예
제품을 보기 위해 무라노를 찾는다면, 부라노를 찾는 이유는 레이스
때문이 아니다. 알록달록 동화마을 같은 색을 입은 마을의 풍경 때문
이다. 예전에 바다로 나간 어부 남편이 오랜만에 돌아온 집을 제대로
찾을 수 있도록 각 가정마다 다른 색을 칠하면서 지금처럼 예쁜 마을
이 되었다. 재미있는 것은, 아일랜드에도 비슷한 이야기가 있다는 것

베네치아

이다. 아일랜드의 수도 더블린의 주택들이 저마다 예쁜 색깔의 대문을 가지고 있는데, 그 이유가 귀가하는 남편들 때문이었단다. 술을 좋아하는 아일랜드 남자들이 술에 취해서 자꾸만 다른 집 초인종을 눌러대는 바람에 곤란한 일들이 생긴 탓이다. 술에 취해서도 자기 집을 쉽게 구별할 수 있도록 대문의 색을 정해 칠하게 되었다니, 여기나 저기나 귀가하는 남편들이 문제로다.

베네치아에서 수상버스를 타고 부라노에 도착했다. 하늘은 여전히 찌뿌드드하다. 배 안을 가득 채운 한국인 여행자들은 이전 선착장인 무라노에서 대부분 내렸다. 베네치아에서 출발해 무라노를 돌아보고 다시 수상버스로 이동해 부라노를 구경하는 것이 일반적인 관광 코스다. 우리는 부라노만 돌아보기로 정했다. 아홉 살 꼬마의 속도로 두 곳은 무리다. 선착장 대합실에 커피 자판기가 눈에 띈다. 이탈리아 사람이, 이탈리아의 커피 맛은 단연 세계 최고라며 자판기 커피조차도 에스프레소 맛이 일품이라며 자랑을 아끼지 않았었지. 거금 1유로를 넣고 카푸치노를 뽑았다. 카푸치노는 묽고 거품이 풍부하지 않고 향이 부족하다. 자판기의 에스프레소 맛은 최고일지 모르겠으나 카푸치노는 아닌 걸로 한다.

섬은 인터넷에서 보았던 사진과 똑같다. 날이 흐려서 사진 속의 그 화창하고 선명한 풍경 보다는 덜하지만 기대만큼 예쁘다. 관광객도 많지 않아 사진을 찍기에도 좋다. 마을 안까지 깊숙이 들어온 수로엔 작은 보트들이 일렬로 정박되어 있다. 담을 맞대고 이어진 예쁜 색감의 건물과 가지런히 정렬된 보트가 있는 풍경은 충분히 이국적이다. 마을을 산책하다 마주한 작은 광장엔, 쓰레기 하나 굴러다니지 않고 창문 아래에는 종류와 색깔을 맞춘 빨래가 걸려 있다. 팬티 옆엔 팬티, 수건 옆엔 수건 하는 식의 종류별로, 양말에서 시작한 빨래가 팬티와 셔츠, 수건의 순서로 크기별로.

"엄마 같은 대충대충 주부는 여기서 못 살 것 같아."

"나도 그렇게 생각해. 빨래는 그날 바로 바로 걷어야 할 걸!"

푸린양의 대답이 단 일초의 지체도 없다.

부라노의 메인 거리에도, 마을 뒤편의 광장 주변에도 어슬렁거리는 여행자 몇을 빼면 한적하다. 주민들이라고는 가게 주인들뿐이다 (그들마저도 주민이 아니려나). 여행자들의 발길이 닿는 모든 골목의 집들은 굳게 닫혀 있다. 유리창을 닫고 커튼을 쳐두었다. 주민들의 모습은 머리칼 한 올 볼 수 없다. 열린 대문 사이로, 창문 너머로 일상을 흘깃거리는 관광객을 피하기 위해 생활의 자유를 포기한 주민들의 고육지책일까. 그것이 여행자들에겐, 온기 없는 세트장이라는 느낌을 준다. 줄곧 시끄러웠고 어디나 사람들로 북적이던 이탈리아였으니 이곳의 호젓함이 더욱 낯설다. 한산하다 못해 적막한 이 마을을 생기 있게 하는 건 푸린양의 활기뿐이다. 노란 대문 앞에서, 아기자기한 창문 장식 아래에서, 곳곳에 놓인 벤치에 앉아서 브이를 하는 푸린양을 사진 찍느라 마을의 적막함을 잠시 잊는다. 참, 아까 뽑은 카푸치

베네치아

노도 쌀쌀한 겨울날, 바람 부는 섬 구경을 하면서 홀짝이기엔 충분했다. 어차피 자판기 커피에 기대하는 건 맛보다 온기이니까.

부라노섬은 어떤 곳이야, 라고 묻는다면 단숨에 대답하겠다. "관광지"라고. 관광과 여행의 의미가 크게 다르지 않음에도 우리는 언제부터인가 '관광'과 '여행'을 나누고 '관광객'과 '여행자'를 구분 짓고 있다. 여행 기간이 길면 여행, 짧으면 관광이라 여기고 젊은이의 유람은 여행으로, 나이 든 사람의 유람은 관광으로 정한다. 자유로운 일정을 떠나는 이는 여행자, 정해진 코스대로 돌아보는 이는 관광객이라 부른다. 여행지에서의 매너가 좋으면 여행자, 매너가 없으면 관광객으로 정하기도 한다.

정리하자면 여행자는 자유롭게 유람하는 매너 있는 젊은 사람이며, 관광객은 정해진 코스대로 움직이는 매너 없는 나이든 사람이라는 결론에 이른다.

여행자와 관광객이 구분되는 이유로, 현지에서 친구를 사귀고 어울리는 일을 꼽기도 한다. 관광과 여행을 구분 짓는 여러 가지 이유를 그럭저럭 수긍한다 해도 이것만은 끄덕이기 어렵다. 그건 나이와 성향의 문제이기도 하니까.

나는 아이들과 여행하는 엄마여행자다. 아이들과 여행한다는 건, 다른 이에게 불편을 끼칠 상황이 잠재되어 있다는 의미다. 더 많은 배려를 기대해야 하는 경우가 있을 테니까. 나는 다른 사람에게 민폐를

끼치는 것이 싫다. 미련하다 싶을 정도로 불편을 감수하고 과할 정도로 아이들에게 주의를 주는 편이다. 반대로 누군가의 민폐도 싫다. 현지에서 친구를 사귄다는 건 일정 부분 그들의 영역으로 들어가는 일이다. 아침 저녁으로 만나 인사를 나누는 사이라 할지라도, 제 아무리 나이의 경계가 없다 할지라도 저마다의 상황과 고민이 다른 법인데 함께 식사를 하고 시간을 보낸다고 친구가 될 수 있을까. 그들은 그들끼리의 이야기를 나눠야 하고, 고민을 공감할 수 있어야 한다. 나이 많은 이가 인생 교훈이랍시고 들려주는 잔소리 말고 말이다. 그러니 여행지에서 만난 젊은 여행자들과 친구가 되려고 애쓰는 일은 이 나이엔 자칫하면 주책이 될 수도 있다. 더구나 언어가 유창하지 않고 언제 투덜거릴지 언제 말썽을 피울지 모르는 아이들과 여행하면서, 현지인 친구를 사귀겠다고 들이대는 일, 그것이 민폐 아니겠는가.

여행지에서 친구를 사귀고 어울리는 건 자유여행을 즐기는 사교적인 성향의 젊은 여행자에게 주어진 행운일 뿐, 진짜 여행인지 겉핥기 여행인지를 가르는 기준이 될 수는 없다. 눈에 보이는 몇 가지 기준을 두고 여행이니 관광이니 구분 짓는 건 쓸데없는 짓이라는 의미다.

그럼에도 불구하고, 나는 부라노섬을 관광지라 부르기로 했다. 관광이라는 한자 그대로 '봄'이라는 것 말고는 어떤 감동이나 감흥이 일지 않는 곳, 마음을 움직이는 어떤 것도 없는 곳이다. 디즈니월드가 리조트의 모델로 삼을 만큼 예쁜 색감을 가진 마을, 그것뿐이다. 중딩 군마저 관광객을 위해 만들어 놓은 예쁜 촬영장 같다고 말한다. 어떤 이는 두고두고 볼만한 인생 사진을 건졌을 수도 있고, 어떤 이는 맛있는 점심을 먹었을 수도 있겠지만 나에겐 카푸치노 마저도 기억에 남지 않았다.

눈에 보이는 무엇 말고 마음에 남는 어떤 것이 있는지, 그것이 여행과 관광을 구분 짓는 기준이어야 한다. 에펠탑 앞에서 인증사진 한 장을 찍고 이동했더라도 그 순간이 마음에 남는다면 그것은 여행이라고, 프랑스 작은 마을에서 동네 주민과 차를 마셨더라도 그 순간이 희미하다면 그건 관광이라고, 나는 생각하니까.

아드리아해의 석양 속을 달려 베네치아에 도착했다. 비로소 세상 속으로 들어온 듯하다. 그림이나 영화 말고, 진짜 사람이 사는 세상. 이 소란이 그리웠다. 지저분하면 어떠랴 시끄러우면 어떠랴, 그게 사람 사는 모습인 것을. 어제 밤늦도록 골목을 차지하고 몇 십분 동안 시끌벅적하게 작별인사를 하던 옆집 사람들도, 오늘은 이해할 수 있겠다. 그것이 베네치아라면, 이것이 여행이라면 기꺼이.

#나이는_숫자에_불과하다고 #그래도_숫자가_품은_지혜는_존중받아야

#그리고_숫자가_의미하는_구분도_존중해야

베네치아

고요가 흐르는 집

니콜로는 스물일곱 살 청년이다. 피렌체 외곽에 있는 주택을 여행자에게 내어주고 관리하는 일을 한다. 사진 속 그는 마르고 키가 컸다. 니콜로는 무엇을 물어보건 세심하게 답해주고 언제 물어도 대답이 빨랐다. 피렌체에서 렌터카를 빌리기로 한 우리는, 알려진 렌터카 업체가 아닌 이탈리아 로컬 업체를 이용하기로 했다. 이탈리아 기차를 예약한 승객에게 할인 혜택을 제공하는 업체였다. 무리 없이 렌터카 예약을 진행하다가 막바지에 막히고 말았다. 예약을 진행하는 과정에 텍스 코드TAX CODE를 입력하는 빈칸이 있었다. 외국인인 우리에게 그것이 있을 리가 없는데, 그것을 비워둔 채로는 예약이 진행되지 않았다. 인터넷 검색을 해보아도 해결할 방법이 없었다. 이탈리아 전체에 아는 이라고는 하루 전 예약한 숙소 주인 장 니콜로 뿐이었다. 결국 그에게 메시지를 보냈다. 문제가 되는 예약 화면을 캡처해서 보내고 주저리주저리 설명을 덧붙였다. 요지는, 우리가 그 예약을 할 수 있게 도와달라는 것이었다. 니콜로는 바로 다음 날 답을 보냈다. 렌터카 회사에 전화를 걸어 확인했더니 텍스 코드라는 것은 자국민을 대상으로 한 체크사항이므로 외국인을 위한 페이지에는 뜨지 않아야 할 항목이다, 오류를 수정했으니 다시 접속하면 예약을 마칠 수 있을 거라고 했다. 덕분에, 문제없이 렌터카 예약을 할 수 있었다.

한 청년이 웃으며 걸어온다. 베네치아에서 출발해 피렌체 산타 마리아 노벨라 역에 도착하는 우리를 위해, 니콜로가 마중을 나왔다. 마르고 키가 컸고 미소가 순박했다. 온라인에 떠있는 사진과 똑같다. 그는 우리의 가방 두 개를 번쩍 들어 올려 자신의 승용차 트렁크에 쏙 집어넣었다. 메고 다니던 작은 배낭도 트렁크에 넣었다. 가뿐한 몸으로 자동차에 올랐다. 이동하는 20분 동안, 니콜로는 수다스럽지 않게 자기소개를 하고 도시 자랑을 했다.

니콜로의 숙소는 2층짜리 석조 주택이다. 할머니가 태어난 집이라니 족히 100년이 넘었다. 높다란 출입문을 열고 들어서면 대리석이 깔린 현관이 나타난다. 현관 한쪽 벽에는 외투를 걸 수 있는 옷걸이가 있고 반대편엔 우산꽂이와 갈색 벤치가 놓여 있다. 입구를 지나면 왼쪽으로 침실과 주방이 있다. 침실 가운데엔 하얀 침대보가 깔린 크고 높은 밤색 침대가, 침대 옆엔 3단 서랍장이 달린 화장대가, 침대 발치에는 키 큰 옷장이 놓여 있다. 경첩이 헐거운지 옷장 문이 아래로 살짝 기울어져 있다. 침실 옆 주방에는 4인용 나무 식탁이 놓여 있고 그 위에 정리된 네 개의 테이블 매트가 가지런하다. 식기가 잘 갖추어진 싱크대 옆으로 세탁기와 건조기가 보인다. 출입문 옆에 자리잡은 소파는 펼치면 침대가 되는 소파베드다. 니콜로가 사용법을 설명해주려 하자, 중딩군이 손을 젓는다. 베네치아에서 나흘간 뒹굴었던 중딩군의 침대도 소파베드다. 이케아 소파베드라면 문제없단다. 주방을 나가 2층으로 올라가는 계단 중간에 화장실과 욕실이 있다.

"2층에는 침실과 가족실이 있어요. 하지만 올라가지 말아주세요. 저희 할머니가 사용하던 공간인데 할머니가 돌아가신 이후로 아직 정리하지 않았거든요. 아직은 가족들이 남겨두고 싶어 해요."

니콜로가 가리키는 2층 입구엔 노란 금줄이 둘러쳐 있다. 그곳엔 할머니의 손때가 묻은 반짇고리가 선반에 놓여 있고 금세라도 따르릉거릴 것 같은 전화기가 벽에 매달려 있다. 니콜로는 시내를 오가는 버스 시간표와 동네 맛집 위치를 알려주고 돌아갔다. 우리가 피렌체를 떠나는 날 아침, 렌터카 사무실까지 태워다주기로 했다.

니콜로가 돌아가고 우리 셋만 남았다. 일단 씻을까?

수건을 들고 욕실로 들어간 중딩군이 금세 나온다.

"추워서 안 되겠어. 오늘은 세수만 할래."

이번엔 내가 욕실로 들어간다. 그리고 금세 나왔다.

"무서워서 안 되겠어. 오늘은 세수만 할래."

천장이 높고 대리석으로 마감된 이탈리아 주택은 추웠다. 침실과 주방 가장자리에 우리가 라디에이터라고 부르는 히터가 있지만 이걸로 이 공간을, 우리집만큼 데우려면 한 백년은 걸리지 않을까? 전기장판도 없는 침대는 사람 덕을 보려는 모양인지 선뜩하다.

오빠 옆에서 뒹굴던 푸린양이 소파베드에서 잠들었다. 중딩군이 침실로 옮겨 눕혔다. 세로로 자야 하는 침대에서 가로로 자는 꼬맹이랑은 잘 수 없다며, 단호하다. 공기가 여전히 차다. 히터 역할을 해야 하는 물건이 제대로 작동하는지 손으로 만져보았다. 아무래도 이 물건은 자기 자신을 데우는 용도인가 보다. 잠든 아이의 얼굴까지 이불을 덮어주고 주방에 들어가 메밀차를 끓였다. 주방 공기는 더 차가운데 중딩군은 상쾌하단다. 창문을 꼼꼼히 닫고 보조등을 켜주었다. 주방 출입문은 살짝 열어두었다.

따뜻한 메밀차를 마시며 책을 읽는다. 고요하다.

덜컹.

"중딩! 자?"

"아니, 왜?"

"아니야. 안 자면 됐어."

창을 흔든 건 겨울바람이었다. 메밀차를 한 모금 넘기고 책을 읽는다. 끼익.

피렌체

"쿵딩! 자?"

"아니, 왜?"

"방금 끼익하는 소리 못 들었어?"

"못 들었는데. 엄마, 그거 바람소리일 거야."

그렇겠지, 고개를 끄덕이며 침실을 둘러보니 범인은 낡은 옷장이었다. 엉성하게 걸쳐 있던 옷장 문이 반쯤 열려 있다. 그래, 이거였어.

미지근한 메밀차를 마시며 졸아붙은 마음을 데웠다. 그리고 얼마간 집중해서 책을 읽었다. 화장실에 다녀와야겠다. 따뜻한 메밀차를 두 잔이나 마셨더니, 며칠째 묵직했던 장에서 소식이 왔다.

"쿵딩! 자?"

"아니, 왜?"

"그러면 잠깐 밖으로 나와 봐. 엄마 화장실 갈 거니까 복도에 좀 있어줘."

"엄마, 설마 무서운 거야?"

그래, 무섭다. 1.5층에 위치한 화장실은 조명이 어두워서 화장실 문을 닫을 수가 없다. 깜깜한 공간에 갇힌 것 같다. 그래서 문을 조금 열어두었다. 그랬더니 2층이 보인다. 니콜로의 할머니가 돌아가신 이후, 그대로 보존하고 있다는 2층의 모습이. 출입을 막아둔 노란 줄이 사건현장을 가르는 그것처럼 보인다. 2층에 있는 두 개의 방문 중 어느 하나가 금세라도 끼익하고 열릴 것 같단 말이다. 아까, 그 소리는 정말 옷장 소리였을까?

"중딩! 거기 있지?"

"응, 여기 있어."

2층으로 눈길을 주지 않으려 하니 이번엔 귀가 더 쫑긋해진다. 뒤돌아보지 마, 했는데 결국 돌아보고는 돌로 굳어버리는 동화 속 주인공의 심정을 너무 잘 알겠다. 코끼리를 생각하지 말라는 실험이 시작되자마자 코끼리만이 강하게 남는 것처럼 2층은 안 돼요, 라는 주문을 듣는 순간 나의 뇌에는 '2층'만 남고 말았다. 그것은 경고가 아니라 유혹이다. '2층' 대신 밝고 명랑한 생각을 하려고 에너지를 쏟았다. 애먼 데 신경을 쓰느라 소기의 성과를 거두지 못한 채 화장실을 나왔다. 오늘밤엔 틀렸다.

자정이 가깝다. 불을 끄고 침대에 누웠다. 쌕쌕거리며 잠든 푸린양을 품에 안았다. 따뜻하고 보드랍다. 주위는 조용하다. 나무 사이로 스치는 바람 소리뿐이다. 서서히 잠에 빠져들 때쯤 딸깍, 하는 소리가 들렸다. 번쩍하고 눈을 떴다. 꼼짝하지 않고 누운 채 눈알을 굴렸다. 어디서 난 소리지? 숨을 죽이며 귀를 키웠다.

"중딩! 자?"

"응, 이제 자려고. 방금 불 껐어."

"어, 잘 자."

스위치 소리였구나.

온몸의 세포가 귀로 변하고 있다. 크고 작은 소리까지 예민하게 잡아채고 있다. 그 소리가 혹여 텅 비어 있는 2층 어느 구석에서 나는 건 아닌지 집요하게 귀를 기울이고 있다.

도시 외곽의 조용한 주택단지, 개 짖는 소리 한 번 들리지 않는 이 마을에서, 주인장도 없는 이층집에 달랑 우리끼리 있다는 것은 생각보다 담력이 필요한 일이었다. 더구나 출입이 제한된 공간과 함께 라니 더욱 그렇다. 이웃은커녕 행인의 인적도 느낄 수 없을 만큼 조용한 밤이 되니, 우리의 말소리와 저장된 노랫소리가 멈추면 금세 정적이 흐른다. 그 정적 사이로 예상치 않은 무언가가 비집고 들어올까 봐 겁이 난다. 이 집에 앞서 머문 여행자들은, 깨끗하고 조용한 아주 만족스러운 숙소였다고 후기를 남겼지만 다시 읽어보니 그들은 모두 여럿이었다. 온가족이 함께였고 친구들 서넛이 무리지어 머물렀다. 그들의 왁자지껄한 수다가 부럽다.

순순히 잠들기는 틀렸다. 이러다 괘종시계가 댕댕댕 종이라도 치면 푸린양을 안고 중딩군 침대로 달려갈지도 모르겠다. 특단의 조치가 필요하다!

'무한도전,' 번잡스럽기로 일등인 당신들이 있어야 이 소슬한 밤을 견딜 수 있겠다. 노트북을 켠다. 메밀차도 커피도 없다. 중딩군도 잠든 마당에 화장실에 가고 싶어지면 안 된다. 정신 사나운 여섯 남자들의 수다가 끝나기 전에 잠들어야 한다!

#무한도전 #그멤버_그대로_리부트_기원

소매치기에
대처하는 자세

사례 01   콜로세움 안에서 소매치기를 당했어요. 입장료를 내고 들어오는 관광지까지 그놈들이 있을 줄 몰라서 방심했던 것 같아요. 사진 찍느라 정신없는 틈을 타 가방을 뒤졌더라고요.

사례 02   기차에서 소매치기를 당했어요. 기차에 타서 좌석을 찾고 있는데 젊은 이 딜리안 부부가 다가오더니 도와주겠다고 하더군요. 기차표를 보여주었더니 우리 좌석으로 정확하게 안내해주었어요. 고맙다고 인사까지 했어요. 이탈리아에서 처음 타는 기차여서 긴장도 되고 정신도 없었거든요. 좌석에 앉아 짐을 정리하다가 알았어요. 그 인간들이 소매치기였다는 것을요. 지갑이 통째로 없어졌더라고요. 그나마 다행인 건, 그 인간들이 현금만 가져가고 신분증이 든 지갑을 기차 한구석에 버렸다는 거예요. 역무원이 들고 왔더라고요.(부부도 아니었겠죠?)

사례 03 상점에서 나오려고 하는데, 서너명이 입구 쪽에 서있더라고요. 비키기를 기다렸는데 가만히 있길래 피해서 나왔어요. 그런데 그놈들이 소매치기였더라고요. 거스름돈 받은 현금을 주머니에 넣어두었는데 몽땅 털어갔어요. 나중에 알아보니, 상점의 입구나 출구, 버스나 기차에 오르거나 내릴 때가 가장 위험하다고 하더군요.

이 정도면 됐다. 소매치기를 당하지 않는 방법은 결국 정신 바짝 차리고 주의를 기울이는 것이다. 그리고 한 가지를 보탠다면 운이 좋아 그놈들 눈에 띄지 않는 것이다. 행여 표적이 되더라도 그놈들이 섣불리 가져갈 수 없게 장치를 해두자. 지갑에 현금과 여권을 넣는다. 지갑을 작은 손가방에 넣는다. 작은 손가방의 가죽손잡이와 크로스백 끈을 단어장용 링 고리로 엮어둔다. 크로스백 안쪽에 옷핀으로 손가방을 고정한다. 그러니까 그놈들이 나의 크로스백을 발견한다손 치더라도, 일단 크로스백 지퍼를 열어야 한다. 작은 손가방을 가져갈라치면 옷핀 다섯 개를 풀거나 가죽 끈을 잘라야 한다. 손가방을 열어 지갑에 손이 닿을 수도 있겠지만, 그때까지 내가 가만 있지는 않을 것이다. 혹여 눈치 채지 못한다면 그건 별 수 없다. 정신 차리지 못한 대가라고 생각할 수밖에. 여행 카페에 올라온 이탈리아 소매치기 체험담을 읽으며, 나는 비장해졌다.

피렌체

피렌체에서 피사까지 기차로 40분. 기차에 오르기 전, 우리는 피렌체 역 앞 패스트푸드점에 들어가 푸짐한 브런치를 즐겼다. 어린이용 장난감도 챙긴 우리는, 배가 부른 만큼 마음도 여유로웠다.

턱을 괴고 창 밖을 바라보는 푸린양에게 퀴즈를 낸다.

"피사에서 가장 유명한 것은?"

멍한 푸린양이 중딩군을 쳐다본다. 휴대폰을 만지작거리던 중딩군이 마지못해 대답해준다.

"피사의 사탑."

그것이 무엇이냐, 하는 눈빛으로 푸린양이 중딩군을 바라본다.

"피사라는 지역에 있는 탑인데, 탑이 기울어져 있대. 세계 7대 불가사의라나? 그런 거 있어. 신기한 것들을 뽑아서 정했다고 생각하면 돼. 왜 기울어져 있냐면, 땅이 약한 곳에 지어져서 탑의 무게를 지탱할 수 없나봐. 아무튼 지어지고 나서도 계속 기울어지고 있대. 끝."

중딩군이 휴대폰에서 눈을 떼지 않고 엄청난 속도로 설명한다.

피사의 사탑은, 애초에 100m에 이르는 높이로 설계되었는데 50m 높이쯤 쌓아올렸을 때부터 한쪽으로 기울기 시작했다. 탑이 세워진 곳의 지반이 진흙과 모래와 조개껍데기가 섞인 무른 곳이라 무게를 견뎌내지 못했기 때문이다. 탑은 제대로 완공되지 못한 채 58m의 높이로 마무리되었다. 하지만 탑은 계속해서 기울었고 머지않아 무너질 것이라고 예측하는 학자들도 생겨났다. 관계자들은 보수공사를 계속하며 탑을 보존하고 있다. 피사의 탑 보존위원장은, 1998년에 보수공사를 마치며 이 공사가 끝나면 피사의 '사탑'은 피사의 '탑'이 될 것이라고 말했다. 하지만 피사의 탑은 여전히 기울어진 '사탑'이고, 여전히 기울어져 있어 세계 각국의 여행자들이 몰려들고 있다.

이 대목에서 고백을 하나 하자면, 나는 '피사의 사탑'에서의 '피사' 가 사람인 줄 알았다. 레오나르도 다빈치의 모나리자, 로댕의 생각하는 사람, 이순신 장군의 거북선이니까 피사라는 사람이 만든 탑이라고 생각해왔다. 피사에 있는 탑이라는 걸 알았을 때, 속으로 굉장히 놀랐었다.

아니! 피사가 사람이 아니고 동네 이름이라고?

기차가 피사 역에 들어선다. 피사 역에서 시내버스를 타고 두오모 광장으로 이동했다. 관광지답다. 비수기에 접어든 1월에도 여행자들로 붐빈다. 광장에 들어서자 넓은 잔디밭 왼쪽에 이탈리아에서 가장 오래된 성당인 피사 대성당이 보인다. 그 뒤편에 새하얀 대리석 탑이 있다. 생각보다 거대하고 예상보다 훨씬 더 많이 기울어져 있다. 머지 않아 무너질 거라고 예측하는 학자들의 의견이 괜한 호들갑은 아닌 것 같다. 잔뜩 기울어진 모습으로 세계인의 관심과 사랑을 받고 있지만 사탑은 애당초 피사 대성당의 부속건물에 불과했다. 대성당의 종을 달기 위해 만들어진 종탑이었다. 맑게 갠 푸른 하늘 아래 잔뜩 기울어진 새하얀 사탑의 모습은, 비현실적이다. 사탑을 밀고 당기느라 정신이 팔린 우스꽝스러운 여행자들 덕분에, 이곳이 이름난 관광지

피렌체

라는 현실감을 겨우 되찾을 수 있었다.

피사의 사탑은 갈릴레이가 낙하실험을 했던 곳으로 알려져 있다. 피사대학의 수학교수였던 그는 급여가 매우 적어서 대학 강의만으로는 생계를 유지하기 어려웠다. 학생들에게 개인교수를 하며 생계를 꾸려갔는데, 학생들과 토론 중 물체가 무거울수록 빨리 떨어진다는 아리스토텔레스의 이론이 잘못되었다고 주장했다. 학생들은 이해하지 못했다. 돌과 깃털 중 당연히 돌이 먼저 떨어지지 않느냐고 반박했다. 그러자 갈릴레이는 대답했다.

"그건 무게가 아니라 공기의 마찰 때문이다. 공기의 마찰은 물체의 겉넓이가 넓으면 커진다. 돌이 먼저 떨어지는 이유는 깃털의 겉넓이가 돌보다 넓기 때문이다. 만약 공기의 저항이 없다면 돌과 깃털은 똑같이 떨어질 것이다."

좀처럼 수긍하지 않는 이 사실을 증명하기 위해 갈릴레이는 무게가 다른 쇠공을 준비해서 피사의 사탑으로 올라갔다. 무게가 다른 두 개의 쇠공을 떨어뜨렸고 두 공은 거의 동시에 떨어졌다. 이로써 갈릴레이는 모든 물체는 무게와 크기에 관계없이 같은 속도로 떨어진다는 사실을 증명했다. 피사의 사탑에서 낙하실험이 이루어진 기록은, 갈릴레이의 제자 빈첸초 비비아니가 쓴 갈릴레이 전기에만 남아 있다. 사실 여부를 확인하기 어렵고 실험의 증거가 남아 있지 않아 대부분의 학자들은 사탑에서의 낙하실험을 믿지 않고 있다. 다만 과학은

피렌체

정밀한 관찰과 실험을 통해서만 이룩될 수 있다는 갈릴레이의 신념만은 믿고 있다.

훗날, 닐 암스트롱이 아폴로 11호를 타고 달에 착륙하고 난 2년 뒤인 1971년 우주인 데이브 스콧이 아폴로 15호를 타고 달에 도착했다. 그는 달에서, 깃털과 알루미늄 망치를 떨어뜨리는 영상을 지구에 전송했다. 28g짜리 깃털과 1.32kg짜리 망치는 동시에 낙하했다. 그는 영상을 끝내며 이렇게 말했다.

"갈릴레오의 발견은 옳았다."

공기의 저항이 없다면 돌과 깃털은 똑같이 떨어질 것이라던 갈릴레이의 발견은, 달에서의 실험으로 인해 증명되었다.

재미있는 사진을 건지고 잘 나온 가족사진도 남긴 우리는 기분이 매우 좋았다. 이름난 관광지가 그 이름값을 하는 경우가 많지 않은데 피사의 사탑은 만족스러웠다. 더구나 입장료조차 없는 공짜 명소가 아닌가. 흡족한 마음으로 발걸음을 옮겼다. 사탑 주변이 북적이는 것과는 달리 버스정류장은 한산했다. 버스가 들어온다. 중딩군, 푸린양이 차례로 버스에 올랐다. 내가 오르려는 찰나, 느낌이 좋지 않았다. 분명 승객들이 많지 않았는데 내 주변만 유난히 붐비는 느낌이 들었다. 버스 승차문은 두 사람이 동시에 올라설 만큼 넓었는데 유독 내가 오르려는 쪽으로 사람들이 몰려들었다.

프라이버시 공간을 중요하게 생각한다는 서양인들이 몸을 밀착시키는 것도 수상했다. 그리고 불쾌했다. 순간, 나는 알아챘다. 소매치기다! 정신을 차려 가방을 내려다보니, 크로스백 안으로 누군가의 손이 불쑥 들어와 있다. 손의 주인을 찾아 고개를 드니 10대 여자아이 두 명이 나를 쳐다보고 있다.

본능적으로 가방 속에 든 손을 잡아 뺐다.

"너희 지금 뭐하는 거야!"

귀청이 찢어져라 소리를 질렀다. 날카로운 한국말 고함소리에 소매치기 둘이 당황한다.

"뭘 훔쳐간 거야? 당장 내놔! 당장 내놓으라고!"

소리를 지르며 여자아이들의 주머니를 정신없이 뒤졌다. 점퍼 주머니와 바지 주머니까지 샅샅이 뒤졌다. 자신들은 모르는 일이라는 듯 뻔뻔한 표정을 지어 보이지만 난감한 표정만은 감출 수 없다.

아이들의 주머니엔 아무것도 없었다. 내 가방 속 지갑과 카메라도 무사했다. 나는 다시 소리쳤다.

"당장 가. 꺼져!"

재수 없는 일을 당했다는 표정으로 소매치기 아이들이 뒤돌아 간다.

숨을 몰아쉬며 고개를 드니 버스 안에 서있는 아이들이 보였다. 하얗게 질린 얼굴로 엄마를 지켜보고 있다. 오빠 손을 잡고 있는 푸린양은 눈물을 글썽거리고, 어쩌지도 못하는 중딩군은 표정이 굳어 있다. 서둘러 버스에 올랐다. 멈춰있던 버스가 움직인다.

버스 손잡이도 잡지 않은 채 황급히 가방을 열었다. 소매치기 아이들의 주머니에 아무것도 없었다고 해서 내 물건이 온전하리라는 보장은 없다. 지갑과 카메라는 무사하지만 지갑 속의 돈은 확인해보지 못했으니까. 흔들리는 버스 안에서 지갑을 꺼내 보았다. 무사하다. 다행이라는 안도감이 드는 순간, 무섭게 뛰고 있는 심장소리가 느껴졌다. 현장을 고스란히 목격한 버스 승객들의 걱정스러운 눈빛이 느껴졌다. 유난히 꼭 쥐고 있는 푸린양의 작은 손이 느껴졌다. 그리고 푸린양이 잡고 있는 나의 손이 바들바들 떨고 있다는 걸 알아챘다.

"엄마, 괜찮아?"

근심스레 묻는 중딩군의 질문에 나는 아무 답도 할 수 없었다.

피렌체로 달리는 기차 안에서 비로소 안정을 되찾았다. 생각해보면 아무것도 잃지 않고 아무도 다치지 않았으니 이보다 다행인 일이 또 있겠는가. 소매치기를 야멸차게 몰아친 기개에 스스로 대견해하고 있을 때 중딩군이 뜻밖의 이야기를 들려주었다.

"엄마가 그 여자애들한테 뭐라고 할 때 말이야. 뒤쪽에 여자애 남자애 무리가 더 있었어. 우리 쪽을 계속 지켜보고 있더라고. 그 애들도 한 패거리였던 것 같아. 오늘 엄마한테 걸린 애들은 초보였을지도 몰라. 그리고 그 패거리도 처음이었을 수도 있고. 다른 난폭한 소매치기였다면 엄마가 다칠 수도 있겠다는 생각이 들었어. 한둘이 아니었으니까. 오늘은 진짜 다행이었지만 다음엔 걔네들을 자극하지 말고 피하는 게 더 좋지 않을까 생각했어."

내 것을 지키겠다는 생각 뿐, 다른 생각은 하지 못했는데 아이의 말을 듣고 보니 오싹했다. 더 큰 일이 일어날 수도 있었겠구나.

같은 상황을 다시 마주한다면 그땐 어떻게 해야 할까. 결국 오늘과 같지 않을까.

소매치기 조심한답시고 그들의 행동유형도 공부해왔는데 결국 별 수 없었다. 그러고 보니 이번 케이스는 3번 타입이다. 기차나 버스의 출구에 대기하고 있다가 접근해서 주머니를 터는 유형. 놀라운 촉과 무시무시한 목청으로 쫓아버렸으나 그건 학습의 힘이 아니고 본능의 힘이다. 아이들과 무사히 여행하려는, 엄마여행자의 본능. 때때로 본능이라는 비이성적인 판단이 우리를 위험에 처하게 할지도 모르겠다. 그렇지만 나는 믿는다. 모든 어미의 본능은, 아이를 향하고 있다는 것을. 그것은 결국 아이를 지켜낼 거라는 것을.

#피사의_대표_이미지 #이제는_소매치기 #갈릴레이님_2등

피렌체

피렌체의 밤을 보내는 방법

소매치기에게 혼을 뺏기고 돌아온 저녁. 피렌체 시내에서 찐득한 라자냐와 짭짤한 카르보나라 파스타로 배를 채웠다. 부드러운 카푸치노로 기력도 충전했다. 숙소로 돌아가는 버스를 기다리며 아이들은 젤라또를 할짝거렸다. 심신의 허기를 달래는 데는 음식만 한 것이 없다. 당장이라도 이탈리아를 떠나고 싶던 배신감은 싹 사라졌다. 고난을 이겨낸 여행자의 영웅심만 남았다.

배 부른 저녁, 우리는 각자 마음에 드는 곳에 드러누웠다. 중딩군은 주방 소파베드에, 나는 안방 침대에 자리를 잡았다. 침실과 주방을 기웃대던 푸린양은 소파베드로 몸을 날린다. 오빠가 열심히 키우고 있는 게임 캐릭터가 궁금한 모양이다.

피렌체의 밤을 위해 나는 만반의 준비를 해왔다. 모든 여행에 언제나 책이 있었다면 이번 여행엔 영화도 챙겨 두었다. 로마에선 로마법을 따라야 하듯, 피렌체에선 영화 〈냉정과 열정 사이〉를 보아야 한다. 새로울 것도 없는 영화지만 우피치 미술관에서 시작해 두오모 쿠폴라에서 절정을 맞이하는 이 영화를, 피렌체에서 감상하는 건 너무나 당연한 순서가 아니겠는가. 피렌체를 여행하는 열 가지 방법을 꼽는다면 아홉 번째쯤은 '영화 〈냉정과 열정 사이〉를 보며 피렌체의 밤 보내기'가 되어야 한다. 아이들은 종알거리며 게임 캐릭터 키우기에 여념이 없다. 노트북을 꺼내와 영화 감상 대열을 갖춘다. 달달한 믹스커피도 준비 완료. 카푸치노의 단맛하고는 차원이 다른 일차원스러운 달달함이 있다.

딴따라단 딴따라라란.

스토리만큼이나 사랑받는 영화음악이 깔리며 영화가 시작된다.

"피렌체의 두오모는 연인들의 성지래. 영원한 사랑을 맹세하는 곳. 언젠가 함께 올라가 주겠니?"

여주인공 아오이의 낮은 목소리로 영화가 시작된다. 젊은 두 연인의 사랑과 오해, 긴 기다림과 재회를 담은 영화. 2001년에 제작된 영화는 오래되고 낡았고 유행이 지나가 한마디로 '올드'하다. 남자주인공 준세이의 통 넓은 청바지와 애매한 간격의 체크무늬 셔츠는 더욱 그렇다. 다행히도 피렌체라는 도시와는 잘 어울린다. 준세이의 스승인 조반나 교수는 이 도시를 이렇게 정의했다.

"이 곳은 중세시대부터 시간이 멈춰버린 거리야. 역사를 지키기 위해 미래를 희생한 거리."

멈춰버린 도시의 시간 덕분에 1990년대로 등장하는 영화 속 모습과 지금 도시의 풍경은 이질감이 전혀 느껴지지 않는다. 영화 속 젊은 연인들의 나이가, 그 시절의 나와 비슷해 오히려 추억을 떠올리게 한다. 열정적인 사랑 따위, 살다보면 부질없다고 콧방귀를 날리는 처지가 되었지만 지루하고 평범한 일상을 유지하는 힘은 이제는 가물가물한 그 시절의 열정 덕분이 아닐까. 낯선 도시, 오래된 이탈리아 주택, 하얀 침대보가 깔린 호두색 침대, 덧창이 달린 기다란 창문. 다분히 이탈리아스러운 공간을 채운 일본 영화 한편이 딱딱하게 굳어버린 아줌마의 낭만을 깨운다. 중세에 멈춘 도시, 골목마다 연인의 이야기가 새겨진 도시 피렌체가 몹시 궁금해진다.

밤이 깊었다. 밤이 깊을수록 고요해지는, 그래서 더 무서워지는 화장실에 후다닥 다녀왔다. 푸린양은 또 오빠 침대에서 잠들었다. 이불을 돌돌 말고 자고 있는 오빠 때문에 푸린양은 맨 몸으로 잔뜩 웅크리고 있다. 푸린양을 안아서 침대로 옮기고 중딩군이 잠든 주방 불을 끈다. 고요하다.

오늘 피렌체 여행은 베키오 다리에서 시작한다. 아르노강을 가로지르는 다리 중 가장 오래된 베키오 다리는 도시의 모든 다리가 폭파

된 2차 세계대전 중 한 독일군 사령관의 소신으로 유일하게 폭파를 면했다. 덕분에 로마시대의 마지막 다리로 남게 되었다(전쟁이 끝난 후 이탈리아 정부는 독일군 사령관에게 명예 피렌체 시민권을 헌정했다고 한다).

베키오 다리는 교각 위에 상가를 얹고 있다. 중세시대엔 푸줏간이나 가죽처리장이 자리 잡고 있었고 지금은 번쩍거리는 금은방으로 가득하다. 금붙이들이 누런빛을 뿜내며 쇼윈도를 차지하고 있다. 남의 금송아지를 원없이 구경하고서 강변을 따라 걸으니 트리니타 다리가 등장했다. 단테가 연인 베아트리체와 재회했던 다리. 평생 단 두 번의 만남을 가졌을 뿐인데 단테의 영혼에 머문 베아트리체. 아홉 살의 단테가 여덟 살의 베아트리체를 만났을 때 그는 '그 순간이 지난 뒤부터 줄곧 사랑이 나의 영혼을 지배했다'라고 자신의 저서《새로운 인생La Vita Nuova》에 기록했다. 훗날 열여덟의 단테가 열일곱의 베아트리체를 이곳 트리니타 다리에서 재회했을 때, 단테는 "흙으로 빚어진 피조물이 어찌 이리 순결할 수 있단 말인가"라고 표현하며 찬사를 아끼지 않았다. 둘의 사랑은 귀족의 딸과 가난한 시인이라는 신분의 차이로 시작조차 할 수 없었지만 누군가의 영혼을 점령했던 강렬한 사랑은 여전히 뜨겁게 기억되고 있다. 피렌체를 화려한 르네상스의 도시이자 뜨거운 사랑의 도시라고 불러도 좋겠다. 도시의 광장은 천재들의 작품으로, 도시의 공기는 연인들의 사랑으로 채워져 있으니. 스크린 속 준세이와 아오이가, 역사 속 단테와 베아트리체가 피렌체의 대표 선수다.

우와!

탄성이 터졌다. 거대하고도 강렬한 건축물이 우리 앞에 등장했다. 산타 마리아 델 피오레, 백합과 성모마리아를 상징하는 이 성당은 단연코 피렌체의 상징이다. 이탈리아를 대표하는 건축가 브루넬레스키가 완성한 둥그런 지붕도 한 눈에 들어온다. 지름이 40m에 달하는, 기둥 하나 없는 이 지붕을 로마의 판테온에서 영감을 받아 지었다는 설명보다 나의 마음을 움직이는 건 저 두오모에서 이루어진 연인의 재회다. 털썩 주저앉아 기약 없는 약속에 기대어 있던 준세이 앞에 또각또각 구두소리를 내며 나타난 아오이. 그들은 과거에 머물지 않고 미래를 꿈꾸었겠지. 피렌체의 두오모는 연인들에겐 사랑의 성지이며 여행자에겐 도시 풍경을 감상하는 훌륭한 전망대다.

전망대에 오르기로 했다. 소문대로 계단은 좁고 어둡다. 오르고 내리는 계단이 한 곳이라 누군가가 내려오면 오르던 우리는 몸을 비틀어 공간을 내주어야 한다. 처음 얼마동안은 그것도 즐거웠다. 내려오는 이들과 눈을 마주치며 인사를 나눴고 헐떡거리는 그들을 비웃을 수 있었으니까. 하지만 점점 말수가 줄어갔다. 말하는 것도 웃음을 터뜨리는 것도 굉장한 에너지가 필요한 일이라는 걸 깨닫기 시작했다. 말수도 웃음도 잃은 우리는 표정도 잃어갔다. 계단을 100개쯤 올랐을 때 쉬어 갈 수 있는 공간이 나타났다. 벤치가 놓여 있고 내려다보이는 도시 풍경도 아름다웠다. 아이들은 더 이상 오르지 않겠다고 선언했다. 투덜대는 두 아이를 달래서 올라오느라 피곤함이 두 배였는데 잘 되었다. 아이들은 이곳에 남아 쉬면서 엄마를 기다리겠단다.

아직 3분의 2 만큼의 계단이 더 남아 있다. 혼자 오른다. 숨이 턱에 차면 성당 벽에 뚫린 네모난 구멍에 고개를 내밀어 시원한 공기를 들이마셨다. 내려오는 이와 마주하면 멈춘 김에 잠시 쉬었다. 허벅지가 돌덩이처럼 딱딱해질 즈음, 계단이 끝났다. 하늘은 파랗고 붉은 지붕을 인 피렌체 시내는 과연 아름답다. 창공 높은 곳에서 만나는 바람이 유난히 시원하다. 영화에선 두오모 꼭대기에 철조망이 둘러져 있지 않았는데 지금은 철조망이 빙 둘러 있다. 세월이 흘렀으니 달라졌겠지. 빙 돌며 풍경 사진을 찍다가, 나는 눈을 의심했다. 눈앞에 영화 속 두오모가 있다. 그 붉고 둥근 지붕이 2시 방향에 있다. 그럴 리가! 내가 지금 허벅지 근육이 찢어질 만큼 고생하며 400개가 넘는 계단을 올라왔는데! 내가 딛고 서있는 이것이 두오모여야 하는데, 저것은 무엇이란 말이냐!

그렇다. 눈앞의 저 둥근 것은 피렌체 두오모이며 내가 아등바등 올라온 이것은 종탑이었다. 브루넬레스키와 쌍벽을 이루었다는 건축가 조토의 종탑. 절망감과 낭패감이 밀려들었다. 올라가 전경을 감상하는 전망대는 도시에 하나면 충분하지 않겠느냐며, 입구에 '두오모 아님'을 눈에 띄게 표시해두어야 하지 않겠느냐며 나는 두 배의 제곱만큼이나 무거워진 다리를 질질 끌며 계단을 내려왔다. 올라오는 누구

피렌체

에게도, 말하지 않았다. 이곳이 두오모가 아님을!

바보 같은 짓을 한 이는 나 혼자였다. 종탑을 내려온 어떤 여행자에게서도 분노를 찾아볼 수 없었다. 단지 피로해 보일 뿐.

그 밤, 종아리와 허벅지에 파스를 덕지덕지 붙이고 나는 영화를 다시 보았다. 영화 속 피렌체가 더 이상 생경하지 않았다. 준세이가 자전거를 타고 달리는 아르노 강변과 좁은 골목이, 연인이 재회하는 시뇨리아 광장이 동네처럼 친근했다. 첫날 보았던 것과는 또다른 감회에 젖었다. 하지만 나는 영화에서 결정적인 옥의 티를 찾아내고 말았다. 두오모에서 재회하는 연인, 또각또각 구두를 신고 464개의 계단을 오른 아오이가, 종탑보다도 50개나 더 많은 계단을 오른 그녀가 허벅지를 감싸 쥐지 않고 그렇게 반듯하게 서있다니! 누가 봐도 그건 옥의 티다.

#준세이같은_훈남이_기다린다면_나도_오를_수_있겠어#그깟_계단_464개

이탈리아에서
운전은 처음이라,

 "이렇게 하면 될 텐데, 이상하네."

5분째 자동차를 출발시키지 못하고 있다.

피렌체에서부터 토스카나를 지나, 남부 풀리아 지역까지 렌터카 여행을 하기로 했다. 운전경력으로 치자면 20년이 훌쩍 넘었으니 겁날 게 없는데 외국에선 초보운전자나 다름없다. 렌터카 직원에게 자동차 열쇠를 넘겨받은 지 5분 만에 극심한 후회를 하는 중이다.

우리가 원한 자동차는 캐리어 두 개를 실을 수 있으면 그만인 소형 오토매틱 승용차였다. 며칠 동안 눈에 불을 켜고 렌터카 정보를 모았다. 결론은 이랬다. 오토매틱 차량의 대부분은 중형차 등급 이상이다. 그래서 비싸다. 간혹 소형차도 있으나 현장 손님들에게 나가는 경우가 많아 온라인 예약만으로 차량을 확보하기 어렵다는 것이었다.

결국 나는, 10년이나 스틱차량을 운전한 사람인데, 까짓것 못하겠어? 돈도 아끼고 좋네 뭐! 일석이조네, 일거양득이네 하며 호기롭게 소형 수동기어 차량을 렌트했다. 그리고 지금 운전석에서 5분째 후진하는 기어를 넣지 못하고 있다. 조수석에 앉은 중딩군, 뒷좌석에 앉은 푸린양까지 기어를 뚫어지게 바라보며 차가 움직이길 고대하고 있다. 상식적으로, 전진하는 5단 기어가 들어가고 나면 후진기어가 움직일 수 있는 범주는 몇 개 되지 않는다. 그런데 이 자동차는 내가 알고 있는 범주를 훌쩍 벗어났다. 어쩌지?

렌터카 사무실 앞 도로에 주차되어 있는 우리 렌터카 앞에 커다란 트럭이 세워져 있다. 앞 트럭과의 간격이 좁아서 일단 우리 차를 후진해서 뒤로 이동해야 도로에 진입할 수 있는 상황이다. 그런데 후진기어를 어떻게 넣는지 모르겠다. 차 열쇠를 건네준 직원에게 도와달라고 할까? 아니다! 기어도 못 넣는 어리바리한 한국여성의 이미지를 남기고 싶지 않다. 결심했다. 트럭이 움직일 때까지 기다리기로!

트럭이 움직인다. 힘차게 1단 기어를 넣고 출발한다.

꿀렁.

"엄마, 차가 흔들려."

"시동이 꺼진 것 같은데?"

시동이 꺼졌다. 10년 만에 새로 하는 스틱 운전이니 그럴 수 있다.

"오랜만이라서 그래. 다시 하면 문제없어."

또 꿀렁.

두 번의 꿀렁거림을 끝으로 자동차는 차도에 진입했다. 이제는 오르비에토 숙소까지 설정된 내비게이션을 따라 유유자적 드라이브를 즐기면 된다. 낮은 평원과 키 큰 삼나무가 그림 같은 풍경을 만들어내는 토스카나 자동차 여행이라니, 들뜬다.

빨간 신호다. 교차로 맨 앞에 섰다.

초록 신호다. 1단 기어를 넣고 출발하려는데 순간 차가 뒤로 밀린다. 엇! 브레이크를 밟았다. 평지인 줄 알았는데 경사가 있나 보다. 다시 1단 기어를 넣고 출발하려는데 차가 뒤로 더 밀린다. 엇! 브레이크를 다시 밟았다. 우리차 뒤엔 시내버스가 서있다. 초록신호로 벌써 바뀌었는데 우리차가 뒤로 밀리며 출발을 못하고 있으니 시내버스 기사가 당황한 눈치다. 1단 기어를 넣고 출발하려는데, 이제 손에 땀이 나기 시작한다. 이번에도 뒤로 밀리면 어떡하지? 기어를 넣으면서 밟은 왼발의 클러치를 살짝 떼면서, 오른발로 액셀러레이터를 밟아야 하는데 타이밍이 맞지 않으면 시동이 꺼지고 경사로에선 차가 뒤로 밀린다. 기어를 변속하는 번거로움만 생각했지 출발할 때의 괴로움은 미처 생각하지 못했다.

횡단보도에서 길을 건너려던 피렌체 할아버지들이 우리차로 몰려들었다. 천천히 가보라고 손짓을 한다. 마음을 다잡고 후! 1단 기어를 넣고 클러치에서 발을 떼며 액셀러레이터를 밟으려는 순간, 차가 뒤로 간다. 할아버지들이 동시에 어어어! 소리를 내며 우리차를 손으로 두들긴다.

우리 차 꽁무니가 뒤에 서있는 시내버스에 부딪친 것 같다. 아니 부딪쳤다.

"엄마, 할 수 있겠어? 할 수 있겠어?"

아이들이 사색이 되었다. 나도 사색이 되었다.

할아버지들이 괜찮다는 신호를 보내며 다시 출발하란다.

"못하겠어요. 어쩌죠?"

유리창을 열고 할아버지들에게 하소연을 했다.

"괜찮아. 다시 해봐. 버스는 괜찮아. 노 프라블럼이야."

분명 부딪쳤는데 시내버스 기사가 달려와 따지지 않는 걸로 봐서 진짜 문제가 없나 보다. 다시 출발에 도전해보자.

망했다. 이번에도 미처 액셀러레이터를 밟기 전에 차는 멈춰 섰다. 바짝 붙어 있는 시내버스 덕에 뒤로 밀리지 않았을 뿐, 앞으로 진행하지 못했다. 울고 싶다. 지켜보던 할아버지들이 이번에는 버스로 옮겨갔다. 버스기사가 버스에서 내린다. 버스를 도로 한복판에 세워두고 나에게 저벅저벅 걸어온다. 렌트한 지 10분 만에 나는 접촉사고를 낸 것이다. 버스기사의 윽박지름을 당해야 할 것이고 수리비용을 물어야 할 것이다. 버스기사가 걸어오는 약 3분 동안 그야말로 '멘탈 붕괴'를 경험했다.

젊은 남자였다. 그는 조수석 쪽으로 고개를 들이밀었다.

"무슨 일이요?"

"미안해요. 출발을 못하겠어요."

황당한 나의 대답에, 기사는 운전석 쪽으로 돌아오더니 나를 내리게 했다. 그리고 운전석에 앉았다. 날렵하게 차를 운전했다. 시내버스는 도로 가운데 서있고 버스 승객들은 차창으로 고개를 내밀어 우리를 지켜보고 있다. 횡단보도에 서있는 할아버지들도 고개를 쭉 빼고 있다. 기사는 우리차를 도로 한편에 가뿐하게 세우고는 아무 말 없이 버스로 돌아갔다. 그리고 버스를 몰고 사라졌다. 고맙다는 인사를 할새도 없이. 이렇게 쿨한 이탈리안 가이라니! 길가에 서서 걱정스레 바라보는 할아버지들에게만 인사를 드렸다.

수동 차량 운전자에겐 두 가지 공포의 구간이 있다. 경사로에서 차가 멈췄을 때가 하나다. 방금 전 우리처럼 경사진 도로에서 신호대기를 해야 하는 경우, 언덕길에서 앞차가 멈춘 경우, 주차장 오르막길도 마찬가지다. 순발력과 노련함이 필요한 순간이다. 진정 '순간'이다. 클러치와 액셀러레이터의 몇 초의 순간을 유연하게 연결시켜야한다. 그렇지 못하면 차는 뒤로 간다. 능수능란한 운전자를 선별할 수있는 구간이다. 두 번째 공포의 구간은 차가 출발할 때다. 경사로가아닐지라도, 스틱 운전자에게 출발이라는 지점은 긴장의 순간이다. 클러치와 액셀러레이터의 연결이 매끄럽지 못하면 푸르륵 시동이 꺼지고 만다. 뒤로 밀리는 것만큼이나 몹시 당황스럽다. 황급히 시동을 다시 켜야 한다. 주변의 운전자들이 모두 알 수 있다. 시동을 꺼트렸군, 하고. 초보운전자를 선별할 수 있는 구간이다.

10년 만에 운전하는 스틱차량이니 초보운전자나 다름없다고 생각하면서도 교차로에서 출발할 때마다 시동이 푸르륵 꺼지니 몹시 난감하다. 차창을 열고 외치고 싶다.

"제가요, 원래 운전 진짜 잘하는데요. 10년 만에 스틱 운전을 해서 그래요. 베스트 드라이버라니깐요!"

교차로에 설 때마다 나도 아이들도 긴장한다. 출발할 때가 되면 아이들이 기어를 중심으로 모여든다.

"엄마, 준비됐어? 이제 출발이다!"

"자, 자! 준비됐지? 자, 클러치! 그리고 액셀!"

일심동체가 되어 자동차를 출발시킨다. 운전 30분 만에 종아리가 묵직하다.

오르비에토 시내에 들어섰다. 3시간째 후진 없이 운전 중이다. 아직도 후진기어 넣는 법은 파악하지 못했다.

목적지에 도착하지 않았는데 내비게이션이 안내를 끝냈다. 사진처럼 근사한 토스카나 풍경 한가운데 우리를 데려다 놓고 소임을 마쳤다는 듯 조용하다. 겨울 농가마을엔 길을 물어볼 행인도 없다. 비까지 내린다.

가까운 농가 앞에 차를 세웠다. 비 내린 흙길이 어느새 진창이다.

"저기요, 누구 안 계세요?"

아무도 보이지 않지만 대문 너머로 누구든 불러본다.

멍멍이 두 마리가 미친 듯이 짖으며 달려온다. 잠시 후, 뚱뚱한 할아버지가 모습을 나타냈다. 주소를 보여주며 길을 물었다. 영어를 전혀 못하는 할아버지와 이탈리아어를 전혀 못하는 아줌마가 철 대문을 사이에 두고 섰다. 굵어진 비를 맞으며 여전히 요란스럽게 짖어대는 멍멍이를 옆에 두고 우리를 극적으로 대화를 나누었다.

"그러니까 길을 건너서 쭉 가다가 오른쪽 작은 길로 들어가라는 이야기지요?"

"맞아요. 맞아."

놀랍게도 우리는 손짓 발짓 눈짓으로 완벽하게 소통을 해냈다.

그리고 놀랍게도 후진기어가 들어갔다. 기어를 만지작거리다 옆으로 기울여 앞으로 밀었더니 컥, 하면서 기어가 들어가고 후진 램프에 불이 들어왔다. 이젠 후진도 할 수 있다!

한가한 시골도로지만 좌우를 살피며 출발 대기를 하고 있자니 어김없이 긴장된다.

"자, 오른쪽엔 차가 안 와. 준비됐어? 지금 출발하면 되겠어."

"왼쪽도 차가 안 와. 엄마, 지금이야!"

두 아이의 열정적인 코치를 받으며 부드럽게 출발했다.

드디어 숙소에 도착했다. 포도밭 끝자락에 자리 잡은, 대문도 없고 초인종도 없는 2층 농가주택이다. 주택 앞마당에 차를 세운다. 비에 젖은 비포장도로를 달리느라 바퀴엔 진흙이 덕지덕지 붙었고 차 옆구리엔 황토가 잔뜩 튀어 붙었다.

이젠 출발할 때 시동을 꺼트리지도 않고, 후진도 할 수 있게 되었다. 자동차는 역시 오토였어, 라며 후회했던 불과 몇 시간 전의 일을 잊고 나는 자신감을 되찾았다. 거 봐! 할 만 하잖아, 돈도 아끼고 얼마나 잘한 선택이냐.

그런데 그 밤, 나는 왜 그런 꿈을 꾸었을까?

1단 기어를 넣는다, 차가 뒤로 밀린다, 1단 기어를 넣는다, 시동이 꺼진다, 후진기어를 찾는다, 못 찾겠다, 1단 기어를 넣는다, 아이들이 소리친다, 엄마, 차가 뒤로 가!!

#20년_무사고 #베스트_드라이버임_진짜임

토스카나

토스카나 시골의 깊은 겨울밤
- 노린재 적응기

 우리가 나흘간 머물게 될 아그리투리스모agriturismo는 아그리콜투라(농업)Agricoltura와 투리스모(관광)Turismo를 합친 단어로 여행자들이 민박을 체험할 수 있는 농가주택을 말한다. 도시화가 진행되면서 사람들이 떠난 용도 잃은 농가를 단정하고 깔끔하게 개조하여 운영하는 숙박시설인데 전통 이탈리아 농가의 모습을 체험할 수 있어 여행자들에게 인기가 많다.

우리 숙소는 노부부와 아들 가족이 함께 사는 2층짜리 돌담집이다. 1층엔 할아버지 할머니가 거주하고 2층은 게스트룸으로 사용하고 있다. 호스트인 아들 마우리쵸는 마당 건너편에 별채를 지어 살고 있다. 마당에 자동차가 들어서는 소리를 듣고 멍멍이와 호스트가 달려

나온다. 마우리쵸가 캐리어를 꺼내들고 성큼성큼 돌계단을 올라서더니 삼각형의 빗면처럼 비스듬한 지붕 아래에서 작은 열쇠를 꺼내든다. 네모난 문이 딸깍하고 열렸다. 우리는 이 집을 '사냥꾼의 집'이라고 부르기로 했다. 동화 속에 등장하는 사냥꾼이 일을 마치고 돌아가는 숲 속의 외딴 집. 잔소리꾼 아내가 스프를 끓이고 귀여운 아이들이 내복바람으로 사냥꾼을 맞이하는 그런 작고 따뜻한 시골집. 짐을 들여놔주고 내려갔던 마우리쵸가 초코케이크를 들고 왔다. 달콤한 냄새가 솔솔 풍긴다.

"어머니가 만드신 거예요. 아이들 손님이 온다고 했더니 만들어주셨네요. 환영하신대요."

뚱뚱한 도넛 모양인 초코케이크는 플라스틱 돔 케이스에 담겨 있다. 케이스는 오래 사용한 흔적이 가득하다. 진짜 할머니들의 물건인 듯. 아이들을 위해 특별히 초코케이크를 만드셨다는 이야기에, 초코케이크를 즐기지 않는 우리도 주저없이 포크를 들었다. 한 입 먹고 살짝 내려놓았지만, 케이크에 녹아 있는 설탕의 양이 할머니의 마음이라 생각하기로 했다. 아주, 대단히, 몹시 달달한 마음.

우리 옛집마냥 지붕 아래 서까래가 그대로 드러난 천장, 덧문이 달린 작은 창, 황토색 벽, 소박한 나무 싱크대, 호두색 침대와 호두색 옷장이 있는 이 '사냥꾼의 집'은 온통 갈색이다. 책을 담은 수납함과 작은 호박 장식마저도 짚풀을 이어 만들었다. 보기만 해도 눈이 맑아지

는 색이 초록이라면, 갈색은 보기만 해도 마음이 차분해지는 색이다.
어느 방향으로 고개를 돌려도 차분한 갈색 천지인 이 '사냥꾼의 집'
이 마음에 쏙 든다. 호스트가 돌아가고 아이들이 슬슬 집 구경을 시작
한다. 역시 아이들이란 어른이 보지 못한 걸 보는 재주가 있다.

"엄마!"

반가움인지 놀라움인지 모르겠다.

아이들이 허리를 굽혀 뭔가를 지켜보고 있다. 예쁜 장식품도 멋진
가구도 아니다. 그건 노린재였다. 건드리면 고약한 노린내를 풍기는
연한 갈색 곤충. 이걸 잡아서 쫓아내야 하는지 그냥 둬야 하는지, 아
이들은 고민 중이다. 벽에 붙어 있는 노린재가 파닥거리며 날거나, 슬
금슬금 움직이기라도 하면 비명을 지르며 기겁을 하면서도 달라붙
은 자리를 또다시 들여다본다. 소파 뒤 벽에 붙은 한 마리를 잡았다.
티슈를 손에 쥐고 노린재를 살며시 잡아 화장실 변기에 흘려보냈다.
다음에 잡은 녀석은 창을 열어 내보냈다.

"창밖으로 보내면 얘는 살 수 있나?"

푸린양이 궁금했는지 검색을 시작한다.

"노린재는 추위를 피해 집안으로 들어오는 거래. 추운 밖으로 보내
면 죽을 것 같아. 노린재는 사람에게 해를 끼치는 곤충은 아니래. 건
드리지만 않으면 방귀를 발사하지도 않고."

변기로 흘려보내나 추운 밖으로 내쫓는 거나 결국 죽겠구나. 노린
재가 죽는 건 같고, 노린재가 집 안에 있다고 해서 우리에게 해를 주

는 것도 아니고, 건드리지만 않으면 방귀를 발사하지도 않는다니, 그냥 내버려둘까? 결정적으로 이 집엔 노린재가 어마어마하게 많았다. 우리가 한두 시간 눈을 부릅뜨고 잡아낸다 해도 어찌할 수 없을 만큼. 이 황갈색 집은 노리끼리한 노린재의 몸 색깔과 똑같아서 보호색으로 그만이다. 노린재 잡는 걸 그만두기로 했다. 우리에게도 노린재에게도 피차 좋은 결정이다. 아이들과 그렇게 결정을 내리고 나니 적의에 불타 몽땅 해치우고 싶던 적군이, 옆에 두어도 신경 쓰지 않는 이웃이 되었다. 에누리 없이 까칠하게 선을 그어 살던 아이들이 노린재만큼은 봐주는 사이가 되었다.

노린재도 잠을 자는지, 벽에 붙어 있는 녀석이 몇 분째 꼼짝도 하지 않는다. 소설책을 펴들고 침대에 누웠다. 책장을 몇 쪽 넘기다 말고 창가에 선다. 가로로 긴 직사각형 창 너머는 칠흑처럼 검다. 가로등 하나 없는 시골 마을의 빛이라곤 오락가락하는 별빛뿐이다. 이런 밤, 이런 풍경을 앞에 두고 커피가 빠질 수 있나. 읽다만 소설책을 옆구리에 끼고 살금살금 거실로 나간다. 주방 찬장에서 모카포트를 꺼내 커피가루를 담아 불에 올린다. 중딩군이 부스럭거린다.

"엄마, 커피 마시려고?"

"응, 안 잤어?"

"너무 조용하니까 잠이 안 오네. 와이파이도 잘 안 잡히고 여기 진짜 시골인가 봐."

"그치? 이렇게 조용하고 한적하고 깨끗한 시골에 와보고 싶었는데 정말 좋다. 그런데 한편으론 너무 조용하니까 여러 가지 생각들이 막 떠오르는 것 같아. 좋은 생각도 있지만 걱정들이 더 많네. 특히 네 고등학교 생활이 제일 걱정돼."

"낮에 바쁘게 돌아다니고 여기저기 찾아다닐 때는 별 생각이 없었는데 이렇게 아무것도 할 게 없고, 주변이 다 조용해지니까 나도 걱정돼. 내가 여행하지 않고 한국에 있었다고 해서 걱정이 없었을 것도 아닌데, 지금은 좀 더 불안해. 나만 딴 세상에 온 것 같아서."

부르르 끓어오른 커피를 컵에 따라 중딩군 옆에 앉았다.

"그게 제일 큰 고민이었어. 이 여행을 해도 되나, 할 때 말이야. 내내 불안함을 가진 채로 여행을 하게 되는 건 아닌가. 그런 여행이 무슨 의미가 있을까 하고."

"오스트리아는 기대보다 훨씬 좋았고 이탈리아는 내가 궁금했던 나라니까, 여행하는 지금은 좋아. 가끔 불안한 생각이 들기도 하지만 주로 즐거워. 그런데 지금처럼 문득, 친구들은 공부하고 있으려나? 학원에 가 있으려나? 하는 생각이 들 때는 갑자기 불안해져. 해야 할 일을 미뤄놓고 온 건 맞으니까."

중딩군의 이야기를 묵묵히 들으며 커피를 한 모금 넘긴다.

"그런데 엄마, 내가 한국에 있었다고 해도 학원에 가거나 독서실에서 공부를 마구 하지는 않았을 거야. 빈둥거리다가 아이코, 고등학생이 됐네 했을 거라고. 그러니까 여행 오길 백번 잘한 거야."

"중요한 건 믿음이야. 엄마가 말이야 푸린이를 임신했을 때 무조건 딸이라고 생각했어. 이 아이는 무조건 딸이어야 해, 했지. 병원에서 성별을 알기 전에도 무조건! 그랬더니 푸린이가 태어난 거지. 이 얘기를 엄마 친구한테 했더니 자기도 그렇게 했대, 딸일 거야 라고 확실히 생각했대, 그런데 아들이 태어났다는 거야. 그래서 엄마가 말했지. 잘 생각해보라고, 단 한순간이라도 이 아이가 아들일 수도 있겠다는 생각을 한 적이 없느냐고. 그랬더니 무안하게 웃으며 말하더라. 두어 번 그랬다고. 포인트는 '강하고 흔들림 없는 믿음'이라고 이야기해주었지."

엄마의 억지 논리에 어이없는 웃음을 터트린 중딩군이 침대 속으로 들어간다.

"굉장히 비과학적이지만 나도 믿어볼게. 이 여행이 나에게 좋은 영향을 줄 것이다, 나는 이 여행을 통해 고등학교 생활을 아주 잘 해낼 것이다, 라고."

"아무래도 중딩은 문과생인 거 같다. 요지파악에 강해!"

커피를 다 마실 때까지 중딩군과 긴 수다를 떨었다. 밤이 깊었다. 침대에 누워 막 불을 끄려는데 문자 메시지가 도착했다. 한국에 있는 아이들 아빠가 사용한 신용카드 승인 메시지다. 사용한 곳이 서울 시내 대형병원 근처의 편의점이다. 남편의 가까운 친척어른이 입원 중이던 병원이다. 뒤이어 친척어른의 장례식에 와있다는 남편의 메시지가 왔다. 존경하고 따르던 어른이었는데, 남편의 상심이 크겠다.

몸을 일으켜 창가로 걸어가 창을 연다. 크게 심호흡을 한다. 차갑고 청명한 겨울 밤공기가 몸 속 깊이 스민다. 한국의 아빠도 이탈리아의 아들도 저마다의 무게를 감당하고 있다. 무모하게 맞설 수도, 두렵다고 피할 수도 없는 삶의 무게를. 땅덩어리가 달라진다고, 공간을 피한다고 삶의 짐이 사라지거나 무게가 가벼워지지 않는다. 그러니 삶의 고민은 '속지주의'가 아니라 '속인주의'이다. 고민과 불안은 결국 사람 안에 있으니까. 그러니 여행은 삶의 무게를 덜어내는 해답이 아니다. 다양한 방식으로 살아가는 타인의 삶을 바라보며 가끔은 위로를 받을 수도, 가끔은 반성을 할 수도 있는 기회일 뿐이다. 한 시간 전과 달라진 게 없는데 밤공기가 유난히 검고 묵직하다.

#공간의_고요가_마음의_고요를_불러오기도

현지인처럼 살아보기
- 사투르니아 노천온천

 　　　　　　　　　　오르비에토에서 자동차로 한 시간. 둥글
둥글한 언덕을 하나둘 지나다보면 언덕 아래 눈이 커지는 풍경이 등
장한다. 언덕을 오르다 더운 물을 몽땅 엎지른 듯, 김이 모락모락 피
어오르는 온천물이 경계 없이 흐르고 있다. 생기 없는 잡풀더미 사이
에서 하늘빛 보다 더 맑고 푸른 온천물이 흐르는 곳, 여기는 사투르니
아Saturnia다. 이탈리아 중부 토스카나의 내륙 가운데 자리한 사투르니
아는 2014년 CNN이 선정한 세계 최고의 계단식 노천온천이라 찬사
를 받은 곳이다. 계단식 노천온천이라 하면, 누구나 터키의 석회온천
파묵칼레를 떠올리게 마련이다. 새하얀 석회암 테라스에 고여 있는
에메랄드빛 온천수.

처음 사투르니아의 풍경을 사진으로 마주했을 때, 파묵칼레 말고 세상에 이런 곳이 또 있구나 하며 경탄했다. 마음으로 정했다, 여기에 가야겠다.

"아!"

'우와!'를 기대했는데. 테라스 층층이 물이 콸콸 넘치고 테라스 밖 개울까지 온천수가 넘실거리던 여름날 풍경과는 사뭇 다르다. 수량이 적고 개울의 폭이 왜소하다. 넓은 풍경을 기대했는데 실물은 소박하다. 겨울날이라 더욱 그렇다. 다만 물빛만은 곱고 맑다.

첫 번째 테라스에 커플 한 쌍, 두 번째 테라스에 청년 셋, 세 번째 테라스의 구석진 곳에 앳된 커플 한 쌍. 그리고 물가에 서서 기웃거리는 우리집 남매. 겨울 오후, 온천은 이들 차지다. 헐렁헐렁한 온천을 앞에 두고 푸린양이 몸이 달았다. 얼른 뛰어 들어가 첨벙거리고 싶단다. 여름철엔 유료 탈의실이 있다고도 하던데 겨울엔 아무것도 없다. 탈의실도 매점도. 자동차에서 수영복으로 갈아입은 아이들이 물속으로 뛰어든다. 아이들은 위 아래쪽 테라스를 오가며 물놀이가 한창이다. 즐거운 모양이다. 수증기가 모락모락 피어오르는 온천 가운데 들어가 앉은 사람들이 마치 신선같다. 나른하고도 편안해 보인다.

물가에 평평한 곳을 골라 자리를 잡았다. 배낭에서 보온병을 꺼내 아직 온기가 남은 커피를 따랐다. 배낭에서 아껴둔 책도 꺼내 들었다. 구린 유황온천 냄새와 쌉쌀한 커피 맛이 제멋대로 섞인다. 아이들은

토스카나

따끈한 물속에서, 나는 쌀쌀한 물가에서 나름의 겨울 오후를 보낸다.

서너 페이지를 넘겼을 때 시선을 끄는 그들이 등장했다. 세 번째 테라스의 구석진 곳에 머물던 앳된 커플이다. 온천욕을 마치고 나와 옷을 갈아입을 모양이다. 주변을 빠르게 돌아보더니 청년이 수영복을 내린다. 테라스에서 쏟아져 내리는 물소리뿐인 조용한 물가에 그들의 움직임은 꽤 신경 쓰였다. 나도 모르게 고개를 들었다가 수영복이 훌렁 벗겨진 청년의 허연 궁둥이를 목격했다. 수건 한 장 두르지 않았다. 과감하다. 그의 글래머 여자 친구도 만만치 않다. 남자친구가 들고 있는 커다란 비치타올 뒤에서 휘적거리며 수영복을 벗기 시작한다. 순식간에 발치께에 놓인 티셔츠와 청바지로 갈아입었다. 얼떨결에 청년의 궁둥이와 여자 친구의 실루엣을 감상했다. 커플의 거침없는 노상 탈의 행각에 고개를 돌릴 새가 없었다. 보려고 본 게 아니다. 고개를 돌렸는데 그곳에서 일이 벌어졌을 뿐이다. 그러니까 나는 선량한 목격자란 말이다! 커플은 말짱한 차림새로 자리를 떴다.

그 사이 아이들이 물에서 나왔다. 미지근한 온천물이 놀기에는 좋은데 온천 바닥에 작은 물벌레들이 있다며 찜찜한 표정이다. 첨벙거리며 놀 때는 몰랐는데 가만히 앉아 물 속을 들여다보면 자꾸만 그 벌레들이 눈에 들어와서 기분이 좋지 않단다. 개울이랑 다름없는 천연 온천이니 어쩔 수 없다. 아이들이 이제 그만 돌아가잔다. 아까 따라둔 커피가 절반이나 남았고 책은 네 페이지 밖에 읽지 못했지만 이것도 어쩔 수 없다. 물가에 펼쳐둔 자리를 정리하는 사이 아이들은 자동차

토스카나 🚌

로 달려가 다시 꼼지락거리며 옷을 갈아입었다. 유황온천 특유의 퀴퀴한 냄새를 온몸에 묻혀온 두 아이 덕분에 차 안이 온천장이 되었다.

배가 고프다. 점심때가 지났다. 작은 마을의 많은 상점들은 겨울 동안 휴식이다. 문을 여는 곳마저도 끼니때 한두 시간만 이용할 수 있다. 아무 때나, 심지어 24시간 물건을 사고 식사를 할 수 있는 소비의 풍요를 누리는 우리로서는 적응하기 힘든 문화다. 닫힘 팻말이 크게 걸린 식당 몇 군데를 지나쳤다. 저녁을 해먹어야 하나, 라고 생각할 때쯤 작은 상점을 발견했다. 문을 밀고 들어가니 10대 남자아이가 놀란 눈으로 바라본다. 가게는 테이블이 세 개 놓여 있고 유리 진열장 안에 파니니용 빵이 몇 가지 진열되어 있다.

"점심을 먹을 수 있나요?"

느닷없는 외국인 가족의 등장에 놀란 어린 주인은, 예고 없는 영어의 등장에 더욱 당황한다. 눈이 똥그래졌다.

"파니니 오케이?"

어린 주인은 고개를 끄덕인다.

어린 주인이 손짓으로 진열장 옆에 놓인 햄을 가리킨다. 비슷해 보이는 햄 세 덩어리가 놓여 있다. 한 가지를 고르면 빵에 넣어 만들어 주려는 모양이다. 다 비슷해 보이지만 개중 가장 입맛 돌게 생긴 햄을 골랐다. 주인은 커다란 햄 덩어리의 비닐커버를 벗기고 한 조각을 쏭덩 잘랐다. 미리 꺼내둔 빵 사이에 햄을 끼운다. 접시에 올려 내준다.

'채소를 넣는 걸 까먹은 건 아닐까, 버터나 소스도 안 바르고 먹나? 빵과 햄, 이것이 진정 이탈리아식 파니니인가?'

콜라 한 병을 순식간에 비우고 남은 파니니 조각을 모래알 씹듯 오물거렸다.

그때 젊은 이탈리아 남자 둘이 가게 안으로 들어왔다. 허리춤에 둘둘 만 전선을 차고 있는 걸로 보아 전기공인 모양이다. 그들은 입구의 테이블에 앉아 파니니 두 개를 주문했다. 진열장 앞으로 가지도 않고 익숙한 듯 어린 주인과 이야기를 나눈다. 주인은 그들의 주문을 받고 파니니를 만들었다. 우리는 지켜보았다. 주인이 분명 우리 파니니에 빠뜨린 뭔가가 있을 것이다. 빵 하나를 꺼낸다. 우리가 고른 그 햄을, 같은 두께로 자른다. 빵 사이에 끼워 넣는다. 다른 빵을 꺼낸다. 색이 좀 더 붉은 햄을 얇게 자른다. 빵 사이에 끼워 넣는다. 그들에게 내어준다. 우리가 먹은 그것과 똑같다. 그것이 온전한 완성품이었다.

한창 땀을 흘리고 힘을 쓰는 젊은 남자들의 점심이, 햄 한 조각에 퍽퍽한 빵 덩이라니. 콜라도 아닌 에스프레소와 함께라니. 남자들은 파니니 한 개와 에스프레소 한 잔을 뚝딱 해치우고 흡족한 표정으로 가게를 나섰다. 좀처럼 갈증이 가시지 않아 바닥에 남은 콜라 몇 방울을 홀짝이다 우리는 잠시 눈을 맞추었다.

저것이 이탈리안의 클래스란 말인가!

어쩌다보니 오늘의 주제는 현지인처럼 살아보기였다. 수영복 하나

수건 한 장이면 충분한 노천온천도, 시골도로변 작은 가게에서 전기공 청년들의 퍽퍽한 점심식사도 그들의 생활이었으니까. 우리가 그토록 꿈꾸는 로망 가득한 현지인처럼 살아보기. 같은 곳으로 소풍을 가고, 같은 음식을 먹으며 그들의 삶 속으로 들어가 보는 로망. 어쩌다보니 체험하게 된 그들의 삶은, 탈의실 따위가 없어도 개의치 않는 담대함과 상추 한 장 없는 샌드위치를 꽃등심처럼 오물거리는 너그러운 미각을 가지고 있었다. 현지인처럼 살아보는 것이란, 생각보다 큰 도전이었다. 그들과 같은 장소에서 지내는 것이 전부가 아니다. 같은 방법으로 여유를 즐기고 같은 방식으로 끼니를 때우는 것까지 해내야 한다. 그렇지 않다면 그저 들여다보는 것일 뿐. 현지인처럼 살아볼래요, 홍홍홍, 하며 김과 라면과 래시가드를 집어넣는 건 가짜다. 현지인처럼 살아보는 것, 한번쯤 해보고 싶었는데 어쩌지. 백번 양보해도 채소 없는 파니니는 안 되겠는데….

#나답게_사는게_제일_행복 #그걸_이탈리아까지_와서야_깨달음

오늘, 요리해볼래?

장 보러 왔다. 넓고 쾌적한 마트에는 신기하고 맛있어 보이는 것 투성이라 정신을 바짝 차리지 않으면 내키는 대로 덥석덥석 장바구니에 넣을지도 모른다. 우리에게 남아 있는 식료품들을 떠올리며 마트를 돌아야 한다. 피렌체 한인마트에서 산 김치 한 포기와 만두 반 봉지가 아직 남아 있고 쌀도 여유가 있다.

중딩군이 반조리 식품이 진열된 냉장고 앞을 서성거린다. 볶음밥이나 파스타류의 냉동식품이 가득하다.

"요리해볼래?"

아이의 얼굴이 환해진다.

두 아이가 냉장고 앞에서 신중하다. 이거 할 수 있을까, 힘들겠지,

이걸로 하자, 좋아, 의견이 일치되었다.

중딩군이 6학년이었던 열세 살에 떠난 유럽여행 동안, 남편은 혼자 집을 지켰다. 그 세대가 보통 그렇듯이 남편도 설거지를 가끔 도와주는 것 말고는 부엌일을 하지 않는다. 그러니까 요리 같은 것 말이다. 라면과 김치볶음밥, 남편이 만들어 먹을 수 있는 메뉴는 딱 두 가지다. 여행을 떠나기 전, 혼자 남겨질 쓸쓸함도 마음이 쓰였지만 무엇보다 먹을거리는 큰 걱정이었다. 라면을 종류별로 사서 쟁여두었고 냉장고 안 김치통을 꺼내 김치를 종류별로 보여주었다. 김치찌개는 작은 냄비에 덜어서 냉장실에 넣었고 육개장을 끓여 한 끼 분량만큼 지퍼백에 담고 냉동실에 넣었다. 마지막으로 얼마 동안 먹을 반찬들을 속이 잘 보이는 유리 반찬통에 넣어 쟁반 위에 모았다. 쟁반을 통째로 냉장고에 넣었다. 그러니까 끼니때마다 반찬을 찾아 꺼낼 필요 없이 쟁반만 꺼내서 먹으면 되는 것이다. 그래도 떠나는 발길이 무거웠다.

한 달 뒤, 여행에서 돌아와 냉장고를 열었다. 김치찌개와 쟁반 위 반찬들은 깨끗하게 비워졌다. 수납장에 넣어둔 라면도 모두 사라졌다. 하지만 냉동실 육개장은 그대로였고 쟁반에 담겨진 반찬 말고 다른 반찬 역시 떠날 당시와 똑같은 양이었다. 쟁반에 담긴 반찬이 일주일 분량이었고 김치찌개는 이틀 정도 먹을 수 있는 양이었으니, 준비된 약 열흘치의 반찬이 떨어지자 라면으로 끼니를 때웠다는 그림이 그려진다. 물론 한 달 동안 반찬과 라면을 번갈아 먹었을 수도 있다.

요지는, 준비해둔 반찬 외에는 어떤 것도 만들어 먹지 않았다는 것이다. 그래, 만들어 먹지 못했다는 쪽이 맞겠다. 식구들도 없는 텅 빈 집에서 식사마저 부실하게 한 달을 보낸 남편이 안쓰럽기도 했지만 한편으론 갑갑했다. 성인이, 생존과 관계된 식생활을 누군가에게 전적으로 의존하는 상황이 답답했다. 가정적인 남편, 부엌일을 잘하는 남편, 요리 잘하는 남편을 바라는 것이 아니다. 기본적 생존조건인 식생활을 스스로 해결할 수 있는 성인이길 바라는 것이다. 해주지 않으면 차려주지 않으면 사먹지 않으면 고스란히 굶거나 인스턴트 음식으로 때우지 않고 말이다. 김치찌개 하나, 미역국 하나, 오이무침 하나 정도는 할 수 있어야 하지 않겠냐는 말이다. 요리는 매력 어필용 개인기가 아니다. 요리하는 남자가 멋진 시대 말고 요리하는 남자가 당연한 시절이어야 한다. 중딩군이 요리를 해보겠다며 냉장고 앞을 서성일 때 좋은 타이밍이라는 생각이 들었다.

요리 도전 1일차 _ 바지락과 새우를 올리브유에 볶은 파스타

한마디로 냉동 해산물 파스타. 두 아이가 마트 냉장고에서 골라든 것은 냉동 해산물 파스타였다. 달군 프라이팬에 내용물을 넣고 달달 볶아주면 완성인 초간단 메뉴다. 중딩군이 가스레인지에 프라이팬을 올리고 수납장에서 올리브유를 찾고 있다. 그사이 푸린양은 제품의 포장지를 찬찬히 들여다보고 있다.

"오빠, 볶을 때 물을 좀 넣으래, 그런 그림이 있어."

푸린양은 모든 제품의 설명서를 읽고 시작하는 아이다.

"기름은 어느 정도 넣어야 할까? 꼬맹아, 이리 와봐."

중딩군은 어린 동생이라도 무시하지 않고 꼭 의견을 묻고 결정하는 아이다.

기름이 탁탁 튀어오르는 소리가 들린다. 중딩군이 파스타 봉지를 북 찢어 프라이팬에 와르르 쏟아 붓는다. 얼음기 있는 재료들이 기름밭에 던져져 소리가 요란스럽다. 금세 잦아들었다.

"오빠, 지금 물 부어야 할 것 같아."

포장지에 표시된 대로 물 세 스푼을 넣는다. 너무 적다고 생각되었는지 그만큼을 한 번 더 붓는다.

"꼬맹아, 물이 많은 거 같지?"

중딩군이 과감하게 프라이팬을 들어 올리더니 개수대에 물을 따라 내버린다. 이번엔 파스타가 촉촉해 보이지 않는다며 올리브유를 좀 더 부었다. 양념은 물에 쓸려 나갔을 텐데, 기름을 더 넣었으니 느끼할 텐데, 초보요리사의 대책 없음에 입이 근질근질하다.

작은 접시 3개에 하얀 파스타가 고르게 담겨 있다. 두 아이가 빤히 쳐다보며 품평을 기다린다.

"처음 요리치고 잘 했네."

파스타는 면이 너무 익어서 쫄깃하지 않고 양념은 쓸려나가 심심

하고 자박한 기름 때문에 느끼하다. 그러나 중딩군의 과감한 조리와 푸린양의 세심한 참견이 조화를 이루어서 먹을 만한 음식으로 살아남았다. 첫 음식치고는 먹을 만한.

〈맛 ★ 요리사의 협동심 ★★★★〉

요리 도전 2일차 _ 바삭하게 튀겨낸 고소한 고기만두

아껴 먹다 보니 냉동 만두가 아직 남아 있다. 야식으로 먹기에 알맞은 분량이다. 식용유를 꺼냈다. 올리브유가 가열되면서 나는 향이 입맛에 맞지 않아 작은 식용유 한 병을 가지고 다니는데 요긴하다. 달걀 프라이를 할 때, 소시지를 구울 때, 야채볶음을 할 때, 여기저기 쓸 데가 많다.

"엄마, 만두를 튀기려면 기름을 많이 넣어야겠네."

튀기는 대신에 기름을 넉넉히 두르고 만두를 잘 뒤집어가며 구워보라고 얘기했다. 프라이팬을 꺼내 가스레인지에 올린다. 어제보다 폼이 자연스럽다.

"불을 너무 세게 하지 마. 기름이 지나치게 뜨거우면 만두 속이 익기 전에 겉이 다 타버리니까."

오늘은 기름을 많이 쓰는 요리라 마음이 놓이지 않는다. 지글지글, 기름에 만두가 잘 익고 있다. 언제쯤 만두를 뒤집어야 하나 고민하며 중딩군이 프라이팬 앞에서 젓가락을 들고 대기 중이다. 처음 뒤집기는 늦었다. 한 면이 탔다. 두 번째 뒤집기는 적당하다. 노릇하게 잘 구워졌다. 마지막 뒤집기는 빨랐다. 허연 만두피가 그대로다. 다시 돌려놓고 기다린다.

군만두는 조금 탔고 가장자리가 딱딱할 지경으로 튀겨졌지만 바삭하다. 새로운 도전을 해보는 아이에게, 지적보다는 응원이 중요하니까 오늘도 칭찬 한보따리. 푸린양은 종이접기를 하느라 요리 참견을 못했다. 기름 몇 방울에 손도 데어가며 중딩군 혼자 완성했다.

〈맛 ★★ 요리사의 독립심 ★★★★〉

요리 도전 3일차 _ 돼지고기, 닭고기를 월계수 잎과 함께 구운 꼬치요리

꼬치에 끼워진 캠핑용 고기세트를 구입했다. 닭고기와 돼지고기가 번갈아 꼬치에 끼워져 있고 사이사이 월계수 잎도 두어 장 끼어 있다. 소금과 후추만 더한다면 맛있는 꼬치구이를 먹을 수 있겠다.

매일 저녁 주방에 선 중딩군은 이제 자연스럽다. 기름을 두르고 달구어진 프라이팬에 고기 꼬치를 넣었다. 한쪽 면에 소금과 후추를 뿌린다. 조수 푸린양이 소금과 후추를 착착 건넨다. 만두보다 더 익혀야겠지, 중얼거리며 프라이팬을 노려보고 있다. 고기를 뒤집어 다시 소금과 후추를 뿌린다. 지글지글 익어가는 소리, 고기 익어가는 기름진 냄새가 집안 가득하다. 요리하는 소리, 요리하는 냄새, 요리하는 풍경만큼 사람 사는 느낌을 주는 건 없다. 그 향기와 소리에는 '엄마'가 있는 것 같다.

"고기 완성입니다!"

고기가 잘 익었을지 아이들은 걱정스러운가 보다. 닭고기 하나를 빼서 잘라보았다. 고기와 고기가 나란히 만나는 부분이 덜 익었다. 중딩군이 결심한 듯, 고기를 다시 프라이팬에 담는다. 그리고 꼬치에서 고기를 모두 빼냈다. 신중하게 들여다보며 이리저리 뒤집더니 접시에 담아왔다.

"잘 익었다. 간도 잘 맞고 후추 향도 좋네. 진짜 맛있어!"

고기가 타지 않았고 기름이 적당해서 담백하다. 얼마나 자주 뒤집었는지 고기 구석구석에 소금간이 잘 배어들었다. 많은 듯했던 후추도 뒤집으면서 골고루 묻혀졌다.

푸린양이 부스럭거리더니, 샐러드 봉지를 열어 채소를 씻어온다. 팩에 담긴 소스도 뿌린다. 고기 한 점, 샐러드 한 젓가락. 요리 도전 3일 만에 꽤 그럴싸한 저녁 상이 완성되었다.

〈맛 ★★★★ 요리사의 창의력 ★★★★〉

여기저기 튄 기름 흔적을 지우며 주방을 정리하는 동안 푸린양은 설거지가 한창이다. 높은 싱크대에 붙어 설거지를 하고 있으니 푸린양 내복 소매가 홀딱 젖었다. 중딩군은 소파에 누워 친구들과 채팅 중이다. 아들이 요리하고, 딸이 설거지하는 여행이라니 기대하지 않은 선물이다. 내일부턴 본격적으로 부려먹어볼까? 룰루랄라, 절로 콧노래가 나온다.

#요리하는_남자가_멋진_시대_말고_당연한_시절이어야_정상

토스카나

책 있는 여행

　　　　　　잘생긴 배우 레오나르도 디카프리오가 태국 푸껫에서 〈비치〉라는 영화를 찍을 당시, 푸껫의 해변 한켠을 통째로 세냈다고 한다. 문제는 그의 방문으로 인하여 그렇지 않아도 물가 비싸기로 손꼽히는 곳이 더더욱 맹위를 떨치게 되었다는 점이다. 도쿄도 아니고 런던도 아닌 태국의 바닷가 마을에서 살인적인 물가 때문에 변변치 않은 숙소에 묵어야 했고, 숙소가 시원찮아 비치에서 하루를 보내느라 등언저리가 내내 따끔거린다는 여행자의 한탄 섞인 글을 읽고 있자니 나의 오래된 여행이 떠오른다. '책 있는 여행'이 시작된 그때가.

회사에 입사하고 처음 맞는 여름휴가였다. 동갑내기 친구랑 의기투합하여 방콕을 거쳐 푸껫과 피피섬을 여행하기로 했다.

푸껫에 도착했다. 디카프리오가 다녀가기 훨씬 전이었으니 푸껫의 물가는 하루에 네 끼를 배부르게 먹고 하루 두 번 노천카페에 앉아 커피를 홀짝여도 좋을 만큼 착했다. 한낮에는 새하얀 시트가 깔린 침대에 누워 에어컨을 빵빵하게 켜놓고 늘어지게 낮잠을 잤다. 한밤에는 테라스에 나가 흔들거리는 그물침대에 누워 총총히 박힌 별을 쳐다보며 조잘조잘 수다를 떨었다. 마음에 쏙 드는 숙소에 묵으면서도 우리는 틈만 나면 비치에서 뒹굴었다. 청록색 물빛과 산호가루 고운 비치에서 훌라후프 몸매에도 보란 듯이 비키니를 입은 아줌마와 다비드상 같은 그리스 조각미남을 만났다.

우리는 아이스커피를 머리맡에 두고 선베드에 누워 책을 읽었다. 내가 읽던 책은 핀란드 작가가 쓴 《지상에서의 마지막 동행》이라는 노부부의 사랑과 이별에 대한 소설이었다. 책장은 더디게 넘어갔다. 부인의 병으로 인해 곧 이별을 맞이해야 하는 노부부의 이야기는 마치 노부부의 일상을 지켜보는 듯 한없이 느렸다. 서로의 부재를 받아들일 수 없었던 부부는 결국 동행을 결심한다. 부인의 마지막이 다가오자 노부부는 수면제를 먹고 같은 시간에 눈을 감는다. 노부부의 선택을 '자살'이라는 차디찬 단어로 정의하기는 어려웠다. 그토록 침착하고 그토록 평온한 '자살'이라니. 어제 만난 남녀가 오늘 '연인'이 되고, 내일은 '남남'이 되는 일이 흔해빠진 여행지에서 60년을 해로한

토스카나

노부부의 마지막 동행에 관한 이야기는 20대인 나에게는 고리타분하고 진부했다. 하지만 살얼음 아래 조심스레 흐르는 냇물처럼 보이지 않는 여운이 한동안 마음에 남았다. 책의 말미, '옮긴이의 말'에 다다랐다.

작품의 역자가 소설을 번역한 곳은 푸껫이었다. 초록 바다가 내려다보이는 작은 호텔방에 앉아 역자는 글을 옮겼고, 그 초록 바다를 발치에 두고 나는 그의 글을 읽었다. 푸른 표지와 초록 바다가 묘하게도 잘 어울렸다.

중딩군이 다섯 살 되던 해였다. 꼬맹이 다섯과 엄마 다섯, 무려 열 명이 싱가포르로 떠났다. 여행은 예상대로 시종 와글와글 시끌벅적했다. 아이들은 끊임없이 재잘대고 쉼 없이 뛰어다녔다. 엄마들은 틈나는 대로 여행지에서의 감회를 읊조리고 때때로 툴툴거리며 불평을 늘어놓았다. 하얀 석회벽에 붙어 찔끔찔끔 움직이던 도마뱀도 이동을 멈추고, 작은 별들이 하나둘 반짝거릴 때쯤 우리는 테라스에 앉아 인도네시아 커피를 마시며 하루를 정리했다. 치열한 하루를 함께 보낸 어린 동반자마저 잠든 깊은 밤, 비로소 책을 읽었다. 신경숙의 소설《종소리》. 가장 좋아하는 작가를 꼽으라고 하면 주저 없이 신경숙을 떠올릴 만큼 작가의 세밀한 묘사가 좋다.

바람소리조차도 없는 고요한 밤, 책을 펼쳤다.

《종소리》는 여러 편의 짧은 이야기들을 엮은 책이다. S라는 소설가

가 등장하는 편을 읽고 있었다. S는 고아원 아이들의 이야기를 쓰기 위해 남쪽의 고아원에서 몇 계절을 고아와 같이 보내는, 따뜻하고 진실한 사람이었다. S에게는 단정하고 청순한 인상의 아내와 키가 1m도 안 되는 어린 딸이 있었다. 그는 외국인인 아내와 여행 중에 만나 사랑에 빠졌다. 그러다 깊은 병에 걸려 죽음을 맞는다. S의 아내는 남편의 장례식에 참석한 사람들에게 메일을 보낸다. 좋은 곳에 갔을 테니 자기도 열심히 살다가 S가 얼굴을 잊어버리지 않을 때쯤 그에게 가겠다고. 차분하고 담담하게 소식을 전한 그녀는 자기 나라, 싱가포르로 돌아갔다. S의 아내는 싱가포르 여인이었다.

책장을 덮고 도심의 불빛이 내려다보이는 창가에 섰다. 깜빡이는 어느 불빛 아래에서 S의 아내가 잠든 어린 딸의 머리를 쓸어주고 있는 건 아닐까 하는 생각마저 들었다. 곤히 잠든 아이의 이마를 짚어주고 잠자리에 들었다. S, 당신도 굿나잇.

이번 여행 가방에 실려온 책은 공지영의 《수도원 기행 2》다. 한 달을 버티기에 충분할 만큼 든든한 두께다. 이번 여행은 책으로 엮어야지 라는 마음으로 떠나왔다. 아무 일도 일어나지 않고 무사히 여행을 마칠 수 있으면 좋겠다는 마음과 아무 일도 일어나지 않으면 어떻게하나 라는 마음이 나란히 자리 잡고 있었다.

하지만 기차를 놓쳤고 시내버스와 접촉사고가 났고 아이가 아팠다. 숙소는 숨 막히게 무서웠고 10대 아이들은 두려웠다.

예상치 못한 일이 연이어 일어나자 나는 맞닥뜨리게 될 새로운 일들에 지레 겁을 먹기 시작했다. 용기가 쪼그라들고 불안함으로 새가슴이 되었을 때《수도원 기행》을 읽기 시작했다. 과학으로 믿기 어려운 신앙고백서임을 밝힌 작가의 말처럼 책은 수도원 기행에 관한 기록만큼이나 그녀가 겪은 신앙에 관한 이야기가 많았다. 소위 간증이라 불리는 일이 책에 담겨 있었다. 하나님의 목소리를 듣는다든가, 원하는 일이 이루어진다든가, 도움을 주는 이가 짠하고 나타난다든가 하는 과학으로 설명하기 어렵고 상식으로 이해하기 어려운 미스터리한 일들이 가득했다. 그 모든 일들을 하나님이 미리 계획하셨다는 것 그리고 어떤 고통도 이겨낼 수 있을 만큼만 주신다는 믿음이 가장 난해했다. 이토록 맹목적이라니. 매년 석가탄신일에 식구들 이름을 하나하나 써넣은 연등을 밝히고, 들르는 절마다 대웅전에서 긴 기도를 올리는 엄마를 보고 자란, 나에겐 더욱.

　하지만 가장 미스터리한 것은 내가 그 모든 구절과 믿음에 고개를 끄덕이고 있다는 것이었다. 감당하고 이겨낼 만큼만 고난이 있을 것이니, 어떤 고난도 충분히 헤쳐갈 수 있을 거라는 믿음이 생기고 말았다는 것이다.

　이탈리아 오르비에토의 겨울밤은 길었다. 거실 소파베드에서 잠든 큰 아이의 뒤척임이 방문 너머로 건너올 만큼 조용했다. 고요한 시간, 책 속 문장이 들려주는 목소리는 몹시 컸으나 친절했다. 쪼그라든 용기가 새로 채워질 만큼 충분히 넉넉했다. 책장을 넘기면서 나는 조금씩 단단해졌고 서서히 씩씩함을 되찾았다. 아이들과 맞서는 세상여행에 주눅 들지 않게 되었다. 과학으로 설명하기 어렵지만, 그건 아마 몇 줄의 문장이 전하는 부드러운 위로 덕분이었을 게다.

나의 여행은 책 덕분에 특별해졌다. 번번이.

#의도된_특별한_독서 #의도되지_않은_특별한_감동 #그래서_무조건_추천

토스카나

길 위에서
꼬박 열 시간

 오르비에토에서 나흘을 보내고 오늘은 먼 길을 떠난다. 이탈리아 남동부 풀리아 주의 레체Lecce, 우리의 목적지다. 레체는 바로크풍의 건물이 많아서 '바로크 피렌체'라는 애칭을 가지고 있는 예쁜 도시다. 어쩌다 이리 낯설고 먼 도시에 가게 되었는지는 다음 편에서 공개하기로 하자. 중요한 건 이곳 오르비에토에서 목적지 레체까지의 거리다. 699km. 시속 100km의 속도로 줄기차게 달려도 7시간이 걸리는 먼 거리다. 주인집 멍멍이랑 인사를 하고 포도밭 사잇길로 차를 움직인다. 뒤편에 앉아 있던 푸린양이, 조수석에 앉아 있던 중딩군이 한순간 가운데로 모여든다.

"엄마, 시동 꺼트리면 안 돼! 뒤로 가면 안 돼!"

우리는 잊지 못하고 있었다. 렌터카와의 아찔했던 첫날을.

20년차 베스트 드라이버의 명성을 되찾았다.

오전 10시, 자동차는 매끄럽게 고속도로에 진입했다. 도로는 여유롭다. 하늘은 푸르고 남쪽을 가리키는 이정표는 선명하다. 며칠 전 처음으로 고속도로를 달린 날은 이 풍경을 도무지 즐길 여유가 없었다. 이렇게 푸른 하늘을, 이처럼 이국적인 이정표를 몽땅 놓치다니.

둥글둥글한 언덕이 물결처럼 이어진 순한 경치와 언덕 위에 우뚝 솟은 성벽도시의 뾰족함을 모두 가진 이탈리아 중부의 풍경은 여행자를 놓아주지 않는다. 풍경 감상에 무뎌질 즈음 휴게소에 들어섰다. 우리나라 고속도로 휴게소의 절반도 되지 않는 이탈리아 휴게소는 한산하다. 휴게소에 들어서자마자 푸린양이 사라졌다. 알록달록한 색감으로 눈을 홀리는 젤리 코너 앞에서 넋 놓고 서있는 저 아이, 우리 아이인 것 같다. 빈손으로 나오긴 글렀다. 카페테리아에서 카푸치노 한 잔과 콜라를 샀다. 입 안에 시퍼런 뭔가를 넣고 오물거리는 푸린양이 몹시 행복해 보인다.

오후 1시, 다시 휴게소에 멈췄다. 소스가 뿌려지다 만 듯한 라비올리 파스타와 붉은 빛이 덜한 토마토 파스타를 점심으로 주문했다. 색이 진하고 표면이 거친 포카치아 한 덩이도 쟁반에 올린다. 빨간 토마토와 희고 노란 달걀과 검은 올리브가 예쁘게 담긴 샐러드 한 접시도 골랐다. 하얀 볼에 담긴 샐러드의 빨갛고 노란 색감이 어찌나 예쁜지

레체

저절로 카메라에 손이 간다. 샐러드 진열대에 달라붙어 사진을 찍고 있을 때였다.

"세뇨라! 노 뽀또!"

주방 아주머니의 표정이 단호하다. 슬그머니 카메라를 내렸다.

소스가 부족한 것에 비해 파스타의 맛은 훌륭했다. 소스 대신 라비올리 고유의 부드러운 식감에 온전히 집중할 수 있었다. 색감이 예쁜 샐러드는 빛 좋은 개살구였다. 오리엔탈이니, 사우전드 아일랜드이니 하는 드레싱에 길들여진 탓인지 아무래도 밍밍하다. 소스 없는 파스타는 되지만 드레싱 없는 샐러드는 안 되겠다.

다음 두 시간 동안 아이들은 잠을 잤다. 든든하게 배를 채우고 겨울 한낮에 비추는 나른한 햇살을 맞으며 베스트 드라이버가 운전하는 안락한 차에 앉아 있자면 누구라도 평화를 느끼지 않겠는가. 잠든 아이들 옆에서 가장 마음의 평화를 누리고 있는 이는 바로 나다. 오늘 일정은 여행을 떠나오기 전부터 고민스러웠다. 700km를 한 번에 운전해야 한다는 게 여간 부담스러운 일이 아니었다. 장거리 운전에 익숙한 편이지만 낯선 나라의 생경한 도로에서 마주할 긴장감은 걱정스러웠다. 수치로는 단순히 700km이고 7시간이지만, 도로의 사정이 어떨지 날씨는 또 어떨지 알 수 없지 않은가. 도무지 일정을 결정할 수 없었다. 레체에 숙소 예약을 해두고 일단 달려보기로 했다. 하지만 막상 도로 위에 서니 더욱 결정을 내릴 수가 없었다.

점심을 먹으며 아이들에게 고민을 털어놓았다. 레체까지 줄곧 달려서 오늘 도착할 것인지, 중간 도시에서 하루 머물고 갈 것인지 아이들의 의견을 물었다. 진지하게 듣던 중딩군이 입을 열었다.

"두 가지의 장단점은 뭐지?"

"레체까지 곧장 간다면, 정해둔 숙소에 바로 들어가 쉴 수 있고 내일부터 쭉 레체를 돌아볼 수 있지. 하지만 운전하느라 엄마가 너무 지칠 것 같고 밤이 늦을 텐데 숙소를 잘 찾아갈 수 있을지도 걱정이야. 중간 도시에서 하루 쉬어간다면, 피곤함이 덜할 테니 체력에 무리가 가지 않겠지. 새로운 도시를 구경할 수도 있을 거고. 하지만 숙소를 정해두지 않아서 숙소를 구해야 하는 게 문제지."

어려운 질문이라고 생각했는데 아이들의 대답은 빨랐다.

"곧장 가는 게 좋을 것 같아. 숙소를 정하지 않은 채로 다른 도시에 가게 되면 숙소를 찾느라 늦어지고 피곤할 것 같아. 다른 도시를 구경하는 재미도 있겠지만 늦은 시간에 도착하면 제대로 도시구경하는 것도 어려울 것 같아. 그리고 어차피 내일 다시 레체로 이동해야 하니까 결국 이틀 동안 운전만 하는 셈이잖아. 엄마가 훨씬 피곤할 것 같아."

중딩군의 해답은 명쾌했다.

"피곤하면 홍삼을 먹고 가자."

푸린양의 조언도 쓸 만했다.

그렇게 우리는 정리했다. 한국에서 챙겨온 홍삼을 한 봉지 먹고 기운 내서 레체까지 달려가 보는 걸로.

아이들과 여행하며, 언제나 이 여행에 관한 모든 것을 결정하는 일

은 내 몫이라 생각했다. 질풍노도의 시기를 보내고 있는 중학생 아이와 제 앞가림도 못하는 초등학생 아이와 의논이라니. 그건 어림없는 일이라 여겼다. 나는 이 여행의 리더이자 책임자이며 보호자다. 그러니 결정도 내 몫이고 책임도 내가 진다는 비장함을 은장도처럼 품고 있었다. 이젠 그 비장함을 슬쩍 내려놓아도 좋을 것 같다.

다음 두 시간, 나폴리를 지나 동쪽 방향으로 난 도로에 들어섰다. 먼 하늘에서 노을이 물든다. 조금씩 조금씩 어두워지더니 하늘이 금세 검푸르다. 이윽고 빗방울이 떨어지기 시작한다. 중딩군이 잠에서 깨어났다. 어둑한 저녁에 빗방울까지 떨어지니 와이퍼를 작동시키랴 내비게이션을 확인하랴 도로 이정표까지 살피랴 정신없는 참이었다. 중딩군이 내비게이션과 이정표를 고루 챙겨보며 길 안내를 해준다. 아직 세 시간은 더 가야 한다. 휴게소에 들러 주유를 하고 간단히 저녁을 먹기로 했다. 아침에 토스트를 먹고 간식으로 삶은 달걀을 먹고 점심으로 파스타를 먹었더니 진심으로 밥알이 먹고 싶다. 아무 맛도 향도 없는 맨밥이 먹고 싶다. 숙소에 도착하면 곧장 라면에 햇반을 말아 먹어야겠다. 생각만 했는데, 침이 한가득 고인다.

다음 두 시간, 내비게이션 역할을 충실히 하던 중딩군이 잠들었다. 푸린양이 조수석에 앉았다. 비는 굵어졌고 와이퍼의 움직임도 빨라졌는데 푸린양은 내비게이션을 읽지 못한다. 이정표도 읽지 못한다. 더듬거리며 지명의 스펠링을 불러주는데 미처 다 읽기도 전에 다음 이정표가 나타난다.

레체

"괜찮아. 엄마가 그냥 볼게."

다음에 여행 올 때엔 영어 공부를 하고 와야겠단다. 이정표 읽기에 실패한 아이가 휴대폰을 들고 이것저것 눌러대며 분주하다.

"들어봐. 엄마가 좋아하는 거야."

– 다시 돌아올 거라고 했잖아 잠깐이면 될 거라고 했잖아.

빗방울이 타닥타닥 떨어지는 밤, 이탈리아 반도의 남쪽 끝을 달리는 작은 차 안이 이적의 노랫소리로 가득해졌다.

사위는 어둡고 지나치는 자동차마저 드문, 이국의 낯선 도로 위. 어느새 잠에서 깬 중딩군까지 모두 함께, 노래를 따라 부른다.

– 우우 그대만을 하염없이 기다렸는데 우우 그대 말을 철석같이 믿었었는데.

그 밤, 그 길 위에서 우리만의 뮤직 비디오가 완성되었다.

출발 열 시간 후, 목적지에 도착했다. 늦은 시간에 비까지 쏟아져서 걱정스러웠는데 무사해서 다행이라며 주인장이 반갑게 맞는다. 비앤비 연락처로 몇 번이나 메시지를 보냈는데 답이 없어 마음 졸였다며 악수한 손을 놓지 못한다. 이탈리아에 도착한 첫날, 베네치아에서 심카드를 새로 끼웠는데 용량을 다 쓴 건지 통신망이 시원찮은 건지 하루 종일 데이터통신이 연결되지 않았다. 주인장이 보낸 메시지를 확인할 방법이 없었다. 아이들이 방에 들어가 옷을 갈아입고 있는 사이 주인장은 이것저것 설명하느라 바쁘다. 숙소 들어오는 방법, 문 잠그고 나가는 법, 아침식사 장소와 레체 주변의 관광지까지, 지도에 동그라미를 치며 열심이다. 고개를 끄덕이며 듣고 있는 나에게 중딩군이 다가와 뭔가를 속삭인다. 한창 슈퍼 위치를 알려주고 있던 주인장에게 아이의 말을 전했다.

"와이파이 비번이 뭐냐고 묻네요."

주인장은 그럴 줄 알았다는 얼굴로 웃으며 비밀번호를 적어준다. 피곤에 절었던 아이의 얼굴이 화사해졌다.

주인장은 돌아가고 따뜻한 물로 씻은 우리는 뽀송한 침대에 누웠다. 와이파이가 있어 행복한 저녁이다. 침대에 누워 사진을 되돌려보다가 문득, 단호했던 휴게소 아줌마가 떠올랐다. 그 아줌마가 그랬지, 세뇨라, 노 뽀또라고. 노 뽀또는 사진 찍지 말라는 의미이니 세뇨라는 무슨 뜻일까, 서양인들 눈에는 동양 사람들이 되게 어려 보인다던데, 그렇다면?

두근거리는 마음으로 인터넷 어학사전을 열었다.

세뇨라señora.

스페인어.

아주머니.

확인하지 말 걸 그랬어!

#백짓장도_맞들면_낫다 #아이들과_여행하기도_그렇다
#베스트_드라이버_명성_탈환 #그래도_슬픈_세뇨라

우아한
엄마이고 싶었어

　　　　　　　　호스트 주인장이 새벽부터 분주하게 주방을 오가더니 이국적인 아침상이 준비되어 있다. 쿠키가 들어 있는 유리병과 새하얀 식기, 오렌지가 한가득 담긴 나무 볼, 마른 행주로 덮어둔 푸짐한 빵 쟁반. 손님 대접을 제대로 받는 것 같다. 에스프레소 머신에서 커피를 내리고 유리 항아리에 담긴 주스를 덜어 아침 먹을 준비를 마친다. 감탄사가 터질 만큼 예쁘고 세련된 식탁이지만 먹을 건 별로 없다. 따끈하게 속을 데울 달걀 프라이도 없고, 빵 사이에 넣어 먹을 햄이나 치즈도 없다. 빵에 바를 버터와 잼뿐이다.

　아침에는 항상 밥을 먹는 아이들이었지만 여행지에선 빵도 시리얼도 그럭저럭 불평 없이 먹어왔다. 그런데 오늘 아침엔 아이들 투덜거리는 소리가 크다. 우유가 너무 차다는 둥, 따뜻한 게 하나도 없다는 둥, 빵 속이 부드럽지 않다는 둥, 쿠키가 너무 딱딱하다는 둥. 전자레인지가 없으니 우유를 데울 수도 없고 다른 여행자와 같은 테이블에서 식사하고 있으니 지글지글 프라이를 구울 수도 없다. 빵 속이 부드럽지 않은 것, 쿠키가 딱딱한 것도 엄마가 어찌할 방도가 없는 일인데 아이들은 아침 먹으라고 깨운 엄마 탓이라는 듯 불만을 터뜨렸다. 장시간 운전을 한 탓에 몸이 무겁고 입이 깔깔해 그렇지 않아도 입맛이 돌지 않는데 아이들까지 뾰로통하니 아침 생각이 싹 사라진다.

"이 길로 가면 나올까?"

"나오겠지."

"구글로 확인해봐. 성당 가는 길이 맞는지."

잠시 걸음을 멈추고 휴대폰을 만지작거리던 아이가 이내 고개를 든다.

"인터넷 연결이 안 돼."

"이 길로 걸어가보자. 사람들이 많이 가는 거 보니까 이쪽이 맞는 것 같아."

"잘 알고 가야지. 잘못 가면 또 걸어야 하잖아."

"나올 거야."

이 도시의 길을 모르는 것도, 인터넷 연결이 안 되는 것도 엄마인 나의 탓이 아닌데, 레체에 가보자고 일정표에 끼워 넣은 엄마 탓인 양

아이들이 까칠하게 군다.

"투어 하는 자전거가 있네. 저거 탈까?"

"페달 굴리려면 힘들 것 같아."

"그럼 저쪽 안내소에 가서 물어보고 올까? 아이들이 갈 만한 데 있는지?"

"엄마 혼자 갔다 와. 난 다리 아파."

자전거도 타지 않고 관광안내소에도 가지 않고 우리는 패스트푸드점에 들어왔다. 간식거리를 앞에 둔 우리 사이에 냉기가 흐른다. 아니, 이건 냉기가 아니다. 폭발 직전에 다다른 엄마의 숨 막히는 침묵이다. 무슨 말로 시작해야 할지 모르겠다. 어쨌든 여기는 남의 나라이니 집에서만큼 막무가내로 화를 내는 건 참아야겠지, 그것만은 잊지 말자.

이건 너희의 여행이기도 하지만 엄마의 여행이기도 해. 너희들한테 좋은 경험을 하게 해주고 평생 남을 추억을 만들어주고 싶은 건 맞아. 그렇지만 엄마도 좋은 추억 만들고 싶어. 그래, 어쩌면 엄마가 더 오고 싶었고 더 보고 싶었던 것일 수 있어. 기대했던 것들을 직접 보면서 아, 어릴 적에 왔더라면, 뭐든지 할 수 있는 청춘일 때 왔더라면 얼마나 좋았을까, 그랬다면 삶이 또 다른 모습이지 않을까 하는 생각을 했어. 다른 방향의 삶도 꿈꿔볼 수 있지 않았을까 하는 아쉬움이 막 들어. 그래서 너희들이 지금, 더 많이 보고 생각하고 느끼고 가슴

레체

에 담아두었으면 좋겠어. 나중에 다시 올 수 있겠지, 몇 번이나 더 볼 수도 있겠지. 하지만 지금과 나중은 다르니까, 엄마와 동생과 오빠와 같이 가지는 이 시간에 집중했으면 좋겠다는 거야.

인터넷이 안 되는 것도, 길을 찾지 못하는 것도, 숙소가 실망스러운 것도, 맛집이 영 별로인 것도 엄마 탓이 아니야. 그래도 엄마는 미안해. 기차를 놓치는 것처럼, 추운 거리에서 잠들게 하는 것처럼 힘든 일이 생길 때도 너무 미안해. 그럴 때 너희가 빙그레 웃으며 건네는 '엄마, 우린 괜찮아' 한마디에 알 수 없는 힘이 생겨. 여기저기 뛰어 다니고 이 사람 저 사람에게 물어서 일을 해결하게 하는 에너지가 생기더라. 힘내야지, 결심을 하게 하는 건 너희가 힘든 내색 없이 방긋 웃어줄 때였어. 씩씩해야지, 마음을 다잡게 하는 건 너희가 밝고 신나게 하루를 즐길 때였어. 세상에 우리뿐이라는 듯 둘이 웃고 깔깔거릴 때, 고개를 맞대고 지도를 보며 길을 찾을 때, 한없이 진지한 표정으로 그림을 들여다볼 때 그리고 엄마 오늘 정말 재밌었어, 할 때였어.

이건 엄마의 여행이기도 해. 좋은 추억을 만들고 싶어. 엄마 여행에서 가장 중요한 추억은 너희의 모습이야. 여행을 즐기고 집중하는 그 모습이 벨라스케스의 그림보다 포지타노의 바다보다 더 예쁜 추억이고 소중한 재산이야. 여행이 즐겁기도 하지만 아닐 때도 있다는 거 알아. 친구들을 만나지도 못하고 같이 게임을 하지도 못해서 답답하다는 거 알아. 그래서 와이파이에 집착하는 것도 알아. 에이, 여행 오지 말걸, 하는 생각이 들 때도 있다는 거 알아. 하지만 우리는 여행을 선택했고 지금 그 길 위에 있어. 길 위에 있다고 여행이 무작정 즐겁고 행복하지 않다는 거 알잖아. 여행도 노력이 필요해. 즐겁게 만들려는 노력, 추억을 만들려는 노력 말이야.

지금 우리는 그래. 엄마는 그 노력이 과분해서 지치고 너희는 그 노력이 부족해서 지루한 거야. 엄마한테서는 덜어내고 너희에게는 더하는 셈이 필요한 때인 것 같아. 여행은 우리가 같이 만들어가는 거니까.

아이들 머리 위로 잔소리가 가득 찬 포대를 들이부었다(하지만 명연설이었다). 남의 나라 남의 영업장이니 막무가내로 화를 내는 것만 참았을 뿐, 나도 모르게 목소리가 높아지고 얼굴이 달아오르고 주먹이 불끈 쥐어졌다. 아이들은 내내 입을 다물고 가만히 들었다. 기다렸다는 듯 아이들에게 쏟아부은 건, 비단 오늘의 일 때문만은 아니다. 아이들은 자주 무관심했고 시큰둥했다. 깊은 감동을 바라지 않았고 대단한 열의를 기대한 건 아니었지만 겨울바람만큼 쌩했다. 그때마다 이 여행을 돌이켜보았다. 여행지를 잘못 선택했나, 숙소가 별로인가, 너무 많이 걸었나? 반성도 나의 몫이고 결심도 나의 것이었다. 아이들이 더 즐거운 곳을 찾아야 해, 반성하고 내일은 조금만 걷고 맛있는 걸 먹자, 고 결심했다. 엄마의 애달픔을 아는지 모르는지 아이들은 한결같았다. 결국 오늘 터지고 말았다. 묵혀두었던 말들을 남김없이 뱉어냈으니 속이 시원할 줄 알았는데 그렇지도 못하다. 아이들인데, 편한 엄마한테 솔직하게 감정을 드러낸 건데, 좋은 건 좋았지만 별로인 건 별로니까, 그렇게 표현한 건데, 이젠 그 표현마저 하지 않으려나? 그냥 담아둘 걸 그랬나. 여행을 이제 망친 건가. 텅 비어버린 포대에 그 많은 말들을 다시 주워 담고 싶어졌다.

식은 카푸치노를 한 모금 넘긴다.

"엄마."

푸린양이 입을 연다.

"엄마가 타자고 했던 자전거 탈게."

결심한 듯 진지한 얼굴로 말을 잇는다.

"나 해피밀 먹을래."

이런, 배가 고팠나 보다. 어떤 버거로 주문할까 물었다.

"버거는 아무거나 괜찮은데 선물로 주는 인형은 2번이야!"

붉으락푸르락하며 명연설을 쏟아내는 엄마를 앞에 두고, 푸린양은 줄곧 2번 키위새 인형을 생각하고 있었던 것이다. 그 많은 말들은 어디로 간 것인가?

우리는 광장 앞에서 자전거를 빌려 시내투어를 했다. 푸린양을 가운데 두고 셋이 나란히 앉아 페달을 굴리기도 하고 아이들 둘이서 광장을 한 바퀴 돌기도 했다. 여느 때와 달리 사진도 잘 찍고 두 번 묻기 전에 척척 대답도 잘했다. 오늘 저녁은 사먹지 말고 숙소에서 간단히 먹자는 말에, 아이들은 군소리 없이 끄덕거린다. 낮에 퍼부은 잔소리에 이렇다 저렇다 이야기하지 않은 중딩군에게 마음이 쓰였지만 별 다른 내색은 없다.

숙소로 돌아왔다. 주방에 들어가 쌀을 씻어 냄비에 밥을 안쳤다. 푸린양은 반찬통에서 먹을 만한 걸 꺼내 식탁에 올리고 있다. 평소 같았으면 침대에 누워 채팅에 정신없을 중딩군이 싱크대로 다가온다.

"오이무침은 내가 해 볼게."

숙소 앞 슈퍼에서 사온 오이를 씻고 있던 참이다.

"어떻게 하는지 엄마가 알려줘. 내가 만들어볼게."

소금을 뿌리고 고추장 몇 스푼을 넣어 쓱쓱 비빈 오이무침이 달고 맵고 시원하다. 아삭거리는 오이무침을 얹어 맛난 저녁을 먹고 영수증을 뒤적거리는 내 옆에 두 아이가 앉아 있다. 도시 지도를 펼쳐두고 심각하게 의논 중이다.

"꼬맹아, 내일은 뭐할까? 우리 재미있는 걸 해보자!"

그 많은 말 중 몇 마디는 중딩군 안으로 스며들었나 보다. 역시 명연설이었다.

#여행에서만은_잔소리없는_우아한_엄마이고_싶었다_털썩

레체

잘 왔다, 겨울 레체
- 오트란토의 겨울바다

 뮤지컬 영화 〈할리데이Walking on Sunshine〉를 보다가 결심하고 말았다. 영화 속에 등장하는 저 도시에 가야겠다! 투명한 햇살, 새하얀 광장, 정교하고 화려한 건축물이 가득한 도시. 바로크 왕관의 보석이라 불리는 이탈리아 남부 도시 레체Lecce가 그곳이다. 영화 속 여주인공은 언니를 만나러 이 도시에 온다. 오랜만에 만난 언니는 행복에 겨운 얼굴로 자신의 결혼 상대를 소개하는데 그는 여주인공이 얼마 전 이별한 남자였다. 〈할리데이〉는 한 남자를 사랑하는 자매의 이야기를 1980년대 팝뮤직과 버무려 스크린에 옮긴 발랄한 로맨스 영화다. 뮤지컬 영화 〈맘마미아〉를 보고 난 후라 기대감이 높았다는 걸 인정한다손 치더라도 이 영화에 좋은 점수를 주

기는 어렵다. 후하게 준다면 별 두 개. 남자주인공의 미모 덕에 별 하나를 획득했다면 나머지 하나는 도시의 미모 덕이다. 탁 트인 이오니아 해변에서 등장인물들이 웸의 'Wake me up before you go go'를 부르며 관객의 흥을 돋운다. 영화 중반엔 여주인공과 친구들이 신디 로퍼의 'Girls just wanna have fun'에 맞춰 어둠이 내린 레체의 밤거리를 활보한다. 연한 조명을 받은 새하얀 도시의 좁은 골목은, 펑키 스타일로 요란하게 차려입은 그녀들의 파티 의상보다도 관객의 눈을 사로잡는다. 레체의 밤거리는 검기도 하고 노랗기도 하고 푸르기도 하다. 가장 아름다운 화면은 역시 영화의 하이라이트이자 결말이다. 셰어의 'If I could turn back time'을 부르며, 여주인공은 언니의 결혼식장인 마을 교회를 나와 작은 광장을 지나 조각장식이 화려한 건물 옥상에 올라선다. 아담한 도시를 내려다보며 여주인공은 마음을 담아 노래한다. 아름다운 풍경에 주인공의 애틋한 연심이 보태어진 예쁜 장면이다. 하지만 내 마음을 사로잡은 대목은 따로 있다. 여주인공이 친구들과 클럽에 들어갔다가 혼자 걸어 나오며 'It must have been love'를 부르는 파트. 너도 나도 줄리아 로버츠가 되어 리처드 기어의 눈빛에 두근거렸던 영화 〈프리티 우먼Pretty Woman〉의 대표곡이다. 여주인공은 어두워진 레체의 밤거리를 천천히 걸으며 그건 사랑이었어, 라고 노래한다. 후회와 쓸쓸함이 묻어난다. 인적 없는 깜깜한 도시를 걸어 주인공은 레체의 두오모 광장에 도착한다. 어둠 속에서도 여전히 아름다운 그곳에. 웸의 노래에 마음이 살짝 열린 나는 〈프리티 우먼〉의 주제곡이 흐를 때쯤엔 영화에 빠져 있었다. 식상하고 뻔한 흐름인데 주인공에게 감정이입이 되고 말았다. 결혼을 앞둔 남자주인공에 대한 마음을 여주인공이 노래로 표현할 때, 쯧쯧 안타까웠다. 언니의 남자이지만 네 마음이 그렇다면 표현해야 하는 거 아니야? 늦지 않았어, 고백해! 하고 마음으로 훈수를 두고 있었다.

마지막 20분을 위해 한 시간을 견뎌야 하는 영화지만, 친숙한 80년대 올드팝을 듣는 재미를 감안하고 아름답고 이국적인 이탈리아의 풍광을 보는 재미를 보탠다면 한번쯤은 볼 만하다. 다시 얘기하지만, 별은 두 개.

그래서 이 도시 레체에 왔다.

장화모양인 이탈리아 반도의 뒷굽에 해당되는 남동부에 위치한 작고 아름다운 도시 레체. 도시 피렌체가 르네상스를 상징한다면 레체는 바로크라는 단어로 표현된다. 바로크 왕관의 보석, 남부의 피렌체라 불리는 레체는, 하얀 석회암으로 지어진 아름다운 바로크풍 건축물과 세심하고 찬란한 장식물이 도시를 이루고 있다. 건물 사이로 난 좁은 골목마저 조명 하나면 화려한 영화가 되는 곳이다. 레체의 유명한 조각가인 주세페 침발로가 완성한 산타 크로체 대성당은 정교한 조각장식으로 유명한 레체의 명소다. 광장을 둘러싸고 있는 두오모와 주교 궁전도 빠트릴 수 없는 곳이다. 주일 오후, 마을 주민들이 단정하게 옷을 차려입고 두오모에 들어선다. 우리도 따라가 어설픈 기

레체

도를 올린다. 모든 소원을 다 들어달라고 조르는 모양인지 푸린양의 기도가 길다.

이제부터 할 일은 레체를 걷는 것이다. 좁은 골목 사이사이를 누비는 일이다. 아이들에게도 영화 이야기를 들려주었다. 여기가, 영화 속 골목이야, 이 곳이 영화 속 광장이야, 어머머, 여기가 그 성당이구나. 영화에 빠진 몽롱한 엄마를 이해 못할 표정으로 바라보는 아이들에게 아이스크림을 하나씩 들려주었다. 표정이 밝아졌다.

이른 저녁이 찾아와 도시 골목에 불이 밝혀진다. 노란 빛을 내는 가로등이 하얀 바로크풍 건물을 따뜻하게 비춰주는 레체의 저녁. 짙푸른 하늘과 노란 빛을 받은 하얀 건물이 만들어내는 도시는 이국적이고도 신비롭다.

저녁을 먹고 배가 부른 우리는, 숙소를 향해 느긋하게 걸었다. 커피한 잔, 핫초코 한 잔씩 손에 들고 쉼없이 수다를 떨면서.

"저 아줌마 화장이 너무 튀지 않나?"

"저 언니 바지가 너무 끼는데?"

"저 오빠 정말 멋지다!"

영화가 전하는 모든 걸 누렸다. 널찍하고 아름다운 도시의 광장도, 이국적이고 신비로운 도시의 밤골목도, 멋진 이탈리아 오빠까지.

잘 왔다, 레체.

여행이 쉬워졌다. 굳이 떠나지 않더라도 여러 매체를 통해 세계 곳곳의 비경과 먹음직스러운 요리를 구경할 수 있다. 여행 프로그램의 핵심은 식도락이지만 어쩌다 그것을 벗어나, 여행지에서의 로맨스를 다룬 프로그램이 있었다. 여자 연예인이 이국에서 만난 남성과 데이트를 즐기는, 그들의 로맨스를 지켜보는 프로그램이다. 로맨스가 화두이니 그들의 여행지로 선택된 곳은 더 로맨틱하고 더 아름답다. 이탈리아 남부의 오트란토라는 도시를 그 프로그램에서 알게 되었다. 청록색 바다를 면한 새하얀 광장. 그것만으로도 화면이 눈부셨다. 주인공 남녀의 미지근한 로맨스에 비해, 그곳의 풍광은 사랑에 빠지지 않을 수 없을 만큼 매력적이었다. 로맨스 파트너 따위가 없다 해도 꼭 한번 들러보고 싶어졌다. 마치 이렇게 여행하게 될 걸 알았다는 듯, 영화를 보고 찜한 레체와 TV를 보고 반한 오트란토는 가까웠다. 줏대없는 여행 플래너가 찜한 것 치고 알찬 여정이다.

날이 끄물거려 하늘 색은 영 별로였지만 우리는 소풍 길을 나섰다. 레체에서 50km쯤 떨어진 새하얀 해안도시 오트란토는 이탈리아에서 해가 가장 빨리 뜨는 최동단의 도시다. 한가한 고속도로를 느긋하게 달린다. 비가 내리기 시작한다. 날씨도 이 모양인데, 시가지 주변의 상점들은 대부분 문을 닫아 을씨년스럽다. 문을 연 레스토랑을 겨우 찾았다.

텅 비어 있는 레스토랑 안쪽에서 풍채 좋은 아저씨가 나온다. 파스타와 리조또를 주문했다. 요리는 짰지만 허기진 우리는 접시를 깨끗하게 비웠다. 깨끗한 접시에 기분이 좋아진 주인아저씨가 다가오더

레체

니 방금 어머니가 당근케이크를 구웠는데 먹어볼 테냐고 묻는다. 자기 어머니의 솜씨가 아주 좋다며 자신만만하다. 갓 구운 당근 케이크라니, 우리는 빠르게 고개를 끄덕였다. 입맛을 다시며 기다리는 우리 앞에 주황빛 당근케이크가 놓였다. 맛있다. 우리는 고개를 과하게 끄덕이며 연신 맛있다는 눈빛을 보냈다. 이 정도 리액션은 해야 하지 않겠나, 공짜로 맛보는 음식인데!

어? 계산서 앞에서 나는 예정에 없던 리액션을 하고 말았다. 당근 케이크 금액이 계산서에 버젓이 올라와 있다. 서비스가 아니고 영업이었어, 낭패감에 젖은 얼굴로 계산을 마쳤다. 레스토랑을 나와 가게의 안내판을 보고서야 진실을 알게 되었다. 안내판 안에서 프로 요리사의 포스를 풍기며 웃고 있는 저 할머니. 솜씨 좋은 주인아저씨의 어머니였다. 그녀는 가게의 주방장이었다.

주인아저씨는 당근 케이크 영업 말고는 아주 친절했다. TV에서 본 광장 위치를 알려주었고 현지주민들이 즐겨간다는 멋진 비치도 소개해주었다. 빗줄기가 가늘어진 틈을 타 광장으로 향한다. 넓고 새하얀 광장을 독차지한 우리는 바닷바람마저 독차지했다. 물기 가득한 겨울바람이 줄기차게 몰아친다. 아기자기한 장식품이 가득한 상점들은 일제히 문을 닫아걸었다. 아무래도 오트란토는 겨울에 적당한 도시는 아닌 것 같다. 그래도 바다빛깔만은 여름의 색처럼 맑고 푸르다. 매운 바람을 피해 서둘러 자동차로 달려간다. 이번엔 레스토랑 아저

씨가 알려준 비치를 향해 올리브 나무 농장과 나란히 선 도로를 달린다. 반듯하게 줄 맞춰 서있는 나무들이 인상적이어서 잠시 정차, 푸린양만한 길가의 선인장이 이국적이어서 잠시 멈춤, 설레는 풍경에 몇 번이나 차를 세운다. 드디어 비치에 도착했다. 아까보다 빗방울이 거세져서 푸린양은 차에 남기로 했다. 중딩군과 나는 바쁘게 걸음을 옮겨 비치에 다다랐다. 오트란토 광장 앞 비치보다 몇 배나 넓은, 광활한 백사장과 광대한 바다가 눈앞에 나타났다. 아, 그러나, 그것뿐이다. 백사장에 드러누운 비키니 여인도, 구릿빛 피부를 자랑하는 근육질 서퍼도 없다. 알록달록한 파라솔도 없다. 아무튼 사람이 단 한 명도 없다. 파도는 두려울 만큼 높고 거칠다. 몸을 담그지는 못하더라도 예쁜 바다 구경이나 실컷 하자는 계산으로 나섰는데 잔뜩 겁만 먹고

레체

돌아섰다.

재빠르게 자동차 안으로 들어간다. 빗방울 떨어지는 겨울날엔 역시 자동차 여행이다. 모자를 벗길 태세로 덤벼들던 바람을 어느새 잊었다.

도시에도 어울리는 계절이 있다. 영국 런던은 가을이 어울린다. 도심 가득한 공원이 노랗고 붉게 물드는 가을이 딱이다. 오스트리아 빈은 봄이 어울린다. 왈츠의 도시답게 꽃이 피고 새가 지저귀는 봄이 딱이다. 이탈리아 남부 도시 레체와 오트란토는 두말할 것 없이 여름이다. 그 새하얀 건물과 푸른 바다, 아련한 빛을 품은 골목은, 여름날 로맨스에 딱 어울린다.

하지만 더 이상 로맨스 따위를 기대할 수 없는 '세뇨라'는 이 계절도 좋다. 나에게 여행하기 좋은 계절이란, 커피 마시며 산책할 수 있는 때이니까. 숙소로 돌아가 주방에 놓인 에스프레소 머신에서 커피를 뽑아 산책을 나가야겠다. 레체의 마지막 겨울밤을 놓칠 수 없다.

#커피만_있다면_여행은_언제라도_좋지
#다만_오트란토_겨울여행은_다시_생각해볼일

넋 놓고 감탄하고픈
풍경을 원한다면

마테라Matera라는 도시가 있다. 구석기 시대에 형성된 주거 지역이 지금까지 보존되어 있는 아주 오래된 곳이다. 동물을 사냥하고 열매를 채집하던 머나먼 옛날의 모습을 간직하고 있는 도시라니, 우리는 궁금했다. 이탈리아 남부 바실리카 주의 내륙에 위치한 마테라는 로마에서 약 400km, 레체에서 약 200km 거리에 있다. 아득하게 먼 곳이 아님에도 도시는 '육지의 외로운 섬'이라 불린다. 대중교통편으로 접근하기에는, 갈아타야 하는 번거로움과 긴 시간을 견뎌야 하는 어려움 때문이다. 여행자가 드문 겨울철에는 대중교통마저 운행 횟수가 일정하지 않단다. 렌터카가 아니었다면, 아이들과 여행할 엄두조차 내지 못할 곳이다.

마테라에는 사씨Sassi라는 동굴 주거지가 있다. 석회암을 파서 만든 동굴 집 사씨에 사람이 거주하게 된 시기는, 8세기 경 이슬람세력의 박해를 피해 이곳에 온 수도사들이 동굴 교회를 만들자 교회를 따라 농민들이 이주하면서 부터다. 현재 마테라에는 1500개의 동굴 집과 150여 개의 동굴 교회가 있다. 발굴된 거주지는 일부에 불과하며 아직도 70퍼센트는 발굴되지 않았다. 사씨에서는 사람과 가축이 함께 생활했다. 당나귀, 닭, 개, 염소 등을 같은 공간에서 키웠으며 1960년대까지도 수도, 전기, 하수도 시설이 없었다. 이탈리아인들은 이 도시를 더럽고 가난한 반도 남부의 낙후성을 상징한다며 '제국의 수치'라 여겼다. 그도 그럴 것이 이탈리아 내에서 영아 사망률이 가장 높은 곳이 마테라였다. 마테라가 외부의 관심을 받기 시작한 것은, 의사 출신의 이탈리아 소설가 '카를로 레비'가 《그리스도는 에볼리에 머물렀다》라는 소설을 발표한 이후다. 그는 마테라를 방문했던 경험을 바탕으로, 이탈리아 중산층이 외면한 이탈리아 농민의 비참한 생활을 실감나게 그렸다. 이로 인해 정부는 이 지역에 관심을 갖게 되고 생활터전의 열악함을 극복할 수 있도록 재건하기 시작했다.

1993년 마테라의 동굴 주거지와 암석교회는 세계문화유산으로 지정되었다. 전통적인 인간의 주거형태를 보여주며 주변 자연환경과 조화로운 관계를 유지했음을 보여주는 중요한 사례로 평가받았다.

마테라의 구시가지에는 당시의 동굴 주거지 형태를 개조하여 만든 동굴 호텔이 여러 곳이다. 우리가 오늘 머물 숙소도 동굴 호텔이다.

아이들과 여행하면서 여행경비에 대해 깐깐하게 계획하고 지출하는데 그중 숙박비는 하루 10만원이 넘지 않기로 정해두었다. 딱 두 번의 예외가 있었는데 그 중 한 번이 오스트리아 제그로테에서 머문 슈베르트 호텔이었고 나머지 한 번이 바로 이곳, 마테라의 동굴 호텔이다. 우리 돈 14만원이니, 30일 유럽여행에서 머무는 숙소 중 가장 비싼 곳이지만 동굴 호텔에 머무는 이 특별한 경험은, 여기가 아니고는 지금이 아니고서는 할 수 없는 일이라는 생각이 들었다.

넓찍한 더블침대가 놓인 객실은 동굴 분위기를 풍기고 있었다. 깔끔하게 마감되어 흙가루가 날리지만 않을 뿐, 객실 안은 은은한 황토빛이다. 아치모양으로 흙을 파낸 자리에 딱 들어맞는 책상, 깊고 길쭉한 구유 모양의 흙 대야가 입구에 자리잡고 있다. 흙 대야에는 캐리어 두 개가 들어가고도 공간이 넉넉하다. 세면대도 황토빛, 욕실도 온통 흙빛이다. 객실 한쪽 구석은 불투명한 유리가 바닥을 덮고 있는데, 유리 아래는 '진짜' 동굴이다. 실내 장식을 따로 할 것도 없이, 동굴이라는 공간을 한껏 활용했다.

짐을 풀고 동네 산책을 나선다. 여름엔 이곳도 관광객들로 활기차다는데 지금은 겨울 한낮에도 인적이 드물다. 테이블이 세 개뿐인 작은 레스토랑에 들어갔다. 파스타와 파니니를 주문했다. 점심시간이 지나 그것만 만들어줄 수 있단다. 끼니때를 놓친 우리는 금세 식사를 끝냈다. 가게를 나오려다 계산대 앞에 놓인 명함에 눈이 갔다. 오토바이와 삼륜차를 연결한 독특한 탈 것을 타고 시내투어를 하는 프로그램을 안내하고 있다. 마테라에 대한 정보가 많지 않아 어디를 가야 할지 무엇을 보아야 할지 망설이고 있었는데 이 투어라면 유용하겠다. 가게 사장이 자신의 친구 마르코가 하는 투어인데 만족할 거라며 비수기이니 투어금액도 싸게 해주겠단다.

"일인당 10유로!"

두 시간 투어치고 싼 금액은 아니지만 흔쾌히 하기로 했다.

10분 후, 앞은 오토바이이고 뒤쪽엔 두세 명이 앉을 수 있는 좌석을 연결한 삼륜오토바이를 끌고 마르코가 등장했다. 이탈리아 청년답게 허우대가 멀쩡하다. 금발 고수머리에 검정 선글라스를 끼고 청바지에 가죽 재킷을 걸쳤다. 삼륜오토바이를 자신의 '페라리'라고 소개하며 껄껄 웃는다. 오랜만에 나도 크게 웃어 주었다. 이 정도 미모의 청년이 던지는 개그라면, 이 정도 리액션은 해주어야 옳다.

시동을 걸고 출발한다. 마테라 구시가지 일대를 쭉 돌아볼 것이며 사진 찍을 만한 멋진 곳을 알려주겠단다. 영어가 그리 유창하지 않으니 천천히 말하겠다고 얘기하며 미안해한다.

"잇츠 오케이."

사실 마르코의 설명을 도통 들을 수가 없다. 이탈리아 발음과 억양이 섞인 영어도 문제지만 오토바이 엔진소리가 너무 커서 무슨 얘기를 하는지 들리지 않는다. 그저 열심히 설명하는 그와 간간히 눈을 맞추며 웃어줄 수밖에.

마테라

그의 설명을 정확하게 들을 수는 없지만 그가 소개하는 마테라 구시가지는 독특했다. 꽃 한 송이 나무 한 그루 보이지 않는 도시 풍경은 삭막하다. 바위산을 파고 들어가 세워진 교회의 모습도, 층층이 쌓은 듯 지어진 동굴형태의 집도, 비현실적이다. 도무지 사람이 살 것 같지 않고, 사람이 살 수 없을 것처럼 살풍경하다. 더구나 여행자마저 없는 겨울 오후의 마테라를 채우고 있는 건 메마른 겨울바람뿐이다.

"다 회색이야!"

푸린양이 정확하다. 구시가지는 온통 회색이다. 지붕도 담벼락도 길도. 흰색과 가장 가까운 색이면서도 그것이 가지는 분위기는 실로 다르다. 회색에는 흰색이 가지지 못한 무게와 어둠이 깃들어 있다. 빨래가 바람에 날리고 있고 식당 문이 활짝 열린 걸 보면 사람이 사는 곳이 분명한데, 회색빛이 주는 모호함이 주민의 삶마저 의심하게 한다. 지구상에 다시 없을 모습을 하고 있는 동굴 교회에 들르고 사씨가 한눈에 내려다보이는 전망 좋은 광장을 차례로 돌아보았다. 처음 투어를 시작한 레스토랑 앞으로 데려다주겠다는 마르코에게 신시가지 타운센터로 가자고 했다. 지나치면서 얼핏 본 타운센터 쪽엔 사람들 왕래가 있어 그나마 활기가 느껴진다. 사씨가 마테라의 중요한 상징인 건 맞지만 줄곧 생기라고는 없는 회색빛 도시를 보고 있자니 사람이 그리워진다. 요란한 포옹을 하고 마르코는 떠나갔다.

우리는 시가지를 천천히 걸어 호텔로 돌아왔다. 기념품 가게에 들러 냉장고 자석을 몇 개 사고 수예품 가게 앞에서 세심하게 뜬 원피스 구경을 하며 걸었다. 서서히 해가 진다. 저녁은 간단히 컵라면으로 때우기로 합의했다. 가방을 뒤져 컵라면을 찾는 사이, 중딩군이 바람을 쐬겠다며 밖으로 나간다. 객실 밖은 바로 골목이다. 객실에는 전자레인지도 전기 주전자도 없다. 컵라면을 먹으려면 프런트로 가서 뜨거운 물을 담아 와야 한다. 내복 위에 외투를 걸친 푸린양과 함께 방 밖으로 나선다. 객실 밖의 낮은 담에 중딩군이 서있다. 이어폰을 꽂은 채로 도시를 바라보고 있다.

"엄마, 이런 풍경은 처음이야."

중딩군 옆으로 나란히 서서 아이가 쳐다보는 풍경을 함께 바라본다. 그곳엔 낯선 도시가 있었다. 회색빛 투성이던 황량하고 건조한 낮의 도시 말고, 우유빛 가로등과 창문으로 번지는 노란 빛을 품은 은은하고 포근한 밤의 도시가. 손톱만한 달이 걸려 있는 검은 하늘 아래, 레몬빛으로 물든 고대도시가 새로 나타났다. 고단했던 낮의 삶을 단숨에 잊게 만들 온화하고 보드라운 밤의 위로가, 도무지 사람이 살 수 없을 것 같은 이곳에서 살게 만들었을지도 모른다. 한낮의 황량함과 한밤의 온화함을 모두 가진, 마테라의 풍경 앞에서 우리는 길을 멈추었다. 나지막이 감탄을 쏟아내며, 몇 번이나 하늘과 도시를 번갈아 쳐다보며, 외투 아래 내복바지를 드러낸 채로 그렇게 오래토록.

#넋놓고_입벌린_채_감탄하고픈_풍경을_원한다면 #여기_마테라로

마테라

용기가 필요한 밤,
멈추고 싶은 맛

　　　　　　우리는 용감해졌다. 운전도 거침없고 소
매치기도 물리쳤고 외로움도 극복했다. 도시의 저녁을 돌아볼 여유
와 우리 셋이 뭉쳐 있으면 두려울 게 없겠다는 자신감이 생겼다. 마테
라의 구시가지 쪽에 위치한 호텔 주변엔 슈퍼가 없다. 간식거리를 사
려면 신시가지 쪽으로 걸어 나가야 한다. 20분 거리다. 외투를 단단
히 여미고 밤의 도시 안으로 걸어가보자.

　좁은 골목을 지나고 가파른 계단을 올라 신시가지에 들어섰다. 문
명의 상징은 조명이다. 환한 상점이 길게 이어진 신시가지는, 선사시
대를 떠올리게 하는 구시가지에서 몇천 년이 지났음을 또렷하게 증
명한다. 문명의 또 다른 상징은 슈퍼마켓이다. 온갖 공산품과 농산물

이 그득히 쌓여 있는 곳, 문명인이 가장 포만감을 느끼는 공간이다. 감자칩과 콜라, 사과 몇 알을 사서 나왔다.

"우리, 피자 먹을까?"

길가 피자집을 발견하고 중딩군이 걸음을 멈춘다. 이탈리아 여행이 벌써 2주째인데, 조각피자 말고 제대로 된 동그란 피자를 여태 먹지 못했다. 피자가게 문을 열고 들어섰다.

"마르게리타 피자와 나폴리타나 피자 한 판씩, 포장해 주세요."

새하얀 박스에 담긴 피자를 흔들며 호텔로 돌아간다. 밤의 도시쯤이야 하고 자신만만했던 출발에 비해, 우리의 발걸음은 다급했다. 밤의 도시 진출은 성급한 판단이었다. 밤은 생각보다 어두웠다.

짜잔! 거침없이 피자박스를 열었다. 토마토 소스 위로 모차렐라 치즈와 바질잎이 듬성듬성 놓인 마르게리타 피자. 마르게리타 피자는 이탈리아 피자의 대표선수다. 나폴리의 한 피자가게 주인이 붉은 토마토 소스, 초록 바질, 하얀 모차렐라 치즈로 이탈리아 국기를 상징하는 피자를 만들어 사보이 왕가의 마르게리타 왕비에게 바친 것이 그 기원이다. 왕비에게 피자를 만들어 올린 그 가게는 아직도 나폴리에서 성업 중이다. 다만 '원조'라는 이름에 과하게 웃돈을 붙인 피자집이라는 평이 지배적이다. 피자의 처음은 이탈리아지만 그것의 대중화는 미국이다. 19세기 후반에 이탈리아의 경제가 나빠지고 가난이 심각해지면서 많은 이탈리아인들이 미국으로 이주했고 그 이민자들이 피자를 만들어 팔게 되면서 널리 알려지기 시작했다. 우리나라는 미국을 통해 피자를 접하게 되어 빵인 도우가 도톰하고 폭신한 피자를 먹게 되었지만 이탈리아 피자의 도우는 더 얇고 바삭거린다.

나폴리에서는 한참 떨어진 곳이지만 이탈리아 남부 피자의 명성답다. 도우는 바삭하지만 딱딱하지 않으며 토마토 소스는 촉촉하고, 치즈는 피자의 맛을 지배하지 않는다. 부스러기 한 조각 없이 피자 한 판을 남김없이 먹어치웠다.

자, 이제는 나폴리타나 피자. 깔끔하고 담백한 마르게리타 피자를 해치우고 한껏 기대감이 오른 우리는, 설레며 피자 박스를 열었다.

두둥!

"피자 위에 누워 있는 저것은 뭘까?"

"나폴리 피자 맞아?"

우리 동네엔 저렴한 즉석 피자가게가 성업 중이다. 기본 피자는 5,6천 원 선이고 도우에 치즈를 넣거나 토핑에 고구마나 불고기를 얹어도 만원을 넘지 않는다. 우리는 종종 나폴리 피자를 먹었다. 일반적인 피자 위에 단맛이 가미된 머스터드소스가 뿌려진 피자인데, 불고기며 해산물 같은 화려한 토핑 대신 소스와 도우의 맛에 집중할 수 있다. 시원한 콜라와 함께 먹으면 그만이다.

담백한 마르게리타 피자와 달콤쌉쌀한 나폴리타나 피자라면 완벽한 피자계의 조합 아니겠는가. 아니었다. 우리가 개봉한 피자박스 안에 담겨 있는 것은 나폴리타나 피자, 즉 토마토 소스와 모차렐라 치즈와 안초비가 들어간 나폴리 스타일의 피자였다. 핵심은 안초비다. 한

마테라

마디로 멸치젓갈을 올린 피자가 나폴리타나 피자인 것이다. 피자의 붉은 토마토 소스 위에 배 가른 멸치가 불그죽죽한 속살을 드러낸 채 누워 있다. 용기를 내어 손가락으로 살짝 간을 보았다. 짜다. 동네 피자가게에서 먹었던 나폴리 피자와는 천지차이지만 이 역시 나폴리 피자의 대표 선수다. 우리는 야심차게 한 조각을 베어 물었다. 중딩군은 안초비 얹힌 피자 조각을, 나는 안초비 없는 피자 조각을.

동시에 내려놓았다. 짜고 비리다. 벌컥벌컥 콜라 한 컵을 단숨에 비웠다. 여태 마르게리타 피자를 오물거리는 푸린양만 행복한 표정이다.

이빨 자국이 남겨진 나폴리타나 피자를 옆으로 치우며 생각했다.

'이 피자는 다른 사람들도 꼭 맛보게 해야겠군. 히히.'

콜라를 한 잔 더 비운 중딩군이 컵을 내려놓으며 중얼거린다.

"애들한테 이 피자는 꼭 먹어보라고 해야지. 흐흐."

우리는 점점 환상의 여행 파트너가 되어가고 있다.

호텔 프런트로 달려가 뜨거운 물을 가져왔다. 달콤한 커피를 타서 백열전구를 매단 책상에 앉는다. 카메라로 찍은 사진을 노트북으로 옮기고 며칠 밀린 영수증 정리도 꼼꼼히 한다. 매일 쓰겠다고 다짐했는데 벌써 일주일이나 밀린 여행일기를 쓰다 보니 밤이 깊었다. 포트를 들고 프런트에 달려가 뜨거운 물을 한 번 더 받아왔다. 고소한 메밀차 향 사이로 비릿한 피자 냄새가 스며든다. 뚜껑을 야무지게 덮어 구석자리로 밀어 넣었다. 너는, 안 되겠다. 피자를 사들고 온 두 시간 전이 먼 과거인 듯, 피자를 사온 그곳이 먼 미래인 듯, 문 밖의 시간마저 모호한 마테라의 밤이 흐른다.

여행에서 몇 번 있지 않은 호텔 조식을 먹는 아침이다. 아이들은 어느새 깨어 주섬주섬 옷을 입고 있다. 호텔 로비의 아치형 실내장식이 높고 아름답다. 마치 궁전 같다. 밝고 따스한 햇볕이 깊숙이 비추고 있어 하얀 석회벽이 더욱 눈부시다. 로비 안쪽에 마련된 작은 레스토랑에 아침 식사가 준비되어 있다. 바삭하고 부드러운 크루아상과 통곡물이 속속 박힌 호밀 빵이 푸짐하게 쌓여 있다. 투명한 유리병에 오렌지주스와 사과주스가 채워져 있고 성당 촛대 모양의 공예품에는 작은 잼병이 꽃송이처럼 꽂혀 있다. 어젯밤 세 번이나 뜨거운 물을 부어주던 직원이, 카푸치노를 만들어 온다. 어제 밤도 오늘 아침도 여전히 친절하다. 비현실적인 도시에서 비현실적이게 평화롭고 향기로운 식사를 즐긴다. 눈을 비비적거리며 요거트를 주르르 흘리는 푸린양이 그나마 현실적이지만, 그마저 환한 햇살을 받아 눈이 부시니 현실인 듯 꿈인 듯 알쏭달쏭하다. 자동차를 타고 도시 밖으로 나온다. 백미러로 보이는 한낮의 마테라는 어제와 다르지 않다. 마테라가 멀어진다. 과거와 미래를 거침없이 여행한 그곳은, 현실이었겠지.

#아들과_마음이_모아지는_순간_'나폴리타나피자_추천하자_꼭'
#딸과_마음이_모아지는_순간_'조식_한접시_더먹자_어서'

베테랑 여행자에겐
'촉'이라는 게 있지

        살레르노에서 렌터카를 반납했다. 먼지를 뒤집어 쓴 차는 열흘 만에 제 집으로 돌아갔다. 홀가분하다.

마음의 짐을 덜어낸 대신 몸이 무거워졌다. 크고 무거운 캐리어 두 개와 작고 빵빵하게 채워진 가방 세 개가 우리 품으로 돌아왔다. 이탈리아 남부의 중심도시인 살레르노는 고속열차가 멈출 뿐더러 이탈리아 전 지역으로 이동하는 교통망이 잘 갖추어져 있다. 포지타노는 버스와 페리를 이용해 이동할 수 있다. 가장 편하고 빠르게 이동하려면 페리를 타면 되지만, 안타깝게도 겨울에는 운행하지 않는다. 포지타노까지는 이웃 도시 아말피에서 내려 포지타노 행 버스로 갈아타야 한다. 직행버스는 없다.

살레르노 역 앞 버스정류장은 기차를 타려는 사람들, 배웅하는 사람들, 시내버스를 기다리는 사람들, 시외버스를 기다리는 사람들로 무척 복잡하다. 그 많은 사람들 중 동양인은 딱 우리 셋뿐이다. 환한 대낮이래도, 아무도 우리를 힐끗거리지 않는대도 불현듯 우리가 이방인이라는 생각이 드는 순간이 있다. 번화하고 화려한 곳일수록, 사람이 많은 곳일수록 그런 순간은 더 자주 찾아온다.

그때,

우리는 피렌체에서 숙소로 돌아가는 버스를 기다리고 있었다. 도시에는 이미 어둠이 내렸고 도시 외곽으로 나가는 버스를 기다리던 그곳엔 단 한 명의 동양인도 없었다. 동양인은커녕 여행자조차 없었다. 피곤함을 잊을 만큼 겁이 났다. 잔뜩 긴장한 채 버스에 올랐다.

"걱정 마, 버스 잘 탔으니까 금방 도착할 거야."

버스에는 한국인 아주머니 한 분이 타고 있었다. 휴대폰 건너 누군가와 우리말로 통화를 하고 있었다. 우리에게 말을 건넨 것도, 눈인사를 나눈 것도 아니지만 설명할 수 없는 든든함이 자라났다. 마음이 놓였다. 생면부지 한국 아주머니 덕분에 버스 안이, 늦은 저녁 남의 도시가 훈훈해졌다. 아주머니는 모르시겠지만.

그때,

우리는 베네치아에서 피렌체로 가는 중이었다. 평일 오전 기차는 한산했다. 중딩군은 이어폰을, 푸린양은 주차놀이 장난감을 테이블에 잔뜩 늘어놓고 있을 때였다. 낯빛이 안 좋은 동양여성이 다가왔다.

"한국분이세요? 혹시 진통제 있으세요?"

그녀는 한국여행자였다. 아침부터 시작된 생리통이 극심해져서 견디기 어려울 정도라며 도움을 청했다. 지체 없이 가방을 열었다.

"이건 일반 진통제구요. 이건 강력 진통제에요. 강력 진통제는 효과가 빠르고 센 대신 어지럽기도 하고 그런가 봐요. 저는 아직 안 먹어봐서 정확히는 모르겠어요. 먼저 일반 진통제를 먹고 견디다 정 힘들면 센 걸 먹도록 해요."

동네 약국 약사님의 말을 그대로 옮겼다. 절반쯤 남은 물도 함께 건넸다. 몸이 아파서 힘들었던 그녀는 우리가 기차에 오르자마자 너무 반가워서 이제 살았구나, 하는 생각이 저절로 들었단다. 목적지까지 가는 동안 푹 자면서 가라고, 오늘 하루는 숙소에서 아무것도 하지 말고 쉬라고, 긴 잔소리를 늘어놓았다. 피렌체에 도착해 내릴 즈음 그녀는 잠들어 있었다. 에고, 건강하게 여행해요. 자꾸 마음이 쓰인다.

그때,

우리도 베네치아를 헤매는 중이었다. 3유로씩이나 주고 지도를 샀는데 지도만 가지고는 당최 길을 찾을 수가 없었다. 결국 꼬깃꼬깃 접어서 가방 속에 쑤셔 넣어버렸다. 두리번거리는 우리 앞으로 한국 아줌마가 고개를 디밀었다.

"한국분이시죠? 이 지도는 어떻게 보는 거래요?"

방금 전에 폐기처분한 그 지도를 내밀었다.

"저희도 보기가 어려워서 지도 없이 다니고 있어요."

"그렇죠? 나만 보기 어려운 거 아니죠? 근데 꼭 지도가 문제는 아닌 것 같아요. 골목이 이렇게나 많고 좁은데 그걸 어떻게 지도에 다 담을 수가 있겠어요?"

오랜만에 말 통하는 한국 성인 여성을 만난 우리는, 서로를 응원하며 몹시 밝은 얼굴로 헤어졌다. 진짜 문제는 지도가 아니었는지도 모른다. 결핍된 수다였을 수도.

한때는 한국 여행자가 가지 않는 곳, 덜 알려진 곳을 여행하는 것이 진짜 여행자의 모양새라 생각했던 적도 있다. 하지만 아니었다. 타지에서 모국어로 이야기를 나눌 수 있는 누군가를 만난다는 것, 그들과 같은 공간에 있다는 것, 그것만으로도 마음이 데워지고 든든해진다는 걸 모르는 바보들의 생각이다. 낯선 나라의 도로를 달리는 산타페만 봐도 내 나라 생각이 뭉클 올라오는, 그런 하루를 지내본 나는 어디에서라도 한국인 여행자가 좋다.

오르비에토에서 마테라까지 여행하는 열흘 동안 우리는 단 한 명의 한국인 여행자도 만나지 못했다. 이탈리아 속으로 깊이 스며들수록 이방인인 우리는 더욱 또렷하게 구별되었다. 그럴 때, 내장된 베테랑 여행자의 촉이 발동된다. 살레르노 기차역 앞의 노인이 수상하다. 60대 중반쯤의 체구가 작은 노인은 버스를 기다리는 우리 앞으로 성큼성큼 걸어왔다. 알아들을 수 없는 이탈리아어를 쏟아내며 빈 손바닥을 내밀었다. 친절한 나는, 저는 이탈리아어를 몰라요, 라고 영어로 상냥하게 대답했다. 대체로 친절한 편이지만 외국에선 더욱 친절해지는 경향이 나에겐 있다. 노인은 떨떠름한 표정을 지으며 돌아섰다. 그리고 5분 후, 같은 자리에서 여전히 버스를 기다리고 있는 우리 앞에 다시 나타났다. 두 번째 마주한 할아버지는, 치아가 절반쯤 빠져 있었고 밤색 점퍼는 더러웠다. 여전히 알 수 없는 이탈리아어를 하며 빈 손바닥을 또다시 내밀었다. 이번에는 간단하고 단호하게 노우, 했다. 얼마 지나지 않아 노인이 우리에게 또다시 걸어오는 걸 보았다. 이 자리에서 세 번째다. 노인의 구걸은 집요하고 치사했다. 노인은 아무에게나 손을 내밀지 않았다. 막 도착한 여행자, 외국인, 쉬워 보이는 구성원. 우리는 삼박자가 딱 들어맞는 완벽한 목표물이었다. 목표물 선정 기준을 알아챈 나는 눈에 힘을 실었다. 나를 만만하게 봤다 이거지? 썩은 치아를 내보이며 빈 손바닥을 한 번 더 들이민다면 그땐 어째야 할까? 벨기에 브뤼셀에서 발견한, 싸움닭 기질이 충만한 '또 다른 나'의 본능이 슬슬 올라오기 시작한다(여행에세이 《열세 살 아이와 함께, 유럽》의 〈또 다른 나〉 편을 참조하면 본능의 실체를 확인할 수 있다).

내가 나서지 않아도 되었다. 굳이. 우리에게 다가오는 노인을 한 아주머니가 막아섰다. 덩치 큰 이탈리아 아주머니가 덩치만큼이나 커다란 소리로 노인을 향해 고함을 쳤다.

"(먼 데를 손가락으로 가리키며) 이 노인네, 딴 데로 가버려!"

포지타노

할아버지도 물러서지 않는다.

"(아줌마 얼굴에 삿대질을 하며) 여기가 네 땅이냐?"

싸움의 해독은 문장이 아니라 뉘앙스가 포인트다. 누구라도 다 들릴 만한 소란이었다. 모두들 현장을 구경하고 있는 사이 아말피 행 버스가 도착했다. 사람들의 관심이 막 도착한 버스로 옮겨가자 노인과 아줌마의 다툼은 흐지부지 마무리되었다. 노인은 다시 구걸을 시작했다. 상대는 이제 막 도착한 여행자였다.

살레르노에서 포지타노 가는 길은 이탈리아에서 가장 아름다운 해

안도로로 손꼽힌다. 구불구불한 산허리를 깎아 만든 도로 아래로 푸른 지중해가 넘실거린다. 버스가 달리는 동안 창에 바짝 붙어 예쁘다, 멋지다를 백만 번쯤 중얼거렸다. 버스가 아말피 버스정류장에 멈춰 선다. 매표소로 달려가 이번엔 포지타노 행 버스표를 샀다. 가파른 언덕에 지중해를 내려다보며 모여 있는 마을 풍경이, 방금 지나온 해안도로 풍경만큼이나 예쁘다. 해안마을 풍경에 감탄하는 사이 포지타노 행 버스가 도착했다.

이젠 긴장해야 한다. 포지타노까지 운행하는 버스는 우리식 완행 시외버스인 셈이다. 자주 멈춘다. 그러니 우리가 내려야 할 곳을 잘

포지타노

기억하고 있다가 잽싸게 내려야 한다. 트렁크가 버스 안에서 굴러갈까 신경 쓰느라, 정차 안내문을 노려보느라, 바깥 풍경에 눈길을 줄 여력이 없다. 버스에는 여행자들이 많다. 해수욕하기는 어려운 겨울이지만, 한가하고 여유로운 겨울 나름의 풍광을 즐기려는 이들의 방문은 여전하다. 서양인들 사이에서 이방인이라는 생각에 줄곧 외롭다고 느끼고 있었는데 버스 중간에 동양인 커플이 있다. 제아무리 포근한 남부라 해도 명색이 겨울인데 그들은 바다에 뛰어들기 딱 좋은 옷차림이다. 저들은 포지타노에서 내리겠구나. 이건 베테랑 여행자만의 촉이다. 저들을 주시하고 있다가 따라 내리면 되겠다. 산 옆구리를 낀 구불구불한 도로를 버스는 잘도 달린다. 왕복 2차선 도로이니 앞차가 느리다 싶으면 버스 기사는 지체 없이 중앙선을 넘어 앞지르기를 하는데 지켜보고 있자니 손에 땀이 밴다.

여행자들이 슬슬 움직인다. 여름이면 음악회가 열리는 라벨로를 지났다. 라벨로는 포지타노와 가까운 이웃도시다. 이제 내릴 준비를 해야겠다. 배낭을 메고 캐리어 손잡이를 찾아 쥐었다. 이번에 멈추는 정류장은 포지타노다. 앗, 다음에 서는 정류장도 포지타노다. 하! 이것까지는 몰랐는데, 어디에서 내려야 하지? 따라 내리려고 했던 동양인 커플은 내릴 기미가 없다. 여행자의 촉에 따르면 그들이 여기서 내리는 게 맞는데….

버스 복도에 서서 창밖을 분주히 살폈다.

"포지타노에는 정류장이 두 곳이 있는데요. 여기가 포지타노 초입이고요 다음은 포지타노 끝이래요. 다음 정류장은 언덕 꼭대기에 있는 거라 바다까지 내려오려면 진짜 힘들 거래요. 가이드북에서 읽었어요. 저희는 여기서 내릴 건데 당신도 여기서 내리는 게 좋을 거예요."

부드러운 액센트의 영어를 하는 미국아줌마 여행자였다. 아줌마답지 않은 정확한 정보력이 놀라웠다. 이 정도 철저하게 준비를 한 아줌마라면 믿어도 좋을 거야, 이번엔 진짜 촉이 왔어! 아이가 들고 있는 짐까지 선뜻 들어주는 호의도 고마웠다. 우리는 여기서 내리는 걸로 결정했다.

자매로 보이는 중년의 두 아줌마와 10대 딸과 함께 여행하는 그녀들을 따라 내렸다. 내리자마자 우리 눈에 들어온 것은 엽서에서 보던 바로 그 풍경, 파스텔 톤의 예쁜 집들이 산허리를 빼곡히 채우며 바다를 내려다보는 그 풍경이다.

제대로 왔나보다. 역시 여행자 심정은 여행자가 알고 아줌마 사정은 아줌마가 알아준다고, 어쩌면 이렇게 딱 도움을 주냐. 자, 이제 구글맵을 켜고 숙소를 찾아가보자.

결말은 이렇다. 우리의 숙소는 언덕 꼭대기에 있었다. 두 번째 정류장에서 내렸어야 하는 것이다. 트렁크를 끌고 바다까지 내려오는 건 힘들 거라는 미국 아줌마의 말은 맞았다. 하지만 그 반대의 경우엔 두 배로 힘들 거라는 계산은 어째서 못했을까. 우리는 딱, 그 반대의 경우였다. 구렁이처럼 구불거리는 경사 30도짜리 오르막길을 트렁크를 끌고 오르자니 이대로 집으로 가고 싶었다. 죽어도 이 길이 끝날 것 같지 않았다. 꾀를 내어 계단을 이용해 가로질러 가기로 했다. 계단은 200개가 넘었다. 입에서 단내가 풀풀 풍길 때쯤 호텔 정문에 도착했다.

우리를 맞아주는 사장님한테, 계단이 많아서 죽을 뻔했다고 숨을 헐떡거렸다. 사장님이 고개를 갸웃하며 대답한다.

"우리 호텔은 버스 정류장에서 3분 거리예요. 이렇게 좋은 위치는 흔하지 않아요."

여행자끼리의, 아줌마끼리의 동병상련, 여행길에서 큰 위로가 된다. 하지만 오늘, 미국아줌마는 오지랖을 버리고 한국아줌마는 베테랑 여행자의 촉 어쩌고를 버렸어야 했다. 동병상련인데, 나만 망했다! 베테랑 여행자의 촉이라는 것이 있었다면, 오늘의 '망'을 진즉에 알아챘어야 했다!

#알아요_미국아줌마_잘못_없다는_거 #그래도_억울해서

포지타노 풍경 속으로,
느슨하게

 단내 나는 등반을 마치고 들어선 숙소는 음, 깨끗했다. 철제 침대가 아니었으면 더 따스하려나, 나무 바닥이었다면 더 아늑하려나, 바다가 보이는 전망이었다면 더 예뻤으려나. 포지타노에서 며칠을 머물러야 할지 고민이 깊었다. 바쁜 여행자들은 로마에서 투어버스를 타고 와 한두 시간 사진을 찍다 돌아갔고 느긋한 여행자들은 기약없이 머물렀다. 짧으면 강렬하게, 길면 애틋하게 마음에 남는 곳이라 했다. 보기 두 개를 남겨두고 고뇌하는 수험생이 된 심정이었다.

고민이 길어진 탓에, 출발을 목전에 두고 숙소를 예약했다. 두 가지 문제가 있었다. 좋은 숙소는 모두 예약이 끝났다는 것과 더 좋은 숙소는 겨울 동안 문을 닫는다는 것이다. 몇 되지 않은 숙소 리스트를 모니터에 띄워놓고 사진과 후기를 샅샅이 살펴보았다. 눈알이 시큰해질 때쯤 사흘 머물 호텔을 정했다.

호텔의 실물은 우리 집 컴퓨터 모니터에서 보던 것과 똑같다. 침대가 하얀 철제 프레임인 것도, 나무 바닥이 아닌 것도, 바다 대신 앞산이 보이는 전망도 같다. 그런데도 나는 생각보다 크고 무겁게 실망했다. 지난했던 호텔까지의 여정에 더 후한 보상을 바랐던 모양이다. 비수기가 아니었으면 두 배 금액을 지불해야 묵을 수 있는 호텔이라는 걸 상기하자. 상기해야 한다.

서쪽 포지타노Positano에서 동쪽 비에트리 술 마레Vietri sul Mare에 이르는 해안, 아말피 코스트는 1997년 세계문화유산으로 지정되었다. 뛰어난 지중해 풍경이 가진 자연경관으로서의 가치와 함께 척박한 지형을 삶의 터전으로 가꾼 문화적 가치를 인정받았다. 부자들의 휴양도시로 이름 높은 아말피, 음악의 도시로 알려진 라벨로도 아말피 코스트에 속한 도시다.

그 중 아말피 코스트의 진주라 불리며 사랑받는 도시는 역시 포지타노다. 깎아지른 절벽에 자리 잡은 파스텔 색의 집들과 그 아래로 펼쳐진 맑고 푸른 지중해가 어우러져 수채화 같은 풍경을 뽐내는 이탈리아 남부의 예쁜 해안 도시.

햇살 쨍한 여름날의 포지타노는 알록달록한 파라솔과 화사한 수영복과 푸른 바다가 화려하지만, 햇살 순한 겨울날의 포지타노는 파라솔이 사라진 해변과 검은 자갈돌과 푸른 바다가 차분하다. 왁자한 수다로 소란스러운 여름에 비해 성실하게 들려주는 파도 소리를 온전히 다 담을 수 있다. 헐떡이며 올라갔던 길을 되짚어 내려와 해변에 섰다. 파도는 순하고 해변은 조용하고 햇살은 친절하다. 베네치아의 바다가 바쁘고 분주한 도시의 바다라면 포지타노의 바다는 수식어가 필요 없다. 작고 부드러운 조약돌이 가득한, 하얀 포말을 업은 파도가 규칙적으로 밀려드는 천연의 바다. 아무것도 하지 않고 우리는 일단 입을 크게 벌려 숨을 들이마셨다. 뱃속 깊은 곳까지 지중해의 맑은 공기와 따뜻한 햇살이 스며들게. 대충대충 심호흡을 끝낸 푸린양이 파도를 밟으러 달려가고 우리는 자갈 위에 주저앉았다. 중딩군이 이어폰을 꺼내 귀에 꽂는다. 같이 들을까, 묻는다. 고개를 저었다. 지금은 그냥 '멍' 할래.

포지타노 해변은 나들이 나온 젊은 이탈리아 부부의 어린 아들과 푸린양 독차지다. 파도를 밟았다 놓쳤다 하며 뛰어다니는 사이, 중딩군은 해변가에 드러누웠다. 내일은 책을 들고 나와야겠다.

저녁식사를 할 만한 식당이 없다. 겨울 포지타노의 레스토랑은 대부분 문을 닫아걸었다. 문을 연 레스토랑도 점심 한나절 장사가 끝나면 미련없이 'CLOSED' 팻말을 내걸었다. 식당을 찾아 걷다보니 동네 슈퍼에 다다랐다. 슈퍼에는 물건이 많지 않았다. 과일 진열장은 텅 비어 있고 마른 파스타만 가득하다. 주인 내외가 직접 만들어 파는 음식

포지타노

중 맛있어 보이는 몇 가지를 골라 담았다. 네모난 은박 도시락에 담긴 치킨 요리가 호텔에 도착할 때까지도 따끈하다. 깍두기 모양으로 잘린 감자들이 넓적한 닭다리 하나를 호위병처럼 에워싸고 있다. 버터를 바르고 소금과 후추를 뿌려 구운 닭다리는 노릇하고 기름지다. 겉껍질은 바삭하고 속살은 촉촉하다. 한 입 크기의 감자는 버터향과 로즈마리향이 엉기듯 어울려 고소하면서도 향긋하다. 닭다리를 통째로 든 푸린양의 입가가 기름으로 번들거린다. 톡톡거리며 터져 오르는 콜라의 기포처럼, 어두워진 창 너머에선 톡톡 비가 떨어진다.

　다음 날, 우리는 다시 해변에 나갔다. 기념품 가게에서 엽서와 이 동네의 특산품인 레몬 비누를 샀다. 어제처럼 해변에 주저앉아 중딩군은 이어폰을 귀에 꽂았고 나는 또 '멍' 했다. 책을 들고 올까 생각했지만 머리도 눈도 모두 쉬기로 했다. 푸린양은 또다시 파도를 쫓아다니며 깔깔거렸고 아무 데나 주저앉아 해변의 돌멩이를 주워 담았다. 돌멩이에 그럴 듯한 이름을 붙여주고 바다 멀리 던져 넣었다. 그리고 아까 산 기념엽서에 글을 썼다. 아빠에게 한 장, 사촌동생에게 한 장. 나는 그 옆에서 한 시간에 파도는 몇 번이나 들어오는지, 저 여행자는 해변에 몇 분이나 머무는지 쓸데없는 숫자를 헤아렸다. 푸른 바닷물과 하얀 파도를 초점 없는 눈으로 바라보면서. 아무것도 한 게 없는데 시간은 잘도 흘렀다. 해가 뉘엿뉘엿 바다 뒤로 넘어가고 또 배가 고팠다. 또 닭고기를 사왔다. 닭고기는 어제와 같았다. 같은 양, 같은 색, 같은 맛. 푸린양의 입가도 어제처럼 번들거린다.

포지타노

호텔 테라스 너머로 내다보이는 주렁주렁 매달린 샛노란 레몬향으로 이 도시를 기억하면 상큼할 텐데, 우리는 닭고기 맛으로 기억하게 될 것 같다. 고소하고 기름진 도시로. 이런 식의 기억을, 이 도시는 싫어하려나.

　포지타노에서의 사흘, 우리는 무얼 했더라. 경사로를 내려가 해변에 앉아 멍하니 바다를 바라보다가 골목 사이 계단을 올라와 동네 슈퍼에서 구운 닭고기를 사먹었다. 계단을 내려가 해변에 앉아 촌스러운 기념엽서를 채우고 경사로를 올라와 동네 슈퍼에서 구운 닭고기를 또 사먹었다. 사흘 동안 우리는, 바다에 앉아 멍했고 호텔에 돌아와 먹었다. 그것만 했나 보다. 세상에서 가장 아름다운 4대 해안이라는 명성으로도, 죽기 전에 가보아야 할 1위 마을이라는 극찬으로도 포지타노는 이미 충분하지만 한 가지만 보탠다면, '쉼'에 가장 어울리는 마을이라 소개하고 싶다. 머리를 텅 비운 채 위장을 가득 채우는 '쉼'의 여행을 원한다면 이곳이 마땅하다.

　'장고 끝에 악수'라고 했던가. 긴 고민 끝에 고른 숙소는 사실 처음부터 실패였다. 빠듯한 예산에만 집중하지 말았어야 했다. 이렇게 예쁜 바다를 가진 마을에서라면 바다가 내다보이는 숙소에 묵었어야 했다. 고개를 들면 맑고 푸른 바다가 보이는 테라스에 앉아 차를 마시고, 석양에 물든 붉은 바다를 바라보며 글을 쓰고, 별이 빛나는 어두운 바다를 쳐다보며 음악을 들었어야 한다. 그것까지 좋았다면 포지타노의 사흘은 '휴가'라는 그림에 완벽했을 텐데. 바다에 앉아 하염없이 멍하고, 호텔에 돌아와 배불리 먹고, 테라스에 앉아 바다를 내다보기, 바다에서 시작해 바다로 마무리하는 휴가지의 완벽한 하루가 완성되었을 텐데. 아, 이제야 알겠다. 아이들에게 여행의 완성은 물놀이였는데, 내게도 여행의 완성은 바다였다.

깨달음.

20kg짜리 짐, 그것은 사람을 바꾼다. 이 사람이 없으면 못 살 것 같았는데 지금은 이 인간 때문에 못 살겠다는, 삶의 한(恨)이 녹아든 문장에서 '이 인간'과 '짐가방'을 바꾼 들 어색할 게 없었다. 짐가방 때문에 못살겠다! 헌데 짐가방 없는 홀가분한 몸으로 마주한 포지타노의 구불거리는 길은 경사 깊은 길을 완만하게 다듬기 위한 배려였다. 200개가 넘는 계단은 여행자로 붐비는 메인도로를 통하지 않고도 이동할 수 있게 한, 마음 바쁜 주민들을 위한 지름길이었다. 끝없는 경사로와 인정머리 없는 계단은 그대로인데, '끝없는'과 '인정머리 없는'이 슬그머니 사라졌다. 몸의 여유가 마음의 아량을 만들어낸다. 그래서 필요한가 보다, 여행이.

#포지타노에서_우린_무얼_했을까 #그건_아마_충전인_듯

친절한 그들이
사라졌다

 기차가 심상치 않다. 소렌토 역을 출발하고 얼마 지나지 않아 기차가 느려졌다. 움직임을 느끼지 못할 만큼 점점 더 느려지더니 다음 역에서 아예 멈추었다. 승객들이 창밖으로 고개를 내밀어 두리번거리는 걸 보면 일상적인 일은 아닌 듯하다. 기차가 출발하지 않는 것에 대한 안내방송은 전혀 없다. 10분여를 역에 머물더니 조금씩 움직였다. 아기가 걸음마하듯 기차는 느렸다. 그 다음 역에 10분 만에 도착했다. 소렌토에서 나폴리까지 기차로 한 시간이면 도착한다는 데 심상치 않다. 이 기차는 이탈리아 남부지역을 운행하는 지방 열차인 사철이다. 우리식으로 보자면 완행열차인 셈이다. 기차는 낡았고 서는 역은 많았다. 이제 겨우 두 개의 역을 지나왔는데 30분이 지났다. 앞으로 멈춰 설 역이 11개나 남았는데, 이런 식이라면 도대체 나폴리 역에는 언제쯤 도착할 수 있을까?

짜증 하나.

포지타노에서 버스를 타고 소렌토 역에 도착하는 시간, 소렌토 역에서 기차를 타고 나폴리 역에 도착하는 시간을 계산해서 나폴리 숙소의 주인장에게 메시지를 보냈다. 숙소 주인장이 나폴리 역에 마중 나오겠다는 답장을 보내왔다. 우리는 이동시간, 대기시간을 따져 여유 있게 출발했는데 마음 놓고 있던 기차가 말썽이다. 그래, 교통수단이라는 것은 언제나 문제가 발생할 수 있으니 그건 십분 이해한다 치자. 그렇다면 무슨 문제인지는 알려줘야 하는 게 옳지 않을까? 다음 조치를 취할 수 있도록 말이다. 예약 사이트에 접속해 나폴리 숙소 주인장에게 메시지를 남겼다.

'소렌토에서 출발한 기차에 문제가 생겼어요. 약속시간보다 늦어질 것 같습니다.'

인터넷 연결이 불안정한 모양이다. 처리 중이라는 동그라미가 한없이 뱅글뱅글 돌더니 갑자기 멈췄다. 이번에는 문자 메시지를 보냈다. 전송 버튼을 누르고 나니 뒤이어 메시지가 도착했다.

'문자 메시지를 이용할 수 없는 번호입니다.'

뭐라는 거냐? 레체에서 데이터와 문자 메시지를 이용할 수 있는 심 카드를 사서 끼우고 단 한통의 메시지도 보낸 적이 없는데, 사용할 수

나폴리

없다고? 문자 메시지를 한 번 더 보냈지만 답장은 여전히 이탈리아 통신사에서 보낸 거절뿐이다.

기차는 세 번째 역을 지나면서부터 서서히 속도를 되찾았지만 지금 속도로 달린다 해도 약속시간엔 늦겠다. 인터넷 메시지라도 전송되기를 바라면서 줄곧 연결을 시도했다. 우리는 합격통지를 기다리는 수험생처럼 휴대폰 화면을 들여다보며 '저장되었습니다'라는 메시지를 애타게 기다렸다. 그러는 동안 일품이라는 이탈리아 남부의 철길 풍경이 다 지나가 버렸다. 고장 난 기차도, 이래저래 설명 한 마디 없는 기차 승무원도, 긴박한 순간에 도통 연결이 안 되는 인터넷도, 납득하기 어려운 문자 메시지 서비스도, 모두 짜증이다. 기약 없이 기다리고 있을 주인장을 생각하니 마음이 급해진다.

짜증 둘.

한 역에서 아이들이 우르르 기차에 탔다. 하교시간인 모양이다. 패션의 나라, 옷 잘 입는 나라로 손꼽히는 이탈리아도 중학생은 별 수 없다. 촌스러움과 날라리스러움을 골고루 갖춘 이 아이들이, 지금 우리 짜증을 돋우고 있다. 삼삼오오 무리지어 기차에 서있는 아이들 중 한 무리가 계속해서 거슬리는 눈빛을 보내고 있다. 아이들 서넛이 기차에 오르면서부터 쭉 우리를 쳐다보며 히죽거리기 시작했다. 한 아이가 우리를 쳐다보고 나서 입을 가리고 웃고, 그 다음 아이가 쳐다보고 나서 역시 입을 가리고 웃는다. 자기네끼리 머리를 맞대고 낄낄거

린다. 입을 벌리고 잠들어 있는 푸린양의 모습을 따라하며 다시 낄낄
거린다. 불쾌감이 들어 그 아이들에게서 눈을 떼지 않고 있다. 어쩌다
나와 눈이 마주치면 다급히 고개를 돌렸다가 이내 다른 아이가 슬그
머니 쳐다본다. 입을 가리고 자기네끼리 속닥거린다. 설령 그 아이들
이 우리에게 호기심이 생겨서 관심을 보이는 것이라고 해도 이건 예의
가 아니다.

나는 그 아이들을 끝까지 노려보았고 아이들은 내 눈치를 살펴가
며 여전히 키득거리고 있다.

그래도 지금은, 얼마 전 피렌체의 버스 안보다는 나은 편이다. 적어
도 해가 지지는 않았으니까. 7시가 넘은 저녁이었다. 인색한 겨울해
가 지고 난 후라 한밤중처럼 어두웠다. 한 정류장에서 10대 남자아이
들 세 명이 버스에 올랐다. 버스는 한산했고 조용했다. 건너편 좌석에
앉은 세 아이 중 둘이 유난히 자주 우리를 쳐다보면서 무슨 말인가를
했다. 그리고 셋이서 숨이 넘어가게 웃어댔다. 목소리를 낮추지도 않
았고 입을 가리지도 않았다. 우리를 힐끔거리는 것도 아니었다. 대놓
고 쳐다보며 계속 웃어댔다. 중딩군도 이미 분위기를 느끼고 있었다.
우리는 몹시 기분이 상하고 불쾌했지만 어쩌지 못했다. 어둠은 깊어
가고 이곳은 낯선 곳이고 여기엔 우리뿐이니까.

하지만 지금은 다르다. 창틀에 앉은 먼지 한 톨도 선명할 만큼 밝은
대낮이고, 동양인은 우리뿐이지만 적어도 예의를 아는 이탈리아 어
른들이 있고, 나와 중딩군은 저것들만큼 키가 크니까. 한 번만 더 자

나폴리

는 푸린양 흉내를 내며 웃는다든가, 우리를 손가락으로 가리킨다면 참지 않을 것이다. 피렌체 버스에서 만난 아이들에게 못한 속풀이까지 보태서 배로 갚아줄 것이다. 더욱 눈을 부라렸다.

아이들이 다음 역에서 내린다. 너희들, 운 좋았다!

짜증 셋.

이건 눈을 부라려서는 안 된다. 아니 눈을 마주쳐서도 안 된다. 예의 없는 아이들을 노려보고 있을 때 건너 자리에 앉은 중딩군이 바라보는 방향에는 미친 남자가 있었다. 세 글자로 줄여 말하고 싶지만 품위를 지키겠다. 그는 출입문을 바라보고 선 채로 떠들어댔다. 어깨를 들썩거리며 중얼거리고 손으로 어딘가를 가리키며 소리쳤다. 출입문을 향한 연설이 끝나자 이번엔 기차 안을 향해 돌아서서 떠들어댔다. 주머니에 손을 꽂은 채 제자리걸음을 하며 연신 말을 해댔다. 초점 없는 흐릿한 눈이, 한눈에 보기에도 정상인은 아니다. 이탈리아 아줌마가 시끄럽다고 얘기하자 아줌마 옆으로 다가가 말 폭탄을 퍼부었다. 아줌마는 더 큰 목소리로 남자를 쫓아버렸다.

중딩군이 바라보는 방향에 그 남자가 있다는 사실에, 불쑥 겁이 났다.

"중딩, 저 남자 이상한 것 같으니까 쳐다보지 마! 근데 저 남자가 우리 쪽으로 올 수도 있으니까, 이쪽으로 오는지는 잘 살펴보고! 그러니까 눈을 마주치지 말고 슬쩍슬쩍 눈치만 봐! 알았지?"

나폴리

그렇게 우리는 나폴리로 향했다. 샛노란 레몬이 주렁주렁 열린 레몬농장을 무심하게 흘려보내며 나는 건너편의 무례한 아이들을, 중딩군은 건너편의 시끄러운 미친 남자를 독한 눈으로 지켜보았다.

한 시간 걸린다던 기차는 두 시간 만에 우리를 나폴리 역에 내려놓았다. 약속시간은 이미 한 시간이나 지나버렸다. 그사이 몇 번이나 인터넷 연결을 시도했지만 헛수고였다. 아이들과 뛰다시피 걸어 나폴리 역을 나왔다. 비가 온다. 비를 피해 찾아든 노숙자들이 역 앞에 진을 치고 있다. 우산을 꺼낼 여유도 없이, 우리를 기다리고 있을 주인장을 찾아 두리번거렸다.

"미시즈 킴!"

주인장이 우리를 먼저 찾아냈다.

"기차에 문제가 생겨서 이렇게 늦었어요. 연락하려고 했는데 인터넷도 안 되고 문자 메시지도 보낼 수가 없었어요. 미안해요."

숨도 쉬지 않고 단숨에 사과했다.

"당신들은 안전하고, 무사히 도착했어요. 그것이면 충분하죠. 웰 컴 투 나폴리!"

눈만 마주쳐도 인사를 건네고 스치기만 해도 '익스큐즈 미'를 하던 그들, 친절하게 길을 가르쳐주고 상냥하게 도움을 주던 천사 같은 그들이 몽땅 사라졌다. 말썽부린 기차, 설명 없는 승무원, 무례한 아이들, 미친 남자. 나폴리 행 기차에 가득했던 불친절함만 남았다. 하지만 친절한 그들이 몽땅 사라진 건 아니었다. 빗속에서 한 시간을 기다리고도 우리의 안위를 먼저 걱정하며 밝은 웃음으로 환영해주는 나폴리 주인장, 적어도 한 명은 남아 있었다. 슬림한 겨울 재킷이 멋져서가 아니다, 저음의 목소리가 매력적이어서가 아니다, 푸른 눈동자가 근사해서도 아니다, 친절하고 다정하니까! 그것뿐이다.

(그것뿐이 아니라면 곤란하다. 그는 50대 독신남이고 나는 아이 둘 딸린 '세뇨라'이니까)

#여행에서_가장_견디기_힘든_것 #더러운_숙소_아니고_무례한_사람들
#몸매로_국위선양도_이태리_독신남과_로맨스도_다음_생에

견딘다는 건
이런 거야

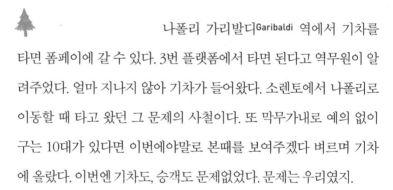

나폴리 가리발디Garibaldi 역에서 기차를 타면 폼페이에 갈 수 있다. 3번 플랫폼에서 타면 된다고 역무원이 알려주었다. 얼마 지나지 않아 기차가 들어왔다. 소렌토에서 나폴리로 이동할 때 타고 왔던 그 문제의 사철이다. 또 막무가내로 예의 없이 구는 10대가 있다면 이번에야말로 본때를 보여주겠다 벼르며 기차에 올랐다. 이번엔 기차도, 승객도 문제없었다. 문제는 우리였지.

목적지인 폼페이 유적지Pompei Scavi가 바로 다음 역이다. 내릴 준비를 하고 출입문 앞에 섰는데 기차는 예상치 못한 역에 멈췄다. 파란색 라인을 타고 가다 폼페이 유적지 역에 내려야 하는 우리에게, 느닷없이 나타난 낯선 역은 초록색 라인에 있는 역이다. 뭔가 잘못됐다. 일

나폴리

단 기차에서 내렸다. 문제는 나폴리 가리발디 역의 3번 플랫폼이었다. 그곳엔 소렌토로 가는 파란색 라인과 포지오마리노로 가는 초록색 라인이 동시에 섰다. 그 사실을 전혀 몰랐던 우리는 소렌토 행을 타야 하는데, 먼저 도착한 포지오마리노 행을 타고 말았다. 역무원이 툭 던진 '3번 플랫폼,' 그것만을 믿고서.

우리가 황급히 내린 곳은 보스코트레카세 역이다. 그곳은 파란색과 초록색 라인이 갈라지고 나서 정차하는 첫 번째 역이었다. 토레 안눈치아타 역에서, 파란색 라인은 폼페이 유적지 역으로 가고 초록색 라인은 보스코트레카세 역으로 향하는 것이다. 도대체 그곳에 이를 때까지 눈치 채지 못했느냐 물으면 할 말이 있다. 파란색과 초록색 라인은 무려 19개의 같은 역을 지나간다. 마음을 푹 놓고 있었고 한 치의 의심도 하지 않았다. 원망은 미루고 일단 사태를 해결하자.

역 창구로 올라갔다. 그곳엔 두 명의 동지가 있었다. 폼페이 유적지로 가려다 우리처럼 엉뚱한 역에 내리고 만 여행자 커플이. 그들이 먼저 역무원에게 자초지종을 설명하고 방법을 물었다. 역무원은 무관심하게 대답했다.

"기차를 타고 돌아가거나 걸어가세요."

"걸어가라고요? 폼페이 유적지까지 걸어갈 수 있어요?"

"거기까진 힘들고요. 한 번에 가는 기차를 탈 수 있는 토레 안눈치아타 역까지는 걸어갈 만한 거리에요."

우리는 잠잠히 듣고 있었다. 역무원이 팔을 휘휘 저어 방향을 알려 주었다. 동지 커플이 역을 나섰다. 우리도 뒤따라 역을 나섰다. 역 앞엔, 으레 있을 법한 택시도 버스 정류장도 없다.

"저기요."

그들을 불러 세웠다.

"20분 이상 걸어야 하는 거죠? 우리 같이 택시를 타면 어때요?"

"좋아요. 요금은 절반씩 내면 되겠네요."

커플 여자가 흔쾌히 동의한다.

"그러면 내가 역무원에게 가서 택시를 불러달라고 할게요."

이번엔 커플 남자가 나선다.

그들은 네덜란드 로테르담에서 온 30대 여행자였다. 우리는 오리 가족처럼 졸졸 그를 뒤따랐다.

"여기는 택시를 불러주는 곳이 아니에요."

무심한 역무원의 태도에 난감해졌다. 어찌나 단호한지 한 번 더 부탁했다가는 창구 문을 닫을 태세다.

"저희가 아이들이랑 그곳까지 걷기 힘들 것 같아서요. 택시를 불러 줄 수 없다면 혹시 택시회사 전화번호를 알 수 있을까요?"

이번엔 내가 살살 달래며 물었다.

"그런 거 가지고 있지 않아요."

인터넷 한 번 뒤져보면 금방 찾을 수 있지 않느냐며 따져 묻고 싶었지만 그 사람 말대로 기차역은 그런 서비스를 제공할 의무는 없는 곳

나폴리

이니까. 참기로 한다. 네덜란드 커플 남자도 애써 화를 누르는 기색이 역력하다.

걷자, 걷다 보면 택시가 보일 테니 그걸 타고 가자고 의견을 모았다. 네덜란드 커플이 앞장선다. 마을이 어지간히 작은 모양이다. 10분 동안 버스 한 대, 택시 한 대 지나가지 않는다. 네덜란드 남자를 선두로 다시 20분을 열심히 걸었다. 성인남자 걸음을 뒤따르려니 숨이 턱까지 차오른다. 남자가 한 번, 내가 한 번 주민들에게 길을 물어 안눈치아타 역에 도착했다. 티켓을 끊어 플랫폼에 섰다. 나란히 서있는 네덜란드 커플이랑 눈을 맞추며 다짐했다.

"우리, 다시는 이런 실수 하지 않기로 해요."

시원하게 웃으며 기차에 올랐다. 이런 일 따위, 아무것도 아니지만 그래도 저 커플이 있어 큰 위안이 되었다. 나만 바보 같은 게 아니었잖아!

대낮이었건만 빛은 희미했고 밖은 여전히 어두침침했습니다. 건물은 심하게 흔들려 금방이라도 내려앉을 것 같았습니다. 바다는 더욱 끔찍했습니다. 땅덩어리가 경련을 일으킨 탓에 바다는 오그라드는 것 같았는데 해안선이 뒤로 밀려나 바다 밑바닥이 모습을 드러냈고 그곳의 바다생물은 벌써 말라붙어 있었습니다. (중략) 여기저기서 아낙들의 울부짖음과 아기들의 칭얼거림 그리고 사내들의 고함소리가 들렸습니다. 어떤 이는 아버지, 어머니를 소리쳐 찾았고 어떤 이는 남편과 아내를 애타게 부르고 있었으며 어떤 이는 자식을 잃어버린 모양이었습니다. (중략) 불길하게 한쪽이 밝아 왔는데, 그것은 먼동이 트는 것이 아니라 불길이 조여 오는 것이었습니다. 그러나 불길은 멀리서 멈추었습니다. 잿더미가 무겁게 날아들더니 다시 한 번 암흑이 사방을 뒤덮었습니다.

《폼페이 최후의 날》시공 디스커버리 총서)

열일곱 살 플리니우스가 묘사한 폼페이 비극의 현장이다. 베수비오 화산 폭발과 폭발 이후 폼페이를 생생하게 지켜본 그는, 당시 폼페이 근처의 바닷가 마을에서 살고 있었다. 과학자인 삼촌 플리니우스가 감지한 재앙의 기운을, 삼촌이 죽은 후 기록했다. 재앙의 모습은 영화 〈폼페이 최후의 날〉에서 목격할 수 있고 최후의 모습은 여기 폼페이에서 확인할 수 있다.

나에게 폼페이는 미지의 도시였다. 화산재에 묻혀 사라진 도시였으니 그랬고, 세상의 비극을 이야기할 때면 빠지지 않고 상징처럼 등장했으니 더욱 그랬다. '휴가' 하면 코코넛 나무가 드리운 아름다운 해변을 떠올리고 '재난' 하면 화산재에 파묻혀 사라진 이 도시를 떠올렸으니까. 애먼 곳에서 기운을 빼고 온 우리는 폼페이 유적지에 대한 기대가 작아져 있었다. 돌아볼 기력이 빠져 있었다는 게 정확하다. 남부 겨울답게 인색하게 내리쬐는 햇볕 아래 드러난 폼페이는 영어 단어 RUINS, 즉 폐허라는 단어가 제격이다. 얕게는 1m에서 깊게는

7m까지 쌓여 있던 화산재를 이겨내지 못하고 무너져 내린 건물은, 남은 벽으로 간신히 공간을 구분하고 있었다. 그럼에도 도시의 모습은 찾아낼 수 있었다. 명확하게 구분된 도로와 보도, 그 도로를 쉼 없이 지나갔을 수레의 바퀴자국과 징검다리. 분주했을 도시의 모습이 선명하게 그려진다. 신전이나 공중목욕탕, 극장 등과 함께 곧고 길게 뻗은 도로는 상당한 수준인 당시의 토건기술을 짐작해볼 수 있다. 폼페이는 부자들의 휴양도시였다. 대부분의 건물이 유흥시설이었고 서민들은 휴양 중인 부자를 위해 장사를 하며 생계를 이었다. 화덕이 놓인 빵집과 길가에 테이블을 내놓은 간이식당들이 자주 눈에 띈다. 폼페이와 관련된 EBS 다큐멘터리를 보고 온 아이들은, 프로그램에서 본 식당이 이곳이었고 거기에서 본 정원은 여기였어, 하며 알은 체를 한다. 온통 회색빛 투성이인 폼페이 한복판이, 파란 외투를 입고 주황빛 털모자를 쓴 아이들로 조금 밝아졌다. 하지만 아이들의 밝은 기운도 어쩌지 못하는 곳에 도착하고 말았다. 폼페이 시민들의 모습을 석고로 떠서 만든 석고 캐스트가 있는 유물보존실이다.

1860년, 로마대학교의 고고학자 주세페 피오렐리 교수는 폼페이 발굴의 임무를 부여받았다. 본격적으로 발굴을 시작한 어느 날, 교수는 발굴현장의 건물마다 알 수 없는 빈 공간이 있음을 발견했다. 그는 의문의 공간에 석고를 부었고 석고가 굳은 다음 주변의 흙을 떼어냈다. 그 공간에서는 놀라운 형체가 나타났다. 바로 폼페이 최후의 날 죽어간 시민의 모습이었다. 화산재와 열기를 피하기 위해 코와 입을 막은 채 앉아 있는 사람, 뱃속의 아기를 보호하려고 엎드린 채 죽어간 임산부, 절망적인 표정으로 하늘을 바라보며 죽은 남자, 고통스럽게 몸을 뒤틀고 있는 개의 모습이 생생하게 드러났다. 화산재에 파묻힌 지 1800년 후에서야. 상상으로도 가늠하기 어려운 그날의 고통과 비극을 눈앞에서 마주했다. 비극의 도시를 돌아보는 여행자치고 밝고 명랑했던 우리는, 그곳에선 차마 명랑할 수 없었다. 유적지를 돌아보던 모든 여행자들도, 그곳에서만은 아! 하며 안타까운 탄식을 토해냈다. 그렇게 발굴된 폼페이 시민의 주검은 2천여 구에 달했다.

빗방울이 떨어진다. 우리는 천천히 유적을 빠져나왔다. 부자의 저택이라는 건물의 긴 회랑을 지나, 신분의 차별 없이 이용할 수 있었다는 공중목욕탕을 돌아보며 서기 1세기 로마에서 21세기 이탈리아로 돌아왔다.

한겨울임에도 기차역은 여행자로 가득하다. 폼페이라는 이름이 가진 명성이 실감난다. 하루 평균 7천여 명의 관광객을 견뎌내고 있는 이 유적지는 지금의 모습을 얼마나 유지할 수 있을까? 햇빛과 비, 바람이라는 자연을, 곳곳에 자리 잡은 풀과 이끼를 그리고 끊임없이 딛고 만지고 두들겨보는 사람들을, 얼마나 버텨낼 수 있을까. 많은 유물을 박물관으로 옮겨 전시하고 있으나 야외 유적지인 데다 관리인도 거의 없으니, 실제로 주머니에 넣을 만한 크기의 작은 조각이나 유물들은 모두 사라진 상태라고 한다. 어떤 이는 벽화의 일부를 떼어가기

나폴리

도 하고 어떤 이는 손잡이를 떼어가기도 한단다. 폼페이 역으로 걸어가며 우리는, 상상 속의 도시를 돌아본 소감과 그 도시를 돌아볼 자격이 없는 사람들에 관해 이야기를 나누었다.

"모든 물건은 제자리에 있을 때 가장 가치 있는 거래."

때때로 중딩군이 괜찮아 보일 때가 있다, 바로 지금 같은 때.

"저 강아지 달린 냉장고 자석, 사야겠다!"

때때로 푸린양이 우리 이야기를 통 듣지 않고 있다고 느껴질 때가 있다, 바로 지금 같은 때.

베수비오 산 아래, 까만 개가 대롱대롱 매달린 모형의 냉장고 자석을 사들고 나폴리 행 기차에 오른다. 폼페이 유적지가 빗속에 남겨졌다. 2천 년을 남아 있었듯 2천 년 후에도 남아 있기를 바란다. 비도, 눈도, 바람도, 사람도 견뎌내기를.

#폼페이_2천년_후에도_지금_모습 #이탈리아는_해낼듯_그_어려운_걸

아이를 가만히
안아주는 저녁

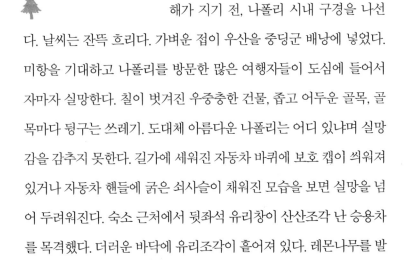

해가 지기 전, 나폴리 시내 구경을 나선다. 날씨는 잔뜩 흐리다. 가벼운 접이 우산을 중딩군 배낭에 넣었다. 미항을 기대하고 나폴리를 방문한 많은 여행자들이 도심에 들어서자마자 실망한다. 칠이 벗겨진 우중충한 건물, 좁고 어두운 골목, 골목마다 뒹구는 쓰레기. 도대체 아름다운 나폴리는 어디 있냐며 실망감을 감추지 못한다. 길가에 세워진 자동차 바퀴에 보호 캡이 씌워져 있거나 자동차 핸들에 굵은 쇠사슬이 채워진 모습을 보면 실망을 넘어 두려워진다. 숙소 근처에서 뒷좌석 유리창이 산산조각 난 승용차를 목격했다. 더러운 바닥에 유리조각이 흩어져 있다. 레몬나무를 발견하고 탱글탱글한 레몬을 따볼까 하고 팔짝거리다 유리조각 위로

넘어질 뻔했다. 위험한 도시, 나폴리의 첫 인상이다.

퇴근하는 나폴리 시민과 산책하는 여행자들로 시내는 복닥거린다. 부슬부슬 내리기 시작한 비를 피해 우산까지 쓰고 있어 거리는 더욱 복잡하다. 한 개뿐인 우산을 꺼내 아이들에게 씌워줬더니 중딩군은 모자를 쓰겠다며 밀쳐낸다. 푸린양이랑 바짝 붙어 우산을 나눠쓴다. 우리 뒤로 겨울 외투에 달린 모자를 쓰고 중딩군이 걸어온다. 빗줄기가 굵지 않아 다행이다.

낮은 방파제 너머로 짙푸른 바다가 일렁이고 있다. 활처럼 굽은 육지 끝에 베수비오 산이 자리 잡고 있다. 도시를 지키는 수호신처럼 든든하고 인자하게 보이지만 여전히 부글부글 끓어오르는 활화산이다. 회색 비구름을 인 베수비오 산 아랫마을에 하나둘 불이 밝혀진다. 나폴리가 세계에서 아름다운 항구로 손꼽히는 이유는, 그 항구가 엄마의 품처럼 포근한 느낌을 주기 때문이란다. 바다에서 돌아오는 이들이라면 어머니 품 같은 푸근함을 느낄 수 있을 만큼 온화하고 따뜻해보인다. 아름다운 도시라는 타이틀엔 동의할 수 없지만 아름다운 항구, 미항이라는 칭호는 기꺼이 수긍할 수 있겠다.

비구름에 밀린 해가 빠르게 지고 있다. 맵지 않은 겨울바람이 바다에서 불어온다. 부슬부슬 뿌리는 비를 맞으며 나폴리 바다와 베수비오 산의 정경을 바라보는 이 거리의 이름은 '산타 루치아'다.

나폴리엔 세 개의 '산타 루치아'가 존재한다. 아름다운 해안 거리, 정겨운 가곡 그리고 나폴리 수호신이, 모두 '산타 루치아'다.

나폴리

우리가 잘 아는 이탈리아 가곡 '산타 루치아'는 나폴리 해안에서 황혼의 바다로 배를 저어가는 광경을 노래한 곡으로, 애달픈 전설을 갖고 있다.

제정 로마시절 로마총독이 나폴리를 방문했다. 나폴리 항을 거닐던 총독은 아름다운 처녀를 발견하고 그녀를 로마로 데려가려고 했다. 처녀의 어머니는 근처에 있는 수도원으로 딸을 피신시켰다. 총독은 어머니에게 딸의 행방을 물었지만 그녀는 끝까지 말하지 않았다. 총독은 처녀의 어머니를 혹독하게 고문하였고 그녀는 끝내 숨을 거두었다. 얼마 뒤 수도원의 신부가 처녀의 어머니의 장례를 치른 사실을 알아냈다. 총독의 병사들이 이번에는 신부를 잡아갔다. 역시 처녀의 행방을 물었으나 신부도 대답하지 않았고 그 역시 모진 고문으로 숨을 거두었다. 그후 신의를 지킨 신부를 '처녀들의 수호성인' 즉 '성 루치아'라고 부르게 되었다. 그때부터 나폴리 항을 지키는 주민들과 어부들은 나폴리를 지키는 수호자로 '산타 루치아'라는 이름을 경배하기 시작했다고 한다.

창공에 빛난 별 물빛에 어리어 바람은 고요히 불어오누나.

아름다운 동산 행복의 나폴리 산천과 초목들 기다리누나.

내 배는 살같이 바다를 지난다 산타 루치아 산타 루치아

잠든 나라에 행복아 길어라 산타 루치아 산타 루치아

– 이탈리아 가곡 '산타 루치아'

창공에 빛나는 별이 물빛에 어리고, 바람이 고요히 불어오는 지금 이 시간이라면, 괴테의 문장에도 동의할 수 있겠다.

"어떤 말도, 어떤 그림도 이 경치의 아름다움에는 당하지 못한다. 나폴리에 오면 사람들이 들뜬다고 하더니 헛말이 아닌 것 같다."

공연히 마음이 가벼워져 산타 루치아를 흥얼거렸다.

금세 해가 졌다. 어둑해진 해변가에 노르스름한 가로등이 밝혀졌다. 빗줄기도 굵어졌다. 5분쯤 정신없이 걷다 보니 숨이 차오른다. 우산을 쓰고 있는데도 한쪽 어깨가 푹 젖었다. 중딩군은 모자를 쓴 채 묵묵히 걷고 있다. 천둥 번개가 내리친다. 행인들이 깜짝 놀라며 야외 테이블에 천막을 씌운 레스토랑 안으로 대피했다. 우리도 엉겁결에 따라 들어갔다. 우산을 쓰고 있어도 소용이 없는 모양이다. 커다란 우산을 손에 들고 있는 이도 옷이 홀딱 젖어 있다. 푸린양의 주황색 겨울점퍼가 진한 붉은 색이 되었다. 어지간히 젖었나 보다. 중딩군의 하늘색 점퍼에서는 물방울이 끝도 없이 굴러 떨어지고 있다.

"이렇게 젖었는데 괜찮아?"

"괜찮아."

아이는 대수롭지 않게 대답한다.

아담한 레스토랑은 화덕의 훈훈한 온기와 타닥거리는 장작 소리, 군침 돌게 구워지는 피자냄새로 가득하다. 전기로 연결해 화덕을 달구는 집은 정통이 아니라던데, 이곳은 화덕 아래 장작이 수북하다. 정통 피자집의 뜨거운 장작 화덕 안에서 피자가 금세 구워졌다. 얇은 도우와 넉넉한 피자소스, 푸짐하게 얹힌 살라미와 버섯. 야외 테이블에 둘러쳐진 비닐 천막 위로 빗방울이 대단하게 쏟아지는 저녁, 화덕 온기가 퍼지는 작은 피자집에 앉아 갓 구운 뜨거운 피자를 나누어 먹는다. 중딩군의 외투에선 여전히 빗물이 뚝뚝 떨어진다.

비가 점점 더 맹렬한 기세로 쏟아진다. 지하철역에서도 한참 걸어야 하고 택시에서 내려서도 좁은 골목길을 지나야 숙소가 있다. 택시도 지하철도 도움이 되지 못한다. 일단 달리자. 가방을 메고 외투에 달린 모자를 쓴다. 푸린양이랑 더욱 밀착하여 우산을 쓰고, 중딩군은 턱밑까지 지퍼를 올려 채웠다. 출발.

우다다다 달리다가 신문 파는 집 앞에서 잠시 쉼. 우다다다 달리다 기념품 가게에 들어가 잠시 숨 고르기. 여민 외투 속으로 빗물이 스며든다. 모자 하나로 버티는 중딩군이 걱정스럽다.

"아직은 괜찮아."

숙소 앞 마트에 잠시 멈춘 김에 장을 봤다. 몸을 따뜻하게 해줄 음식을 만들어야겠다.

조명도 없는 어두운 건물 5층까지 단숨에 올라왔다. 숨을 고를 새도 없이 중딩군이 욕실로 달려간다. 간단히 몸을 말리고 장 봐온 재료를 들고 주방으로 들어선다. 욕실만 딸려 있는 숙소인데 주인장이 주방을 내주고 외출했다. 아이가 씻는 사이 장바구니를 풀었다. 오늘 저녁엔 닭죽을 끓일 참이다. 생닭을 헹궈 불에 올린다. 당근과 감자는 껍질을 깎고 잘게 깍둑썰기 한다. 흰쌀은 그릇에 담아 불리기 시작했다. 육수가 부르르 끓어올라 물을 따라내고 새 물을 받아 불에 올렸다. 5층 건물의 꼭대기층인 이 숙소는 복층 구조다. 우리는 5층에 머물고 주인장은 5.5층인 위층에서 생활한다. 주인이 생활하는 공간에만 주방이 있다. 침실 한 칸과 욕실, 넓은 거실이 있는 위층 거실 구석구석엔 주인이 여행하며 모은 수집품들이 가득하다. 특별하고 신기한 것 투성인데 그것들은 상대가 되지 않는 명물이 이 숙소에 있다.

작은 주방에서 내다보이는 베수비오 산의 풍경. 어두운 실루엣만으로도 압도적인 존재감을 드러내며 우뚝 버티고 있는 베수비오 산의 모습은, 감자를 썰다 말고 구경하기엔 지나치게 장관이다. 닭이 잘 익었다. 건져내어 살을 발라내는 동안 불린 쌀과 깍둑썰기 해둔 감자와 당근을 넣었다. 보글거리기 시작한 닭 육수에 발라낸 닭살을 넣었다. 이제 한 번만 끓어오르면 완성이다.

그 사이 아이들은 보송한 얼굴이 되었다. 아이들이 욕실 앞에 벗어둔 옷가지를 정리하려고 옷을 집어 들었다. 중딩군의 옷에 물이 흥건하다. 입고 있던 겨울 외투가, 외투 안에 두툼한 후드 티가, 후드 티 안의 하얀 면티가, 모두 젖어 있다. 메고 있던 배낭은 물론이고 배낭 속 종이지도까지 남김없이 젖었다. 이빨을 딱딱 부딪치며 떨면서도 내내 괜찮다더니, 아이는 괜찮지 않았다. 괜찮다는 아이 말만 믿고 모르는 척했다. 우산 하나 더 샀으면 될 것을. 불평을 노골적으로 드러내는 아이는 아니지만 불편함을 묵묵히 참는 아이도 아니니 나는 아이의 말을 믿었다. 빗줄기의 굵기나 비 맞은 시간만 따져보아도 괜찮을 수 없는데 나는 그렇게 믿어버렸다.

뜨거운 닭죽을 호호 불어가며 우리는 속을 데웠다.

"다 젖었는데 왜 괜찮다고 했어? 우산을 사자고 하지 그랬어."

"견딜 만했어. 숙소에 우산이 하나 더 있는데 사는 건 낭비인 것도 같았고. 조금만 참으면 되는 거니까. 근데 좀 춥기는 했어."

"잠깐만."

설거지하려는 중딩군을 불러 세웠다.

"추웠지?"

아이를 가만히 안았다.

마음 말고 말, 말 말고 행동, 엄마와 아이 사이에도 그것이 필요한 순간이 있다. 주방 창문 너머로 베수비오 산이 우리를 들여다보고 있다. 활화산의 매서움 말고 마을 뒷산의 온화함을 담은 표정으로. 어쩌면 그건 내 마음인지도 모르겠다. 중딩 아이에 대한 나의 마음, 미안함이기도 고마움이기도 한.

#내_마음이지만_내_마음대로_생각하면_안되는_때가_있다

나폴리

바티칸,
감동이란 말은 흔하지만

나폴리에서 로마까지 두 시간 반. 우리의 마지막 기차여행이다. 로마의 모든 것들은 보나마나 '마지막'이라는 이름표를 달고 있겠다. 번번이 아쉽겠구나.

"날씨 예보를 보니 모레 비가 오네. 그 날로 정하자!"

로마에 도착한 날, 일기예보를 확인하며 비 오는 날로 날짜를 잡았다. 홈페이지에 접속해 참가신청을 했다.

'그 날'이 왔다. 이번 여행에서 유일하게 가이드가 있는 한국어 투어를 하는 날. 바티칸 박물관에서 가까운 지하철역, 사람들이 모였다. 서른 명은 족히 될 듯하다. 어정쩡하게 눈인사를 나누었다. 작은 깃발을 든 가이드에게 참가비를 지불하고 그가 나누어주는 이어폰과 수 신기를 받았다.

세상에서 가장 크고 가장 높다는 식으로 순위를 매기는 건, 유치하지만 솔깃하다. 지구상에서 가장 작은 국가, 바티칸 시국. 경복궁의 1.3배, 인구 1,000여 명의 극소국가이지만 존재감만은 어느 국가와도 견줄 수 없다. '교황'이라는 명사와 동일시되는 바티칸 시국은 그 이름에서 신성함이 뿜어 나온다. 우산을 든 채로 담장 아래에서 기다리기를 수 분, 드디어 들어간다.

본격적인 관람을 하기 전 투어 군단은 카페에서 잠시 숨고르기를 했다. 지금이 아니면 안 될 것 같아 재빠르게 화장실에도 다녀왔다. 일기예보는 정확해서 바티칸의 정원에 비가 내린다. 코가 빨개진 푸린양은 핫초코를 앞에 두고 천천히 음미 중이다. 여유를 즐길 줄 아는 꼬마여행자다.

깃발이 움직인다.

1506년 로마의 한 농부가 포도밭에서 대리석 조각상을 발견하였다. 근육질의 성인 남성과 두 남자 아이가 굵고 사나운 뱀에게 속절없이 공격을 받으며 괴로워하는 형상이었다. 조각상은, 라오콘이라는 트로이의 신관과 두 아들이 바다의 신 포세이돈의 저주를 받아 바다뱀으로부터 공격을 당하는 장면이었다. 교황청은 이 '라오콘 군상'을 대중에게 공개하면서 소장하고 있는 다른 작품도 함께 공개하였다. '라오콘 군상'은 바티칸 미술관의 기원이라 할 수 있다.

가이드의 막힘없는 설명을 들으며 걷다가 한 조각상과 마주했다. 몇 남지 않은 머리칼, 길게 구불거리는 턱수염, 툭 튀어나온 커다란 눈, 둥글둥글한 코, 이 사람이 정녕 소크라테스란 말인가. 너 자신을 알라,며 날카롭고 냉철한 명언을 남긴 그리스의 철학자라는 말이지. 이런 푸근한 생김새라면 왠지 악처의 대명사인 크산티페를 견뎌낼 수 있었을 것도 같다.

한 제자가 그에게 물었다.

"결혼은 해야 합니까?"

소크라테스는 대답했다.

"결혼하게. 온순한 아내를 만나면 행복할 것이고 사나운 아내를 만나면 철학자가 될 테니."

이 대목에서 짚고 넘어갈 것이 있다. 과연 크산티페가 본질적으로 성정이 나쁜 여인이었는가 하는 문제다. 소크라테스는 가족의 생계를 꾸리는 일에 무관심했다. 누추한 차림으로 아테네 시내를 돌아다니며 제자들을 가르치는 일에만 전념했다. 상류층 제자도 많았으나 그는 돈을 받지 않거나 저녁 한 끼로 대신하곤 했다. 당시 높은 수업료를 받는 소피스트들과는 대조적이었다. 문제로 되돌아가, 크산티페가 본디 성정이 나쁜 여인인가 라는 질문은 이렇게 정리된다. 사나운 아내를 만나 철학자가 된 것이 아니고 철학자를 만나 사나운 아내가 되었을 것이라고, 나는 생각한다! (자료 참고《청소년을 위한 서양철학사》소크라테스, 평단문화사)

소크라테스

라오콘 군상

소크라테스를 다시 만난 건 미술관 서명실의 벽화 〈아테네 학당 Scuola di atene〉에서다. 미남 화가 라파엘로가 스물여덟에 완성한 바티칸의 명화 속에서 우리는 그를 찾아냈다. 선 채로 알렉산더 대왕에게 설교를 늘어놓은 한 남자의 헐렁한 헤어스타일이 딱, 소크라테스이다. 거리의 철학자답다.

〈아테네 학당〉을 그린 화가 라파엘로는 당대의 인기스타였다. 곱고 매력적인 미남이면서 온화하고 사교적인 성품을 지니고 있어 모든 이들에게 환영받았다. 모든 이들이라는 단어가 의미하듯 그는 여성들에게도 열렬한 구애를 받았다. 그는 서른일곱의 젊은 나이에 열병으로 인해 죽음을 맞이하였는데 그 열병의 원인 중 하나가 무절제한 연애였다는 설이 파다할 정도였다.

〈아테네 학당〉은 바티칸의 명작이자 라파엘로 본인의 대표작이다. 철학을 주제로 토론하는 지혜의 학당을 상상하여 그린 그림이다. 그

로마

림을 보면 마치 철학의 거장 플라톤과 아리스토텔레스가 걸어 나오는 듯하다. 또한 54명이라는 등장인물이 복잡하게 느껴지지 않을 만큼 구도와 배치가 조화롭다. 그림 양쪽엔 두 개의 석상이 서있는데 왼쪽은 아폴론, 오른쪽은 아테나 여신이다. 이성과 지혜를 상징하는 두 신이 지혜의 학당이라는 주제와 걸맞다. 그림 오른쪽 아테나 석상의 아래쪽엔 기하학의 아버지라 불리는 수학자 유클리드가 컴퍼스로 도형을 그리고 있으며 천동설을 주장한 천문지리학자 프톨레마이오스가 그 옆에서 지구본을 들고 서있다. 그 옆에 라파엘로 자신의 모습도 그려 넣었다. 그림 왼편 아폴론 동상의 아래쪽엔 투구를 쓴 알렉산더 대왕이 소크라테스의 이야기를 듣고 있다. 그 아래쪽에 노트에 무언가를 적고 있는 수학자 피타고라스가 보인다. 대한민국 학생들을 고달프게 한 수학자와 철학자가 한자리에 모여 있다. 가이드가 들려주는 설명이 길어질수록, 중딩군의 한탄이 커진다.

"헐, 피타고라스! 헐, 플라톤! 헐, 아리스토텔레스!"

입만 열었다 하면 시험문제가 되는 분들이다.

가이드의 설명, 관람객의 감탄, 고단한 꼬마의 투덜거림이 일순에 멈추는 장소가 있다. 시스티나 예배당이 그곳이다. 수많은 사람들이 숨소리마저 죽이고 목을 꺾어 천장을 바라보는 곳, 그곳엔 미켈란젤로의 〈천지창조〉가 있다. 내부촬영과 가이드 설명이 금지된 곳이다. 〈천지창조〉는 구약과 신약의 성서를 바탕으로 하여, 세상이 창조되는 순간에서 인간이 타락하는 과정까지를 그린 작품이다. 미켈란젤로는 천장 아래의 작업대 위에서 하루 18시간씩 작업했다. 물감이 눈으로 떨어져 눈에 이상이 생기고 목이 뒤틀리는 고통을 감내하면서 4년 만에 작품을 완성하였다. 저명한 미술사학자인 에른스트 곰브리치 교수가 '인류 역사상 가장 위대한 회화작품'이라 찬사를 보낸 이 작품을 작업할 당시의 미켈란젤로는 역설적으로 가장 우울한 시기였다고 전해진다. 자신을 화가가 아니라 조각가라 여겼던 미켈란젤로는 교황의 협박에 가까운 권유에 못 이겨 작업을 수락하였다. 애초에 조각가인 그에게 회화를 맡겨 망신을 주려고 한 건축가 브라만테의 공작이 있었다는 의견도 있다. 신체적 고통도 힘겹지만 천장화라는 특성상 전체적인 구도를 살피는 것이 어렵고 설치해야 할 장비도 많은 매우 위험한 작업이었다. 더구나 교황은 제대로 임금을 지불하지 않았고 예술가의 삶을 못마땅하게 여기던 미켈란젤로의 아버지와 남동생은 돈을 요구하며 못살게 굴었다. 미켈란젤로의 성품 역시 괴팍한 편이어서 성격이 나쁘기로 유명한 율리오 2세 교황과 대립한 일화는 유명하다.

천장화 작업을 하고 있는 화가에게 언제 그림이 완성되느냐고 교황이 물었다. 미켈란젤로는 눈 한번 마주치지 않고 대답했다.

"제가 끝낼 수 있을 때 그림이 끝나겠지요."

순순히 넘길 리 없는 성격 나쁜 교황이 화가 나서, 미켈란젤로를 지팡이로 한 대 치고 말았다.

로마

● 〈아테네 학당〉 ●● 〈아테네 학당〉 앞에서 ●●● 천장화 〈천지창조〉와 벽화 〈최후의 심판〉

역시 순순히 넘길 리 없는 괴팍한 미켈란젤로는 그 길로 짐을 싸서 고향인 피렌체로 돌아가 버렸다. 졸지에 덤터기를 쓰게 된 피렌체 대사가 미켈란젤로를 설득하고 교황을 설득해 두 사람은 간신히 화해하고 천장화 작업이 재개되었다. 완성된 작품에, 미켈란젤로는 즈카르야라는 예언자의 얼굴에 교황의 얼굴을 그려 넣고 뒤의 아기천사가 손가락 욕을 날리고 있는 모습을 그려 넣었다. 실력도 있고 성깔도 있고 뒤끝도 있는, 다 갖춘 화가다.

미켈란젤로는 그로부터 20년 후, 60세가 되던 해 또 하나의 걸작인 〈최후의 심판〉을 이곳에 남겼다. 〈최후의 심판〉은 죽은 영혼들이 하느님 앞에서 심판을 받는 내용을 담았다. 천국으로 승천하는 자와 지옥으로 끌려가는 이의 대비가 극명하다. 미켈란젤로가 7년 동안 작업한 끝에 완성한 이 작품이 공개되었을 때 종교계 일부 인사들은 비난을 쏟아냈다. 그림 속에 등장하는 성인과 성녀가 모두 나체라는 것을 용납하기 어렵다는 이유였다. 결국 미켈란젤로가 89세에 사망한 이후, 그의 제자 다니엘레 다 볼테라가 생식기 부분에 그림을 입히는 작업을 하게 되었다. 그로 인해 볼테라는 평생 동안 기저귀 화가, 속옷 화가라는 별명을 가지고 살아야 했으며 스승의 그림을 망쳤다는 죄책감으로 괴로워했다.

잠시만 머뭇해도 일행이 앞서간다. 들려줄 이야기가 많은 가이드의 말은 빠르고, 똘망한 젊은 일행들은 체력마저 좋다. 부지런히 걸어야 하고 쫑긋해 들어야 한다. 중딩군도 푸린양도 흥미로운지 열심이다. 가이드가 설명하는 그림을 바라보고 가리키는 조각상을 열렬히 쳐다본다. 열렬함의 하이라이트인 시스티나 예배당 천장화를 보고 나오자 맥이 탁 풀린다. 이쯤에서 해산해도 좋겠다. 눈도 머리도 피로도 꽉 차올랐다. 지친 우리는, 투어를 끝내겠다는 가이드의 말에 살았다, 하며 박수를 칠 뻔했다. 종일투어도 한다는데 고작 반나절 투어를 하고 기운이 쪽 빠졌다. 가이드가 말했다.

"매일 오전 교황청에서는 동전을 발행하고 있습니다. 교황의 얼굴이 새겨져 있는 귀하고 의미 있는 동전이죠. 저는 언제나 투어의 마지막에 이 동전을 선물해 드립니다. 가장 열심히, 가장 진지하게 투어에 임해준 한 분께 드리고 있습니다. 오늘 동전의 주인공은,"

여기저기 흩어진 일행이 순식간에 모여들었다. 눈을 빛내며 귀를 세운다.

"우리 어린이입니다! 처음부터 끝까지 맨 앞에서 고개를 번쩍 들고 이야기를 들었답니다. 이렇게 집중한 꼬마 관람객은 처음이에요."

모두 하하, 웃으며 박수를 쳤다. 헤헤, 웃으며 푸린양이 달려 나가 동전을 받았다. 오늘, 우리의 하이라이트는 시스티나 예배당의 벽화가 아니었다.

바티칸 시국을 다녀온 모든 이들의 감상은 같았다. 신성했고 경건했고 아름다웠다고. 세상에는 그런 곳이 있다. 흐느적거리며 빨려 들

어가 단숨에 압도되는 곳, 누구도 부정할 수 없는 존재감을 감당해야

하는 곳, 바티칸 시국 그 중 시스티나 예배당은 그런 곳이다.

그러니 나의 감상도 같다.

그곳은 신성했고 경건했고 아름다웠다.

중딩군의 감상은 조금 다르다.

경건했고 아름다웠고 신선했다. 사회 시험지를 받아든 것 같았다.

푸린양의 감상은 많이 다르다.

정말 좋았던 곳이다, 진짜 좋았던 곳이다, 일등 선물을 받다니!

감상은 제각각이지만, 감동만은 하나다.

정말 특별했어.

#바티칸_관람후_뇌구조 #핫초코_교황동전_푸린

#소크라테스_미켈란젤로_중딩

#목을_꺾어_천장화를_쳐다보는_푸린과_

아테네학당을_바라보며_고개를_내젓는_중딩_엄마

* 2017년 3월부터 바티칸에서 발행하는 유로화 동전에는 교황의 이미지 대신 교황의 문장과 유럽연합(EU)을 상징하는 별이 새겨져 있다. 프란치스코 교황은 평소 돈이 가진 부정적인 힘을 경계해야 한다는 소신을 피력해왔는데 자신의 이미지가 새겨진 동전이 수집가들에 의해 비싸게 되팔리는 현상이 벌어지자 이미지 변경을 요청한 것으로 알려졌다. 이제 바티칸에서 교황의 이미지가 새겨진 동전을 만나기는 어렵게 되었다.

로마

유럽의 도서관이
궁금해서

 오스트리아 빈에서 나흘째 날, 도서관을 찾아 나섰다. 슈베르트 호텔이 있는 제그로테 1박 2일 여행을 마치고 빈으로 돌아온 오후였다. 저녁을 먹으러 가기엔 이르고 숙소에 남아 있자니 무료했다. 겨울바람이 불어대서 도시 구경을 하기에도 적당치 않았다.

"오늘은 도서관에서 놀다오자."

우리는 주섬주섬 짐을 꾸렸다. 중딩군은 소설책과 휴대폰 충전기를, 푸린양은 색종이 세트를, 나는 노트북을 가방에 담았다. 빈 중앙도서관은 지하철역과 곧장 연결되어 있다. 1층 성인도서 자료실을 지나 2층으로 올라가니, 밝고 넓은 어린이 자료실이다. 알록달록한

〈출처 / 빈 중앙도서관 홈페이지〉

그림책 서가의 구석구석에 아이들이 숨어 들어 있다. 책 한 권씩 품고서 꼼짝하지 않는다. 서가 한 쪽엔 컴퓨터가 여러 대 놓여 있다. 푸린양보다 어린 남자아이가 애니메이션을 보고 있다. 자주 깔깔거린다. 어린이 공간을 지나 열람실 안으로 들어가면 책이 빼곡한 서가가 늘어서 있다. 줄 맞추어 가지런히 진열되어 있는 책을 보니 내 것도 아닌데 뿌듯하다. 서가 건너편은 음악 CD와 DVD가 비치되어 있는 멀티미디어 구역이다. 흥 많은 노숙자 남자가 독차지하고 있다. 까치집을 인 것 같은 머리꼴은 둘째 치고 은근하게 거슬리는 냄새 때문에 접근할 수가 없다.

흥 많은 노숙자 남자에게서 가장 먼 곳에 자리를 잡았다. 중딩군은 전기 콘센트를 귀신 같이 찾아냈다. 푸린양은 부스럭거리며 색종이

로마

를 자르기 시작한다. 하루는 놀이공원, 또 하루는 동굴 호수에서 몸으로 놀다가 오랜만에 지적인 공간에 왔더니 집필 의욕이 솟아오른다. '파리의 작은 카페에서, 오늘까지 보내야 할 원고를 쓴다'라든가 '미처 마무리하지 못한 이 책의 에필로그를 여기, 런던에서 쓰고 있다'라는 글을 읽을 때, 글쓴이가 정말 '있어' 보였다. 나도 그 허세를 부려보고 싶었다. 노트북을 꺼냈다.

부스럭대며 색종이를 자르고 풀로 이어 붙이던 푸린양이, 방학숙제를 하겠단다. 색종이 조각을 도화지에 붙여 오스트리아 도서관을 만들고 싶다나. 요지는 도화지를 사야 한다는 것이다. 문구점 위치를 묻고 오겠다며 아이들이 사서를 찾아 나섰다. 그 사이 자리를 정리하고 돌아갈 준비를 했다. 한 시간만 머물다 저녁 먹으러 나갈 참이었는데 폐관 시간이 다 되었다. 아이들이 문구점 정보를 가지고 왔다. 사서 선생님이 이름이랑 주소까지 정확하게 알려주었단다. 가방을 들고 나서는 길, 사서와 눈이 마주쳤다. 아이들과 인사를 나누는 사서에게 다가갔다. 사실 아까부터 묻고 싶은 게 있었다.

"아이들을 도와줘서 고마워요. 게임 CD를 갖추어놓고 제한 없이 이용할 수 있다는 것이 한국 도서관하고 다르네요. 도서관에서는 책 읽기를 바라거든요. 저도 그렇고 많은 부모님들이요. 소음에 대해 묻고 싶어요. 솔직히 말씀드리자면 제가 있는 시간 동안 상당히 시끄러웠어요. 이 정도의 소음은 허용하는 편인가요?"

눈을 떼지 않고 이야기를 듣던 사서가 입을 연다.

"허용하는 건 아니에요. 우리도 더 차분하고 조용한 공간이 되기를 바라지만 어린이나 유아가 이용하는 공간이다 보니 그게 힘들어요. 아이들의 활동적인 성향을 이해하려고 하는 편이지만 다른 이용자에게 피해가 가는 상황은 발생하지 않도록 신경을 쓰고 있어요. 아이들이 공공장소에서 지켜야 할 예절을 배우는 건 중요하니까요."

게임 CD를 비치해 컴퓨터 게임을 허용하는 건 달랐지만 공공예절을 지켜야 한다는 기본은 역시 같았다.

아이가 어려서요, 도서관을 뛰어다니는 아이를 내버려두는 엄마들의 대답이다. 한결같이 똑같다. 어려서 아직 잘 몰라요.

네, 알아요. 어려서 아직 모르죠. 그러니까 엄마가 알려주세요, 라고 말하고 싶지만 그럴 수 없다. 애 좀 똑바로 가르치세요, 라고 들리는 모양인지 눈에 화가 쌓이더라. 질서를 가르치는 것이 통제가 아니라는 걸, 원하는 걸 허용하는 것이 존중이 아니라는 걸 알게 되는 때가 너무 늦지 않기를 바란다.

오스트리아 바트이슐에서 베네치아 행 밤기차를 기다려야 하는 오후, 도서관에 갔다. 작은 도서관이다. 돋보기 안경을 코에 걸친 할머니 사서가 어린이 열람실을 안내해주었다. 달팽이처럼 생긴 계단을 내려갔다. 독일어 그림책과 동화책 그리고 약간의 성인 도서가 예쁘게 정리되어 있다. 영국 국기가 매달린 서가엔 영어서적이 가지런히 꽂혀 있었다. 책도 읽고 와이파이 잡아서 휴대폰도 하고 영수증 정

로마

리도 하고, 우리는 할 게 많았다. 빈 도서관에서 하지 못한, '있어' 보이는 외국에서 글쓰기 그거도 해야 한다. 우리뿐인 어린이 열람실을 천천히 돌아보다 서가를 가득 채운 보드게임을 찾아내고 말았다. 숫자를 이어 완성하는 '루미큐브' 3판, 모두 중딩군 승! 무인도를 개척해 자원을 모아 마을을 발전시키는 '카탄의 개척자' 3판, 몽땅 중딩군 승! 승부욕 강한 푸린양이 삐죽거리기 시작하는 걸 재빠르게 파악한 중딩군이 힘 빼고 게임한 끝에 푸린양 1판 승! 간신히 분위기 살렸다.

세 식구가 머리를 맞대고 게임에 열중하는 동안 동네 사람이 처음으로 등장했다. 엄마와 10살쯤으로 보이는 아들이다. 둘은 한참 동안 서가를 돌며 책을 뽑았다. 책이 수북이 쌓였다. 책을 품에 안은 아이가 달팽이 계단을 타고 위층으로 올라간다. 발끝을 툭툭 차며, 입술이 튀어나온 채로.

저 표정, 안다. 내가 일하는 도서관에서 본 적 있다. 책을 양팔에 10권쯤 보듬은 초등 고학년 아이와 대출증을 들고 있는 엄마가 대출 데스크 앞에 서있었다. 아이가 들고 있는 책을 살피던 엄마가 뭔가 아쉬운 듯한 표정을 지었다. 몇 권 더 빌릴까, 고민하고 있는 게 분명했다. 잠시 후 마음을 정한 듯한 표정을 짓더니 한없이 다정한 목소리로 아이에게 말했다.

"읽고 싶은 거 있으면 가져와."

상냥한 엄마의 질문에 아이는 한숨을 내쉬며 대답했다.

"읽고 싶은 게 있겠어요?"

로마 🚌

아이의 목소리는 낮고 작았지만 서늘했다. 데스크에 앉아 있던 나는 고개를 들어 아이를 바라보았다. 아이는 엄마와 눈조차 마주치지 않고 있었다. 엄마는 더없이 민망한 표정이었지만 아이는 미간을 살짝 찌푸렸을 뿐 표정조차 없었다. 마치 '언제부터 내가 읽을 책을 내가 고를 수 있었죠?'하고 말하는 것 같았다.

그 아이의 표정이다, 방금 책을 잔뜩 들고나간 오스트리아 소년의 표정이.

중딩군은 책을 아주 좋아했던 아이였지만 중학생이 되자 책 읽기를 멈췄다. 좀처럼 다시 책을 집어 들지 않았다. 날벼락 같은 일이었다. 중학생이 되었으니 시간이 부족하다는 걸 감안한다고 해도 심각했다. 전혀 읽지 않았다. 좋아할 만한 책을 잔뜩 골라 아이 눈 닿는 곳에 두었고 이런저런 이유로 권해보기도 했다. 아이는 거들떠보지도 않았다. 아, 그건 배신이었다. 하지만 방법은 없었다. 시간은 그렇게 흘렀다. 어느 날, 반전이 일품인 추리소설 한 편을 읽었는데 이 이야기를 누군가와 나누고 싶었다. 나만 이 반전을 눈치 채지 못했는지, 두 번째 단편이 최고였는데 당신은 어땠는지, 간절하게 공유하고 싶었다. 아이에게 슬쩍 권해보았다. 관심을 보였다. 아이는 그날 밤, 한 권을 읽어내렸다. 다음 날, 우리는 그 책에 관해 흥미진진한 리뷰를 주고받았다. 한 달 후쯤, 그 작가의 새로운 소설을 또 한 번 읽었다. 다음 날, 우리는 전작에 비해 별로였다며 툴툴거렸다. 이제 우리는 그 작가의 소설이라면 무조건 읽고 언제나 리뷰를 공유한다. 추리소설

뿐이다. 좋아하는 작가도 두세 명 뿐이다. 예전처럼 탐독하지도 않는다. 죽을 것처럼 심심해졌을 때만 책을 읽는다. 하지만 아이는 다시 책을 읽게 되었다. 엄마의 권유가 전부는 아니다. 어쩌다 눈에 띈 그 책이 흥미로웠기 때문이다.

엄마와 함께 도서관에 나타난, 한국의 소년과 오스트리아의 소년에게는 스무 권 책 폭탄이 아니라 아이의 기호에 맞는 책 한두 권이어야 한다. 스무 권 중에 마음에 드는 책을 네가 골라, 라고 말하는 대신에 이 책 읽었는데 결론이 정말 뜻밖이었어, 한번 읽어볼래? 이 방법의 승률이 더 높다. 그래도 아이가 읽지 않는다면, 시간이 없어서 못 읽는 것이 아니라 거들떠보지도 않는다면 이 아이는 기다려 주어야한다. 기다리다가 책을 읽을 날이 오지 않는다면 어떡하냐고? 스무 권씩 책 폭탄을 던져도 그날은 오지 않는다. 아이가 좋아하는 분야의 흥미로운 책을 어쩌다 권하다 보면 그날이 조금 앞당겨질 수도 있다. 포인트는 이것이다, '흥미'와 '어쩌다.'

도서관 이야기를 하다 보니, 자꾸 잔소리를 하게 된다.

이탈리아 레체에서 우리는 정확하게 물었다.

"아이들이랑 함께 이용할 수 있는 도서관이 근처에 있나요?"

그랬더니 관광안내소 아줌마가 가르쳐주었다, 그곳을. 그곳은 대학 도서관이었다. 대학 도서관인데, 우리 같은 외국인 여행자가 이용해도 되느냐고 한 번 더 물었다. 그랬더니 오브 코올스, 라며 안내소

아줌마가 확신에 찬 목소리로 답했다. 시내 중심에서 20분쯤 걸어가니 대학교가 보였다. 주변 상가와 경계가 모호했지만 대학교였다. 가슴에 책을 품고 총총히 걷는 여학생들이 눈에 띄었다. 이곳이 대학교 맞느냐? 도서관은 어디 있느냐? 우리가 도서관을 이용해도 되느냐? 라고 한 여학생에게 물었다. 학생은 그렇다, 고 대답을 잇다 마지막 질문에서 한 박자 늦게 대답했다. 아, 네에, 이용해도 될 거예요.

도서관 건물 안으로 들어섰다. 음료 자판기 앞에 학생들이 삼삼오오 모여 있었다. 아이를 데려온 동네 아줌마나 외국인 여행자는 없다. 학생들이 힐끗거렸다. 도서관 문을 열고 들어섰다. 왼쪽에 앉은 직원 두 명이 고개를 들었다. 들어가도 되느냐 손짓을 했다. 직원도 한 박자 늦게 고개를 끄덕였다. 마음이 편해졌다. 우리는 열람실 안쪽으로 걸음을 옮겼다. 아! 학교 여학생과 도서관 직원이 한 박자 늦게 대답한 이유를 알 수 있었다. 그곳은 우리가 대학 도서관을 떠올릴 때 그리는 바로 그 모습이었다. 칸막이 없이 오픈된 8인용 책상이 줄지어 놓여 있고 학생들이 빽빽이 들어 앉아 공부하는, 책장 넘기는 소리와 스윽스윽 필기하는 소리, 다각다각 자판기 두드리는 소리만 가득한 곳이었다. 도서관은 만원이었다. 우리가 등장하자 열람실 내부의 모든 학생이 펜을 멈추었다. 평일 저녁 대학 도서관에 등장한 동양 아줌마와 청소년과 어린이를 200개의 눈동자가 지켜보았다. 우리의 움직임을 따라 도로록, 하며 그들의 눈동자가 움직이는 것 같았다.

"잘못 온 거 같다. 저 열람실 끝에 있는 서가까지만 갔다 오자."

당황하지 않은 척, 침착한 척, 뭔가 찾는 것이 있는 척, 그것이 없어서 안타까운 척하며 열람실을 나왔다.

열람실 문이 닫혔다. 우리 셋은 동시에 숨을 몰아쉬었다.

음료 자판기에서 찬 음료수를 뽑아 벌컥벌컥 마셨다.

대학 도서관, 그건 방문 리스트에서 지우기로 한다. 잠수를 하는 것도 아니면서 숨 못 쉬는 괴로움을 느끼고 싶지 않다. 200개의 눈동자와 100개의 침묵, 생각만 해도 목이 짧아진다.

이탈리아 로마에서의 마지막 날 아침 일찍 짐을 정리했다. 북경으로 떠날 비행기 시간인 오후까지 여유가 있다. 보고 싶은 곳도 모두가 보고 먹고 싶은 것도 다 먹었다. 이제 하나만 남았다. 로마 도서관에서 놀다오기.

다 꾸린 캐리어를 비앤비에 맡겨두고 가벼운 몸으로 길을 나섰다. 공원 가운데 작은 도서관이 있다. 크고 높은 나무 출입문을 밀고 들어

선다. 입구의 직원에게 신분증을 맡기고 도서관으로 들어갔다. 잡지와 신문이 있는 열람실 안쪽으로 도서 열람실이 있다. 레체의 도서관과는 달리 한가한 열람실을 속편하게 둘러보고 잡지 비치대 앞 책상에 자리를 잡았다. 오늘 아이들은 독서를 할 참이다. 한 달 여행을 위해 중딩군은 SF 소설을, 푸린양은 공포 괴담집을 한 권씩 챙겨왔는데 마지막 날까지 절반도 읽지 못했다. 오늘은 그걸 다 해치우고 로마를 떠날 계획이다. 나는 오늘에야말로, 여행 에필로그를 써볼 생각이다. 유럽 여행의 마지막 날 쓰는 여행 에필로그라니, 이보다 더 생생할 수 있겠는가.

아이들은 책을 꺼내들더니 금세 빠져들었다. 푸린양은 두 페이지를 넘길 때마다 오빠에게 보여주었다.

"이거 정말 무섭지?"

"푸, 무섭네."

중딩군이 친절하게 비웃었다.

지나온 여행 사진을 돌려보며 여행 에필로그 글감을 떠올릴 즈음, 흥미로운 인물이 나타났다. 남자 중학생이었다. 아이는 우리가 앉은 커다란 책상 끄트머리에 앉았다. 유난히 바스락거리며 등장하는 바람에 고개를 돌렸더니, 아이는 까만 비닐봉지를 들고 있었다. 슈퍼마켓에서 라면을 담을 때 쓰는 검은 봉지였다. 아이는 까만 봉지를 책상 위로 올리더니 그 안에서 뭔가를 꺼냈다. 까만 봉투에서 나온 것은, 수학책과 빈 노트와 연필 한 자루였다.

귀신이야기를 읽느라 가뜩이나 예민해진 푸린양이 부스럭대는 소리에 두리번거린다. 학생을 발견하고 진지하게 귓속말을 했다.

"저 사람은, 슈퍼에서 책을 사왔나 봐."

슈퍼에서 수학책을 사왔을지도 모를 학생은, 아주 열심이었다. 두 아이가 책을 다 읽고 몸을 비비꼬며 가자는 신호를 보낼 때까지 꼼짝하지 않고 수학 문제를 풀었다. 주섬주섬 짐을 꾸려 나서려는데, 학생이 책을 덮어 까만 비닐봉지에 담았다. 책과 노트와 연필 한 자루가 담긴 비닐봉지를 들고 도서관을 나섰다.

"비가 오니까, 책이 안 젖게 하려고 봉지에 담았나 봐."

중딩군은 대단히 기발한 방법이라는 듯 존경의 눈빛을 보냈다.

기필코 글 한 편을 써보리라 계획했는데 푸린양이 정말 무섭다며 들이미는 귀신이야기를 읽느라, 소리 내어 신문을 읽는 건너편의 아저씨를 신경 쓰느라, 비닐봉지에 책을 담아온 이탈리아 중딩을 구경하느라, 시간을 다 보내버렸다.

도서관 구경만 실컷 하고 '있어' 보이는 외국에서 글쓰기, 결국 그건 못했다.

#독서만이라도_취향존중_제발

로마

"어느 방문지가
가장 즐거우셨습니까?"
- 영화 〈로마의 휴일〉에서

　　　　　　　　　　　로마를 이런 식으로 여행할 줄이야.

　입 짧은 우리 식구가 이런 여행을 하게 될 줄이야.

　로마는 유럽의 다른 도시와 좀 달랐다. 런던에선 빅벤을 보아야지,
파리에선 에펠탑을 찾아 가야지, 실컷 보고 마음껏 사진을 찍어야지
하며 여행을 했다. 하지만 로마에서는 감상, 감탄, 촬영만 하고 돌아
와서는 안 될 것 같았다. 뭐랄까, 과거를 돌아보고 오늘의 나를 살피
며 역사와 시간을 되새겨야 할 모종의 비장함이 있었다. 시간의 흐름
을 버텨낸 유적 앞에서 경건해야 하고, 불편을 감수하고 그것을 지켜
낸 로마인들에게 감사해야 할 것 같았다. 로마는 마지막 여행지라는
애틋함과 수천 년의 역사를 품은 도시라는 거룩함을 가지고 있었다.

그래서 콜로세움에 대한 다큐멘터리를 보고, 로마에 관한 책을 여러 번 읽었다. 무엇을 보건 진지할 것이며 어디에서건 그 의미를 되새길 것이다. 로마의 돌멩이 하나도 허투루 여기지 않을 것이다. 우리는 로마에 감동할 준비를 마쳤다.

관람객들의 줄이 길다. 바티칸에 입장할 때에도 두 줄이었는데, 무려 네 줄이다. 역시 콜로세움이다.

"랜드마크랑 진짜 똑같다!"

푸린양은, 어제도 모바일 게임 속에서 로마의 '랜드마크'인 콜로세움을 건설했다. 높이 48m, 둘레 500m의 이 웅장한 건축물은 서기 80

로마

년에 완공되었다. 5만 명을 수용할 수 있는 4층짜리 경기장이 한 눈에 들어온다. 압도적인 크기다. 비교적 말끔한 건물 외관과 달리, 경기장 바닥은 잔뜩 파헤쳐져 있다. 바닥은 칸칸이 나뉘어 있어 위에서 내려다보면 마치 미로 같다. 칸막이로 나뉜 지하는 검투사의 대기실이나 맹수들의 우리로 활용되었다. 당시엔 바닥을 나무 덮개로 씌우고 그 위에 모래를 깔아 경기장으로 사용했다. 나는 TV에서 콜로세움을 처음 보았다. 오래된 영화 속에 등장한 거대한 건축물은 이해하기 힘든 공간이었다. 굶주린 사자와 싸우는 사람이라니. 납득할 수 없는 싸움이 처절할수록 관중의 함성소리는 높아지고 황제의 웃음소리는 커졌다. 그럴수록 TV 화면은 피로 가득했다. 죽음을 즐기지 않고서야, 어떻게 웃으며 지켜볼 수 있을까? 콜로세움은 잔혹한 공간이었고 로마인은 잔인한 사람들이었다. 동물들이 서커스를 하고 고전극을 상영하며 시민들에게 여흥을 제공하기도 했다지만 나에게 콜로세움은 잔인함에 열광하는 비정한 공간이었다.

라틴어로 '거대하다Colossus'라는 어원을 가진 콜로세움에선, 누구라도 웅장함에 매료된다. 2천 년이라는 시간이 속속들이 스민 단단한 계단과 기둥 앞에 서면 절로 탄성이 나온다. 놀라운 건축기술과 긴 시간을 견딘 유적의 대단한 가치와 함께, 이 공간의 용도가 자꾸만 떠오르는 건 어쩔 수 없다. 왜 사람끼리 싸움을 하게 해? 하고 묻는 어린 푸린양에게 그건 인간의 본성이고 통치의 방법이라고 대답하는 대신 행복한 이야기를 들려줄 수 있는 장소였으면 더 좋았겠다는 생각이 자꾸만 든다.

콜로세움을 나온 우리는 점심을 먹으러 걸었다. 콜로세움에서도 자꾸만 자리를 찾아 앉던 중딩군의 얼굴빛이 좋지 않다. 가까운 레스토랑으로 들어갔다. 햇살이 좋아 노천 테이블에 앉았더니 콜로세움이 배경화면처럼 눈앞에 가까이 있다. 기운이 없던 중딩군은 와이파이를 연결해 휴대폰 게임을 하면서 컨디션이 조금 나아졌다. 관광지 앞이니 큰 기대를 하지 않았는데 봉골레 파스타가 맛있다. 담백하고 깔끔하다. 티라미수도 맛있다. 달콤쌉쌀하다. 카푸치노도 훌륭하다. 부드럽고 향긋하다.

든든하게 배를 채운 우리는 로마시대의 도시 유적이 보존된 포로 로마노Foro Romano로 향했다. 도시의 신전과 공회당 등의 건축물이 세워졌던 이곳은 약 1천 년 동안 정치 · 경제 · 종교의 중심지였다. 옛 흔적을 찾아 걷는 동안, 중딩군이 자꾸만 뒤처진다. 레스토랑에서 기운을 회복하는가 했더니 아니었다. 아이가 고개를 숙인 채 한참 동안 나무 벤치에 앉아 있다. 이마가 뜨끈하다. 숙소로 돌아가야겠다.

아직 해가 한창인 오후, 중딩군은 감기약을 먹고 잠들었다. 턱 아래까지 이불을 덮어주었다. 땀을 흘리며 아이는 깊이 잠들었다.

아이는 밤새 죽은 듯 잠을 잤다. 허옇게 핏기가 없던 얼굴에 오늘은 붉은 기가 돈다. 나폴리에서 비를 쫄딱 맞은 날, 공기가 차가운 방에서 얇은 이불을 덮고 잔 게 문제였나 보다. 다행히 하룻밤 만에 아이는 기운을 되찾았다.

사실 여행하는 동안 내 걱정은 푸린양이었다. 잘 걸을 수 있을까, 아프지 않을까, 그것에만 온통 신경이 쓰였다. 그래서 비가 오면 젖지 않게 하고, 음식이 입에 맞지 않으면 더 맛있는 걸 찾아 먹게 했다. 발목이 약한 푸린양이 힘들어하면 중딩군에게 업게 했다, 당연하다는 듯이. 엄마의 마음씀이 덜했다. 언제부터인가 아직 중학생이라는 걸 잊고 있었다.

"어제 먹은 티라미수 먹고 싶다."

아이는 어제 오후부터 물 한 방울 넘기지 않았다. 입이 쓰고 깔깔하다며 달콤한 티라미수를 찾는다. 그거라면 문제없다! 여긴 티라미수의 나라, 이탈리아니까. 부드러운 크림과 촉촉한 빵이 층층이 쌓아올려진 티라미수는 이탈리아어로 '나를 들어올리다'라는 뜻이다. '기운이 나게 하다' 혹은 '기분이 좋아지다'라는 의미도 가지고 있으니 지금 티라미수는 좋은 선택이다.

스페인광장 앞 레스토랑에는 영화 〈로마의 휴일〉 속 오드리 헵번과 그레고리 펙이 있었다. 스페인 계단을 함께 걷는 영화 속 장면이 한쪽 벽을 가득 채우고 있다. 고인이 된 두 배우의 찬란한 모습을 옆에 두고 우리는 알리오 올리오와 티라미수와 카푸치노를 먹었다. 알리오 올리오는 마늘 향과 올리브 오일의 어울림이 일품이다. 마지막 마늘 조각까지 싹싹 긁어 먹었다. 어제 티라미수는 동그란 유리컵에

로마

담겨 있었는데 오늘은 네모난 접시에 네모난 모양으로 담겨 나왔다. 촉촉하다. 카푸치노는 에스프레소의 깊은 맛과 우유의 순한 맛과 거품의 부드러움이 그대로 느껴진다.

　로마는 걷기 좋은 도시다. 걸으면서 관광지를 모두 돌아볼 수 있다. 판테온으로 걸어가며 드디어 젤라또를 먹기로 했다. 맛집 정보라고는 없으니 먹고 싶어질 때 눈에 띄는 곳에 들어간다. 그렇게 들어간 레스토랑들이, 로마에선 모두 성공이었다. 젤라또를 하나씩 손에 든 현지인과 여행자들이 가게 주변에 모여 있다. 서른 몇 가지 아이스크림을 고르는 가게처럼 투명한 냉장고에 젤라또가 가득하다. 물에 푼물감을 예쁘게 얼려둔 것 같다. 두 가지 젤라또를 얹어주는 콘을 주문했다. 쌀맛이라고 해석되는 리소Riso맛은 시원하고 고소하다. 기대했던 자몽맛은 시원한데 너무 쌉쌀하다. 매일 만드는 신선함, 천연 재료의 자연 향도 마음에 들지만 무엇보다 단맛이 덜해 좋고 지방 함량이 적어 마음마저 편한 디저트다. 건축가 브루넬레스키가 피렌체 두오모를 건축하기 전, 모델로 삼았다는 판테온에 도착했다. '모든 신을 위한 신전'이라는 의미를 가진 판테온은 신전 건축 당시엔 어떤 용도로 사용되었는지 정확히 전해지지 않는다. 로마시대엔 무덤으로 사용되었는데 르네상스 미술의 거장 라파엘로도 이곳에 묻혀 있다. 바티칸 미술관에서 인상 깊게 감상한 〈아테네 학당〉이 자연스레 떠오른다. 현재 카톨릭 성당으로 사용되고 있는 판테온은 건축된 지 2천

년이 지났지만 지금까지 보강된 적이 없는 세계에서 가장 큰 돔을 가지고 있다. 40m에 달하는 돔의 꼭대기에는 지름 9m짜리 천창이 있다. 판테온의 유일한 창이다. 우주를 상징하는 반구 가운데 뚫린 천창은 태양을 의미한다. 이 구멍으로 들어오는 빛은 시간에 따라 각도가 다르게 비치는데 마치, 하늘의 기운이 판테온 내부에 스며드는 느낌을 준다고 한다. 또한 판테온 내부의 열기가 위로 상승해 천창을 통해 빠져나가게 설계되었는데, 그 압력으로 인해 아무리 비가 몰아쳐도 건물 안으로는 빗물이 거의 들이치지 않는단다.

미리 읽어둔 판테온 이야기를 아이들과 나누며 천창을 올려다보았다.

"대단하다. 저렇게 구멍이 큰데 빗방울이 들어오지 않는다고, 대단하다. 젤라또도 맛있고, 이탈리아 정말 대단하다."

맥락 없는 푸린양의 감탄에 우리는 웃음을 터트렸다.

판테온을 나와 박물관에 있어도 손색없을 근사한 분수대를 마주보며 우리는 또 젤라또를 먹었다.

"분수대도 멋지고 예뻐."

푸린양이 이렇게 칭찬한 도시는 많지 않다. 젤라또가 한몫했다.

로마는 정말 걷기에 좋은 도시다. 젤라또가 있어서 더욱 그렇다.

여행을 시작할 때 꼭 맞았던 바지가 나폴리에서 입었을 때 넉넉했다. 하루에 만 보를 넘기며 부지런히 걸은 보상이다. 여행의 기쁨이란 바로 이런 거다! 끼는 바지가 헐렁해지는 성취를 이루는 것. 그런데 로마 여행 나흘 만에 말짱하게 회복되었다. 회복되었다가 아니라 도루묵이 되었다, 라고 해야겠다. 다시 바지가 낀다. 1일 1 티라미수, 2 젤라또, 2 카푸치노, 이것이 문제로다.

옆방에 머무는 브라질 청년의 항공권 체크를 도와주고, 갓 도착한 일본 부부의 방문을 열어주고 나니 숙소가 고요해졌다. 쌩쌩 달리던 자동차 소리도 들리지 않는다. 온종일 여행자 앞에서 으스대고 뽐내던 도시의 옛 유적들도 힘을 빼고 먼지를 툭툭 털어내며 하루를 마감할 시간이다.

비로소 할 일이 끝났다. 그리고 우리의 여행도 끝났다. 모카포트에 커피가루를 담아 불에 올렸다. 오스트리아에 도착한 날, 아침 첫 친구도 커피였는데, 이탈리아의 마지막 밤 친구도 커피다.

영화 〈로마의 휴일〉의 마지막, 기자가 앤 공주에게 묻는다.

"어느 방문지가 가장 즐거우셨습니까?"

공주는 대답한다.

"모든 도시를 잊을 수 없어요. 어디라고 말하긴 어려운데, 로마요. 이곳에서의 기억을 소중히 간직할 거예요."

같은 질문을 받는다면 뭐라고 대답할 수 있을까. 나에겐 로맨스도 없었는데.

곰곰이 생각해보니 대답이 떠올랐다.

"모든 도시를 잊을 수 없어요. 어디라고 말하긴 어려운데, 로마요.

로마가 가장 맛있었어요. 이곳에서의 맛을 소중히 간직할 거예요."

　(첫 만남이 위험했던 나폴리의 독신남 호스트는 매일 여자친구를 만나러 나갔다. 여자친구도 있으면서 나에게 지나치게 친절했다. 마주칠 때마다 그윽한 눈웃음을 보냈다. 숨 막히게 느끼해서 두근거릴 짬이 없었다)

　티라미수에게, 젤라또에게, 카푸치노에게 나의 바지와 뱃살을 내어주었다. 언제 헐렁한 적이 있었냐는 듯 바지는 끼기고 언제 홀쭉한 적이 있었냐는 듯 뱃살은 출렁이지만, 이렇게 맛있는 여행이라면 기꺼이. 이렇게 맛있는 도시라면 언제라도. 역사에 감동하고 음식에 감탄한 우리의 마지막 여행지, 아쉽지만 안녕히.

　로마, Addio!

#이탈리아여행_무사히_종료

#뱃살_안정적으로_정착

　　　　　　　　　　　　　　　로마

베이징

Beijing

경유지에서
가족, 완전체가 되다

로마에서 베이징까지 11시간, 비행기에서 무엇을 했더라. 여행을 떠날 때는 매 순간이 생생한데 여행에서 돌아올 때는 언제나 희뿌옇다.

이번엔 아빠와 여행의 마지막을 보내려고 베이징을 경유하는 항공권을 구입했다. 로마에서 베이징으로 오는 비행기에서, 정신없이 잠을 자며 올 수 있었던 것도 그 때문이다. 베이징은 우리 가족에게 처음이지만, 넷이라면 문제없을 것 같은 든든함이 있었기 때문에.

아빠가 왔다. 푸린양이 달려가 품에 폭 안긴다. 중딩군이 걸어가 살짝 안긴다. 지켜보던 나는 잔소리가 먼저 달려 나온다.

"밥은 잘 먹었어? 살이 빠졌는데? 바지는 그거 말고 다른 걸로 입지 그랬어? 빨래 안 했구나!"

내 차지였던 짐가방이 아빠 몫이 되었다. 아빠와 함께하는 2박 3일 베이징 여행, 이럴 줄 알았다. 이렇게 마음 편하고 든든할 줄을.

"그러니까 여기서 어느 쪽으로 가는 거야?"

"우리가 출력해둔 지도를 보면 오른쪽인거 같은데…."

호텔을 찾아가는 길이 만만치 않다. 지하철역까지 거침없었는데 역을 나서자마자 높이 솟은 빌딩과 넓은 도로 앞에서 나는 방향을 잃었다. 높아봤자 10층 쇼핑몰이고 넓어봐야 8차선, 대도시에서 흔해 빠진 풍경인데 2천 년된 로마에서 방금 도착한 우리는 넋이 나갔다.

"얼마나 가야 해?"

"700m, 근데 이쪽 방향이 맞나?"

남편의 질문에 자꾸 목소리가 작아진다.

남편이 지도를 가져가더니, 방향이 잘못됐다고 한 번, 이렇게 부실한 지도를 가져왔냐며 또 한 번 타박을 한다.

남편이 호텔을 찾았다. 인정하고 싶지는 않지만 아주 쉽고 간단히. 지도를 이리저리 돌리며 지하철역의 위치와 쇼핑몰 이름을 확인하더니, 여기다 하며 앞장선 곳에 호텔이 있었다.

"아빠가 바로 찾았지! 이렇게 지도도 못 보는 엄마하고 어떻게 여행을 다녔어? 푸린이랑 오빠가 고생 많았겠네."

호텔을 내가 찾았어야 했는데. 2박 3일 동안 이 생색을 견뎌야 한다. 넷이 함께 머물 수 있는 가족실이라고 해서 기대했는데, 3인실에 보조침대만 들여놓았다. 보조침대는 매트리스가 얇고 길이마저 짧다. 우리 식구 중 다리를 뻗고 누울 수 있는 사람은 아홉 살 푸린양 뿐이다. 한 달짜리 짐가방을 들여놓자 호텔 방 입구가 꽉 들어찬다. 네 식구가 모여 앉은 호텔 방도 꽉 들어찬다.

저녁은 '베이징 덕'으로 먹자. 체크인할 때 호텔 직원이 '베이징 덕' 전문점을 알려주었다. 호텔에서 가까운 곳이고 맛도 최고라며 칭찬한 곳이다.

"고리라는 쇼핑몰인데 금방 찾을 거래."

지도를 들여다볼 때와 나는 달랐다. 목소리가 힘차고 발걸음이 씩씩하다.

"정말 고리가 맞아? 혹시 건너편에 있는 글로리 아니야?"

"직원이 영문 스펠링을 써줬다니까! G,O,R,Y 고리!"

주변의 쇼핑몰을 거의 다 지나쳤는데 '고리'라는 쇼핑몰은 보이지 않았다.

"다른 방향이라고 한 거 아니야? 제대로 들은 거지?"

"제대로 들었다니까. 고리 쇼핑몰. G,O,R,Y"

그런데 길 건너편 '글로리' 쇼핑몰이 베테랑 여행자의 촉에 자꾸 걸려든다. GLORY와 GORY, 글로리와 고리. 호텔 직원이 헷갈렸다고 생각하기엔, 그녀가 내뱉은 고리라는 발음은 확신에 차있었고 그녀가 적어준 스펠링은 굵고 진했다. 하지만 아무래도 확인을 해야 할

클로징 🚌

것 같다. 식구들을 이끌고 글로리 쇼핑몰에 들어갔다. 그곳에 '베이징 덕' 전문점이 있었다! 호텔 직원이 알려준 바로 그곳이다. 베테랑 여행자의 촉이라는 신비한 감각에 대해 설명하려는 내게 남편이 선수를 친다. 아까부터 고리가 아니라 글로리인 것 같았는데 말하지 않고 기다렸다나! 쳇, 어이가 없네. 특별한 요리를 먹을 생각에 들뜬 세 사람의 뒷모습을 바라보며 가족 완전체의 여행이 진정 행복한 선택인가에 대해서 깊이 고민해본다.

채 썬 파와 춘장이 없었다면 베이징 덕 한 마리를 다 먹기는 힘들었겠다. 바삭한 껍질, 부드러운 속살이 일품이었으나 네 번째 젓가락에서부터 느끼해졌다. 푸린양은 살코기 두 점을 먹고 나서 곁들여 나온 빵으로 배를 채웠다. 밖으로 나오니 해가 졌다. 백화점과 쇼핑몰이 환하게 조명을 밝혔다. 거리가 온통 반짝거린다.

"이렇게 밤에, 밖에 있는 건 처음이다."

문명세계에 처음 온 아이처럼 푸린양이 즐거워한다. 해가 지기 전에 서둘러 숙소로 돌아갔고 해가 지면 곧장 칠흑 같은 어둠이 밀어닥친 시골에 머문 적이 많았으니 도시의 환한 밤이 새삼스러울 수밖에. 어두운 도시를 아이들과 걷고 싶지 않았고 내 깜냥으론 도처의 위험을 물리칠 수 없었으니 별 수 없었다. 오늘은 괜찮다, 나 혼자가 아니니까.

보조침대에선 중딩군이 자기로 했다. 로마 공항에서 사온 초콜릿을 나누어 먹으며 우리는 여행이야기를 앞 다투어 늘어놓았다.

"아빠, 우리 기차 못 탔잖아. 그래서 무서웠어."

무섭다고 한 번도 말하지 않았는데 아빠를 쳐다보는 푸린양이 심각하다.

"아빠, 피렌체에서 저녁에 버스를 잘못 탔거든. 남자 애들이 짜증나게 해서 진짜 화났었어."

덤덤해 보였는데, 한번도 흥분하지 않았는데 아빠에게 이야기를 들려주는 중딩군이 진지하다.

나도 뭔가를 말하려고 했는데, 갑자기 목구멍이 뜨거워졌다.

아이들이 그랬구나. 침착했고 담담했고 엄마를 묵묵히 기다려주었는데, 불안하고 걱정되고 화났었구나. 엄마가 있으니 괜찮을 거라 생각했는데 그 투정마저 부리지 못했구나, 이 걱정 많은 엄마에게는.

남편은 아이들의 이야기를 묵묵히 듣고 있다.

"우리 푸린이 무서웠겠네, 우리 중딩이 걱정했구나."

그리고 나를 바라보며 입을 열었다.

"엄마, 참 대단하다."

갑자기 눈이 뜨거워졌다. 나는 조용히 욕실로 들어갔다.

중딩군이 아빠와 함께 편의점에 갔다. 편의점 구경도 하고 야식거리도 사온다며. 남은 우리는 시끄럽게 TV를 켜놓고 휴대폰으로 음악

클로징

을 들으며 침대에서 뒹굴었다. 가족 완전체의 여행이란, 이런 것이다. 한 치의 허전함도 없이 한 톨의 아쉬움도 없이 지금 하고 싶은 그것을 할 수 있는 것. 밤 11시의 편의점 나들이도 걱정 없이 할 수 있는 것. 가족 완전체의 여행이 진정 행복한 선택이냐고? 응, 그런 것 같다.

#4인가족_합체 #세상_겁날_것_없는_완전체

영어 없는 여행

헉, 늦었다!

조식 마감 시간이 10분밖에 남지 않았다. 2인 1조로 욕실에 들어가 세수하고 집히는 대로 옷을 걸쳤다. 식당에 도착했을 때 아침 식사시간이 끝나고 5분이 지났다. 테이블을 정리하는 직원이 우리를 보더니 피식 웃는다. 누가 보아도 늦잠 자다 허둥지둥 나온 꼴이다.

"조식은 이제 끝난 거죠?"

넷의 눈동자가 애처롭다.

"끝나서 지금 정리 중이에요. 어떡하죠? 아직 정리 전인 몇 가지 음식은 드셔도 돼요."

직원이 주방에 들어가 빈 접시를 가져다주었다. 음료는 정리가 끝난 모양이고 빵과 과일이 조금 남았다. 빵 네 개와 수박 몇 조각을 담아 빈자리에 앉았다. 허전한 접시를 앞에 두고 앉은 네 식구를 본 주방아주머니가 나를 부른다. 다가가니, 아침 메뉴였던 하얀 쌀죽 냄비를 보이며 눈짓을 한다. 먹을 테냐 묻는 거겠지. 고개를 끄덕이니 작은 그릇에 덜어준다. 그러더니 이것도 남았는데 먹을 거냐며 딤섬을 들어 보인다. 이번에도 고개를 끄덕였다. 아주머니 눈짓 한 번에, 끄덕임 한 번을 몇 번 했더니 밥상이 푸짐해졌다.

아줌마, 셰셰(謝謝).

의외로 든든한 식사를 한 우리는 제대로 옷을 갖춰 입고 구경 갈 채비를 마쳤다. 만리장성, 그곳에 갈 계획이다. 오늘 일정의 지휘봉은 남편에게 넘겼다. 오늘은 나도 타박하면서 다닐 수 있겠다. 지하철역에 들어갈 때마다 짐 검사를 받아야 하는 게 귀찮고 불편하지만 이 도시의 규칙이다. 그걸 알면서도 두꺼운 외투 위에 멘 가방을 번번이 벗어서 엑스레이 검색대에 집어넣고, 나오기를 기다려 다시 가방을 메고 가방 아래 눌린 후드 모자를 꺼내는 일이 보통 귀찮은 게 아니다.

지하철에서 내려 버스터미널까지 잘 도착했는데 이런, 낭패다. 만리장성으로 가는 버스는 정오 그러니까 낮 12시 버스가 마지막 버스였다. 딱 10분이 지났고 도시는 한낮인데, 마지막 버스가 떠나버렸다니. 이걸 몰랐어? 라는 눈빛으로 쏘아보는 남편을 보니 오늘도 타박하기는 글렀다. 우리가 버스를 놓쳤다는 사실을 알게 된 터미널의 택시기사들이 벌떼처럼 몰려들었다. 버스 요금이 우리 돈으로 1인당 2천원인데 택시 요금은 4만원이란다. 베이징까지 와서 만리장성을 보지 못한다는 것도 아쉽고, 버스터미널에서 단 몇 분 사이에 버스를 놓쳤다는 것도 아쉬워 터미널을 떠나지 못하겠다. 그 마음을 눈치 챘는지 택시기사들이 집요하다. 3만 5천원에 해주겠단다. 왕복 7만원이라는 말이지. 버스에 비하면 엄청 비싼 요금이지만 북경에 다시 올 일은 없을 것 같으니까 그냥 눈 딱 감고 갈까? 와글와글한 머릿속은 단숨에 정리되었다.

"노우. 택시로 안 갑니다."

바짝 달라붙은 택시기사를 남편이 단호하게 내친다.

미터기로 정상요금을 지불한다면 충분히 갈 의사가 있다, 하지만 택시 아니면 갈 방법이 없으니 당신들의 선택은 이것뿐이야, 라며 과한 금액을 요구하는 것엔 절대로 응하지 않겠다며 단호하다.

만리장성을 포기한 우리는 자금성으로 향했다. '황제가 사는 성역'이라는 뜻인 자금성은 명·청대의 황제 24명을 거쳐 청조의 마지막 황제 푸이까지 600여 년의 역사를 지닌 곳이다. 20만 명의 인력이 동원되어 15년에 걸쳐 지어진 세계에서 가장 큰 고대건축물이다. 천안문을 지나면 자금성 입구가 보인다.

중딩군이 자금성 입장권을 사러 매표소에 갔다. 중딩군을 기다리고 있는 우리에게 30대로 보이는 젊은 여인이 불쑥 말을 건다.

"한국 사람이에요?"

어눌한 한국어다. 한국 사람이라는 대답에 여인이 말을 잇는다.

"중국 사람인 줄 알았어요. 당신을 보고."

나를 가리킨다. 나를 보고 중국 사람인 줄 알았다고? 어디를 보고? 대체 어디를? 이렇게 흥분할 일이 아닌데 대체 나는 왜, 이렇게 발끈하는 걸까?

"그런데 한국말을 해서 이야기하고 싶었어요. 저는 한국어를 배우고 있고 한국 드라마를 좋아해요."

남편은 한국문화에 관심이 있는 외국인에게 무한정으로 친절하다. 과하게 상냥한 목소리로 그렇군요, 한국말 배우기 어려운데 잘 하시네요, 연신 칭찬 중이다. 그렇게 한국 드라마를 좋아하면 한국 사람을 단박에 구별해야지, 나를 보고 중국 사람이냐고? 아줌마, 눈썰미가 없으시네요. 구시렁대는 소리가 입 밖으로 튀어나올 뻔했다.

중딩군이 입장권을 사서 걸어온다. 아이를 본 여인의 눈이 똥그래졌다.

"저 학생이 아들이에요? 아, 역시 한국 사람들은 나이를 알 수가 없군요. 당신한테 저렇게 큰 아이가 있다니."

하하하하, 이 아주머니 눈썰미가 정말 없으시네. 저렇게 큰 아이가 있는데 그걸 몰라보다니. 하하하하. 왜 이렇게 웃음이 나오냐.

황금색 지붕을 인 커다란 궁을 천천히 돌아보았다. 겨울이지만 화창하고 바람이 없어 걷기에 더없이 좋다. 700여 개의 건축물과 9,999개의 방이 있다는 자금성에서 우리가 보고 만질 수 있는 건 몇 개에 불과하지만 그 거대한 규모만큼은 충분히 느낄 수 있다. Forbidden City라는 영문이름에 걸맞게, 성은 외부와 단절된 채 그 안에서 하나의 도시를 이루고 있다. 자객의 침입을 막기 위해 후원을 제외하고는 나무를 심지 않았기 때문인지 궁을 걷는 건 산책 보다는 관람에 가깝다. 입구부터 출구까지 일자로 쭉 늘어선 궁을 관람하며 중딩군과 아빠는 명나라와 청나라 이야기를, 푸린양과 나는 기념품으로는 판다곰이 좋겠다는 이야기를 나누었다. 관람도 즐거웠고 담소도 좋았다. 자금성이 대단히 넓다기에, 어떤 이는 경복궁은 자금성의 뒷간 크기밖에 안 된다고도 하기에, 단단히 걸을 준비를 하고 들어왔다. 자금성을 돌아보고 나면 기진맥진할 줄 알았는데 체력이 쌩쌩하다. 한 부지런한 블로거가 자금성과 경복궁의 넓이를 비교한 글을 읽었다. 자금성은 72만 제곱미터이고 경복궁은 43만 제곱미터이므로 자금성은 경복궁의 약 1.5배라는 것이다. 자금성은 건물이 높고 촘촘히 들어서 있어 위압감이 느껴지는 것에 반해 경복궁은 건물의 높이가 낮고 빈터가 많아 작고 좁게 느껴졌으리라는 의견을 내비쳤다. 동감이다. 자금성은 걸으면서 돌아볼 만한 크기였다. 크기 말고는 볼 거 없다는 정보도 틀렸다. 건물은 웅장하고 장식은 화려하고 정교했다. 자금성은 크고 아름다웠다.

어제는 베이징의 첫날, 오늘은 마지막 밤이다. 짧은 여행의 아쉬움이 진하다. 저녁 식사는 중국식 샤브샤브인 훠궈를 먹기로 했다. 호텔 근처의 훠궈집에 도착했다. 외국인은 없다, 우리뿐이다. 그것이 문제였다. 도무지 주문을 받으러 오지 않는다. 옆을 지나가는 직원에게 손짓을 해도 고개만 끄덕일 뿐 오지 않고, 멀리 있는 직원에게 눈짓을 해도 웃기만 한다. 한참 만에 남자직원이 메뉴판을 들고 왔다. 그는 이 식당에서 영어를 구사하는 유일한 직원이었다. 추가주문을 하려 해도 직원들은 이 친구를 불렀다. 계산서를 달라고 해도 이 친구를 불렀다. 이 친구는 다른 테이블에서 서빙을 하다가 번번이 불려왔다. 우리의 주문이라는 것이, 숟가락을 하나 더 달라거나 콜라를 추가하거나 하는 간단한 것들인데도 외국인이라는 사실이 직원들에게는 부담스러웠나 보다. 영어를 구사하는 직원도, 유창의 수준이 아닌 이해의 수준이기 때문에 우리 앞에서 매번 긴장했다. 그럼에도 직원은 아주 친절했다. 알아듣지 못하면 멀리 있는 메뉴판을 들고 와 사진으로 확인해가며 우리를 도와주었다. 너무 고마운 우리는, 팁을 전달하려고 했지만 끝까지 받지 않았다. 행여 그에게 무례가 되려나 싶어 더 이상 팁을 내밀 수 없었다. 맛도 좋았지만 그의 친절에 마음은 몇 배나 더 좋았다. 감사하다고, 진심이라고, 남편은 백번쯤 인사를 전한 것 같다.

여행의 마지막 아침, 우리는 발딱 일어났다. 여유 있게 식당에 들어

가 어제 얼굴을 익힌 아주머니와 인사를 나누었다. 여행의 마지막 조찬을 천천히 즐겼다.

베이징 공항에 도착했다. 앞장서 걷던 푸린양이 아빠를 잡아끈다. 여행을 시작하던 날, 우리를 우울감에 휩싸이게 한 항공사의 라운지 앞에 섰다.

"아빠, 여기야. 그때 정말 집에 가고 싶었어."

여기는 정말 아니라는 듯, 라운지 입구에 서서 손으로 엑스를 만든다.

그래, 여기였다. 불과 몇 시간이 지나지도 않았는데 여행을 후회하게 만들었던 곳, 이가 아파 괴로운 아이를 달래가며 약을 찾았던 곳, 떠돌이마냥 공항 의자를 전전하며 일곱 시간을 보내던 곳.

31일 전, 그 밤이 생생하다.

긴 시간을 보내고 돌아왔다.

그날보다 밝고 환하고 활기찬 공항을 걷는다.

우리의 여행도, 그날보다 밝고 환하고 활기찼다.

우리 여행의 마지막 비행기가 도착했다.

#자금성보다_인상깊은_눈썹미없는_아주머니 #행복하세요

여행을 종료합니다

여행을 끝내지 못하는 쪽은 언제나 나다. 아이들이 아니고. 한 달 동안 만나지 못한 친구들을 만나느라 푸린양은 하루해가 짧다. 중딩 군은 여행에서 돌아오자마자 중학교 졸업식을 했고 맞춰둔 고등학 교 교복을 찾았다. 공부를 하는 것도 같다. 나는 석 달 전부터 예정되 어 있던 일본 여행을 다녀왔다. 중학교 학부모로 만나 친구가 된 엄마 들과 떠난 첫 여행이다. 한 달에 3만원씩 2년을 모으니 알뜰하게 다 녀올 수 있는 여행경비가 마련되더라. 3박 4일 내내 호호 깔깔. 도서 관에서 여행 강연도 진행했다. 이것 역시 떠나기 전부터 정해진 일정 이었다. 여행에서 막 돌아온 나는, 여행의 감흥에 젖어 이야기를 마구 늘어놓았다.

바빴다. 그래도 여행은 불쑥불쑥, 찾아들었다. 오키나와의 맑은 바 다는 포지타노의 파란 물빛과 겹쳤다. 강연장에서 슈베르트 호텔 이 야기를 하다 말고 잠시 아련해졌다가, 꼭 한번 묵어보라며 사족을 달기도 했다. 번번이 여행이 끼어들었다. 그때마다 그 순간이, 그 도시가 그리웠다.

하지만 이 나이가 되고 보니 그리움은 그리움이고 체력은 체력이다. 한 달 내내 하루 만 보 이상을 걷고 신경을 잔뜩 곤두세운 채 지냈다. 돌덩이처럼 무겁던 종아리는 겨우 풀렸는데 딱딱하게 뭉친 어깨만은 좀처럼 나아지지 않았다. 여행에서 돌아와, 맨 처음 한 일은 잠을 메꾸는 일이었다. 아이들은 하루 밤 만에 말짱하게 체력을 회복했는데 나는 사흘을 비몽사몽 흘려보냈으면서도 제일 비실거렸다. 몸안의 에너지를 모두 여행길에 쏟아내고 돌아온 것 마냥 기운을 차리기 어려웠다. 몸도 마음도 여행을 끝내지 못하고 있었다.

여행은 고단했다. 무사귀환을 해야 한다는 심리적 부담과 함께, 다짐만으로는 어쩔 도리가 없는 물리적 부담도 컸다. 좁고 답답한 비행기, 맛없는 기내식, 점점 힘들어지는 시차 적응, 붓는 종아리, 괴로운 변비, 짜디짠 음식. 진저리가 날 만큼 생생하다. 친구들에게 이것들의 만행을 낱낱이 읊어댔다. 가만히 이야기를 듣던 친구가 묻는다.

"그런데 그 표정은 뭐냐?"

입가에 걸린 미소는 감추지 못했나 보다.

한 인터뷰에서, 어린 아이와 함께 막 여행을 다녀왔다는 잡지사 기자가 내게 물었다.

"정말 힘들더라구요. 그 여행을, 어떻게 계속할 수 있나요?"

애필로그

당분간은 공항 쪽으로 고개도 돌리지 않을 참이라는 눈빛이었다.

"우리가 할 수 있는 만큼만 해요. 목표가 거창하지 않으니 매번 해낼 수 있더라고요. 우리는 우리를 알잖아요. 얼마큼 걸을 수 있는지 무엇이 지루한지. 그래서 여행지에서 딱 고만큼만 해요."

고작 그것을 위해 비행기를 타느냐 되물을 만큼 우리의 여행이 사소할 런지도 모르겠다. 하지만 우리의 '다음 여행'도 다르지 않을 것이다. 오히려 종아리는 화난 복어처럼 더욱 부어오를 것이고, 심야의 풍선인형처럼 남김없이 기운이 빠지겠지. 기억력은 갈수록 나빠져 낯선 도시 이름을 쉽게 떠올리지 못할 것이고, 노안은 본격적으로 심각해져 지도를 보는 건 꿈도 못 꿀 테니, 할 수 있는 것들은 더 적어지겠지. 그래서 더 사소해지겠지.

그럼에도 불구하고 맛없는 기내식이 궁금해지고 이방인을 향한 상냥한 미소가 떠오르면, 작은 아이가 쑥쑥 자라 6학년이 되면, '다음 여행'을 궁리해야겠다.

사소하고, 만만해서 계속할 수 있는 우리의 여행을.

그때까지 일단은,

여행을 종료합니다.

#시간_금방_가더군요 #다음이야기_머지않아_커밍순